吸劍哭歌
吸劍哭歌
이정현 新무협 판타지 소설

파검가 4(完)
이정현 新무협 판타지소설

초판 1쇄 찍은 날 § 2006년 2월 8일
초판 1쇄 펴낸 날 § 2006년 2월 18일

지은이 § 이정현
펴낸이 § 서경석

편집장 § 문혜영
편집책임 § 최하나

펴낸곳 § 도서출판 청어람
등록번호 § 제1081-1-89호
등록일자 § 1999. 5. 31
어람번호 § 제2-0834호

주소 § 경기도 부천시 원미구 심곡1동 350-1 남성B/D 3F (우) 420-011
전화 § 032-656-4452 팩스 § 032-656-4453
http://www.chungeoram.com
E-mail § eoram99@chollian.net

ⓒ 이정현, 2005

ISBN 89-5831-982-8 04810
ISBN 89-5831-783-3 (SET)

누구를 위하여 검은 울라나
완결 4
Fantastic Oriental Heroes
新무협 판타지 소설
도서출판 청어람

목차

第一章

태극탈명비동(太極奪命秘洞)

태극탈명비동(太極奪命秘洞)

　내 나이 열아홉, 거의 모든 무공을 완성시켰을 때쯤 우리는 초선득으로부터 하나의 명령을 받았다. 우리가 자객으로 길러진 목적은 바로 그것을 위함이었다. 그 상대가 바로 무황, 아내의 조부가 되는 자였다. 그 당시 나를 비롯한 친구들은 무황이 누구인지도 몰랐으며 얼마나 강한지도 몰랐다. 그저 우리가 죽여야 할 상대이며, 배웠던 모든 것을 이용해 신중에 신중을 가해 암살해야 할 자인 것만 들을 수 있었다.

"오랜만이네?"
"그렇군요, 언니. 그간 잘 지내셨죠?"
"너는 그쪽에서 일하니 잘 알 거 아냐?"
"……."

명천성주 지성(智星) 제갈소하는 만위령의 말에 가볍게 미소 지으며 고개를 끄덕였다. 그녀의 권유로 오랜 시간 실의에서 빠져나가지 못했던 만위령은 무림제왕성으로 왔으며, 결국 여의대로까지 오게 되었다. 그리고 그녀는 예전보다 훨씬 나은 모습으로 제갈소하의 앞에 서 있었다.

만위령이 예전의 아픔을 조금씩, 아니, 생각보다 훨씬 많이 잊었음을 제갈소하는 느낄 수 있었다.

두 사람은 말없이 걸음을 옮겨 숲 속으로 향했다. 너무나 이성적인 제갈소하와 누구보다 감성적인 만위령, 두 사람은 이런 대조적인 성격 때문에 서로 친해졌을지도 몰랐다.

"우리가 안 지도 벌써 십 년이나 됐네. 너랑 처음 만났을 때 기억나? 소녀티도 채 벗지 못한 열다섯 살의 너 말이야. 그때 나는 한창 피던 스물한 살이었지? 호호! 아무튼 네가 나에게 검은 맞지 않다며 비검술을 권했잖아? 아마 네가 아니었으면 난 여타 삼류무인처럼 한 줌의 이슬로 사라져 버렸을지도 몰라."

"그렇네요. 정말 오래됐어요."

제갈소하는 차가운 표정을 한 것도 아니고 차가운 목소리를 가진 것도 아니었다. 그렇다고 웃지 않는 것도 아니었다. 단지 착 가라앉은 눈빛에 감정의 기복이 심하지 않은 말투였는데 그것이 왠지 모르게 타인에게는 거리감을 느끼게 해주었다.

하지만 이미 그것에 익숙한 만위령은 개의치 않고 이런저런 이야기를 꺼내었다. 만위령이 거의 유일하게 친분을 유지하고 있는 무림인이 바로 그녀였기에 오랜만에 마음 편히 이야기하는 것이었다.

시종일관 만위령의 이야기를 듣기만 하던 제갈소하는 만위령의 밝은 모습을 재차 살펴보다 둘 사이에 잠시 침묵이 생긴 틈을 타 말을 꺼내었다.

"이제 괜찮나요?"

"뭘?"

"그 사람과의 일이요."

"……."

만위령은 그녀가 살짝 미소 지으며 묻자 대답하지 않을 수 없었다.

"그래, 이제 괜찮아. 아니, 안 괜찮으면 어쩔 건데? 괜찮아져야 내 인생이 힘들지 않아."

"그 남자… 누구였어요?"

"……."

제갈소하의 질문에 만위령은 놀란 표정으로 그녀를 바라보았다.

"너… 그 남자가 누군지 관심도 없었는데 왜 갑자기 묻는 거니? 난 네가 네 일과 관련없는 건 관심도 가지지 않는 줄 알았어."

"실제 내 성격이 그렇긴 하지만 언니의 일이 나와 관련없다고 생각하지는 않아요. 단지 조심스럽게 지켜보고 있었던 것이에요."

"……."

잠시 말이 없던 만위령은 이내 깊게 숨을 내쉬며 입을 열었다.

"후— 그 남자? 나도 잘 몰라. 실은… 그때도 그랬지만 지금 생각해봐도 난 그 사람의 전부를 알지 못했어."

"……."

"버림받을 때 그렇게도 서러웠던 것 중의 하나가 아마 그것이 아니었을까? 난 내 모든 걸 주고 모든 걸 말해주었는데… 그 사람은 내게 이름 하나만 말해주었을 뿐이야. 역화군(力火君)……."

"어떤 사람이었어요?"

"글쎄… 묘한 성격이었어. 한없이 착하다가도, 어쩔 때는 한없이 거칠었지. 이름에 '화' 자가 들어간 것을 보면 불같은 성격임은 분명한데 본성은 참 바보라 생각될 정도로 착했어. 그래서 내가 그 사람을 더 사랑했던 것 같아."

"그럼 그 사람이 어디 사는지, 어떤 부모님을 모시고 사는지도 모르는 건가요?"

"응. 단지 불과 관련된 일을 한다는 이상한 말을 했었지. 그것 외에

는 몰라. 옛날에… 같이 술을 마실 때 우연히 청해성 구빙록(九氷磌)에
산다는 말은 들었지만… 뭐, 이제 상관없는 일이지? 호호! 요즘은 현어
운, 그 귀여운 동생 괴롭히는 재미에 산다니깐?"

"그 사람… 조심하세요."

"현 동생을……?"

제갈소하는 걱정스런 표정으로 말을 이었다.

"성주님은 결국……."

"……?"

"그를 죽일 것 같으니 그와 가까이 있으면 위험해져요. 더구나 현어
운의 무공 특징이 심상치 않아요. 그 특징 때문에 명천성에서는 신록
희의 첩자일지도 모른다는 추측이 많이 오르내리고 있는 만큼 적당히
거리를 두세요."

"……."

제갈소하의 전음에 만위령의 얼굴이 굳었지만 이내 원래의 신색으
로 돌아왔다. 자리에서 일어선 그녀는 잠시 하늘을 쳐다보더니 조용히
말했다.

"충고 고마워. 너의 말이니 새겨들을게. 오랜만에 만나서 반가웠
어."

"저도요. 이번 임무 조심하세요. 마지막 보루인만큼 금탁은 엄청난
저항을 할 겁니다."

"그래, 걱정 마. 지금까지 그래 왔듯 잘해낼 테니까."

만위령이 사라질 때까지 뒷모습을 바라보던 제갈소하는 어느새 자
신의 뒤에 나타난 한 사내를 발견하고는 고개를 끄덕이며 말했다.

"우리가 생각하던 것이 맞았어요. 청해성의 서른다섯 군데 의심 가

던 장소가 이제 한 군데로 축약되었으니 삼 개월 조금 안 되어서 벽력신천문의 위치를 파악할 수 있을 겁니다.”

“곧 무림제왕성이 다시 비상하는 날이 올 것이오.”

검은색 귀면탈을 쓴 사내는 짧게 한마디를 남긴 뒤 귀신처럼 사라져 버렸다. 태극탈명비동의 무사가 사라지고 없는 빈자리를 가만히 보고 있던 제갈소하는 돌연 비릿한 미소를 짓는다.

‘비상할 곳이라도 있는가? 이미 무림제왕성은 무림의 하늘에 있는데 또 무엇을 위해 이렇게 발악하는 것이지? 너희들도 그렇고 나도 그렇고… 무림제왕성의 전진에 일임하는 임무에 내 인생이 맞추어진 것처럼 너희들 또한 끝을 모르고 나아가고 있구나. 그러다 허무하게 죽겠지. 어느 곳에 있든 일류든 삼류든 간에, 부평초처럼 헤매다 허무하게 간다는 것에는 변함이 없어.’

그녀의 눈에 짙은 허무감이 바람처럼 스쳐 지나갔다.

인시(새벽 3시~5시)의 차가운 공기를 마시며 여의대원들이 비밀리에 떠난 지 반 시진이 지나자 모처에 몇몇의 무리가 모여들고 있었다. 하나같이 냉막한 표정에 강렬한 기도를 풍기는 자들이었는데 복장으로 보면 두 무리로 구분할 수 있었다.

한 무리는 백색경장무복의 차림이었고 다른 한 무리는 흑색경장무복의 차림이었다. 하나 두 무리가 입고 있는 무복의 왼쪽 기슴에는 ‘비(秘)’ 자가 적색으로 뚜렷이 새겨져 있어 같은 집단의 소속임을 알 수 있었다.

이들 사십 명의 정체는 바로 창기대와 폭혈마마대의 비사들이었다. 무림제왕성 내에서 보는 일반적인 창기대원, 폭혈마마대원들과는 크게 다른 기도를 지닌 이들은 서로를 잠시 노려보았을 뿐, 그 후로는 말없이 서 있기만 했다.

"온다."

그렇게 일 다경이 더 흘렀을까? 비사들이 있는 곳을 향해 걸어오는 또 하나의 무리가 있었다. 열 명으로 된 이들 무리는 하나같이 검은색 귀면탈을 쓰고 있었고, 같은 옷에 비슷한 키를 하고 있어 언뜻 본다면 한 사람이 이루어낸 환영으로 착각할 법도 했다.

장내에 도착한 열 사람, 태극탈명비동의 무사들 중 가장 좌측에 있는 사내가 입을 열었다.

"오늘을 위해 너희와 우리가 존재한다 할 수 있을 것이다."

"……!"

"들었던 대로… 우리의 목표는 괴멸이다."

"바라던 바다."

"혈명강시를 제외하고 가능한 모두."

"……."

"그리고 가능하면 현어운이란 놈도."

열 명의 신형이 솟아오르자 그들의 뒤를 이어 사십 명에 달하는 흑백의 인영이 뒤따랐다. 그들의 움직임에 불길한 바람이 불었다.

"저 좁은 길이 입구입니까?"

"그런 것 같군. 지도에 나와 있는 위치는 분명 이곳이고, 주변에 경계무사들이 숨어 있는 것을 보면 말이야. 이곳이 분명 금탁의 잔 세력이 모여 있는 곳이다."

굳이 남궁명욱의 확신이 아니더라도 모두가 이곳이 영대산 깊은 곳에 위치한 비처임을 느낄 수 있었다.

"그럼 바로 시작하는 겁니까?"

"오면서 이야기했던 대로다. 어운은 은신술로 잠입하여 혈명강시가 있는 곳으로 가 그들을 조종할 수 있는 법을 알아내고 두 구를 탈취해 온다. 우리는 그동안 이들의 이목을 다른 곳으로 돌릴 테니까."

여의대원들은 벽력마군을 비롯한 몇몇 고수들이라면 분명 무림제왕성이 무엇을 노리는지 정도는 알 수 있을 것이라 예측했다. 그랬기 때문에 현어운이 안전하고 완벽한 임무를 수행하기 위해서라면 이들이 상상도 하지 못할 정도로 강력하게 밀어붙임으로써 모든 시선을 자신들을 향해 돌려야 한다는 결론이 났다.

물론 그 결정적인 역할은 광마가 하겠지만 만약 광마가 또다시 나타난 벽력마군에 의해 발목이 묶인다면 나머지 대원들이 그 역할을 해내야 했다.

"정말 괜찮겠습니까? 제가 빨리 나온다는 보장도 없지 않습니까?"

"걱정도 많다. 제일 두려워하는 사람이 너인 걸 다 아는데 말이야. 우리는 하나도 두렵지 않고 걱정도 되지 않으니 너나 잘할 수 있도록 해."

전유림의 말에 현어운은 떨떠름한 표정으로 고개를 끄덕였다.

"아무리 어운 너의 은신술이 귀신처럼 감쪽같다지만 나올 때는 두 구의 혈명강시를 데리고 나와야 하는 만큼 어려운 길이 될 것이다. 하지만 네가 잘하여 빨리 나오는 만큼 우리가 안전해질 수 있다는 것을 염두에 두어라."

그리고 임무 완수 후 후퇴는 안휘성만 벗어나면 무림제왕성에서 지켜주기 때문에 그때까지만 전력으로 도망가면 되는 것이었다.

현어운은 두 사람이 겨우 들어갈 만한 끝이 보이지 않는 입구를 바라보며 속으로 다시 한 번 결심을 했다. 이곳으로 오면서도 수십 번이나 흔들렸던 그 마음, 이제는 확실히 그렇게 하겠다고 재차 다짐한 것이다. 그는 품속에 있는 벽력탄을 떠올리며 두 눈을 감았다.

"대주님, 제가 떠난 후 일각 뒤에 작전을 시행해 주십시오."

"알겠다."

남궁명욱의 말이 끝나자마자 현어운의 신형이 감쪽같이 이 세상에서 사라져 버린다. 여러 번 본 것임에도 그들은 속으로 깜짝 놀랄 수밖에 없었다.

"크크… 귀신이라……."

광마는 그가 떠난 자리를 노려보며 살기 짙은 미소를 짓는다. 그 미소의 의미를 알아차렸는지 전유림이 눈살을 찌푸리며 으름장을 놓았다.

"야, 너 어운이한테 무슨 마음을 품은 거야? 혹시나 그런 마음 실천으로 옮기려다가는 몸 성치 못할 줄 알아? 금탁과의 전투에서 깨달은 바가 있어 나도 예전 같지 않을 거니까."

"크큭! 많이 깨달을수록 나는 좋지. 선머슴 같은 계집, 두고 보겠다."

그의 대답에 전유림은 무시하며 곡 안으로 뻗어 있는 좁은 입구를 바라보았다.

'어운, 임무 따위는 꼭 성공시키지 못해도 되니까 무사히만 살아와라!'

이매망량의 상태에서 잠입하는 것은 당연히 그에게는 쉬운 일이었다. 처음에는 약간 여유롭게 곡 안으로 들어가던 현어운은 어느 정도 들어갔다 싶더니 몸을 날려 속도에 박차를 가했다.

주변이 일그러져 보일 정도로 빠르게 움직이던 현어운은 좁고 긴 길이 끝나는 지점을 확인하고는 신형을 멈추었다.

“…….”

주변을 살펴본 그는 우측의 깎아지른 듯 솟아오른 석벽 위로 단숨에 오른 그는 길이 끝나는 지점에서 갑자기 넓은 공간이 보이자 놀란 듯했다.

‘하긴 아무리 잔여 세력이라지만 많은 인원을 수용하기 위해서는 이런 곳이 필요하겠지. 안에는 분명 이백여 구에 달하는 엄청난 수의 혈명강시를 제조할 넓은 공간도 필요하겠고 말이야.’

사람이 얼마나 이동하는지를 살펴보기 위해 그 자리에서 반 다경을 더 그 자리에 서 있었다. 하지만 때마침 경계무사들의 임무 교대시간이 되어 스무 명에 이르는 경계무사들이 입구 쪽으로 가는 것 외에는 어떤 움직임도 보이지 않았다.

‘이 안으로 들어오는 길이 단 하나뿐이니 경계를 서는 데는 매우 편하지. 분명 침입자의 존재를 알리기 위한 수단이 있겠구나.’

여기까지 판단해 보건대 내부의 경계는 그다지 심하지 않을 듯했다. 다만 외부인 침입의 신호가 알려지는 순간 어떤 변화가 있겠지만.

‘무엇보다 깨어 있는 완성된 혈명강시가 있다면 나의 이매망량도 소용이 없을 텐데…….’

얼마간의 걱정을 안고 석벽 위에서 몸을 날려 십 장이나 멀리 뛴 그는 나무 꼭대기의 가지를 밟고 다시 십 장을 건너뛰어 건물의 지붕 위로 착지했다.

곧바로 다른 건물 위로 건너가려던 현어운은 순간 온몸을 전율시키는 기이한 느낌에 자신도 모르게 뒤를 돌아보았다.

"……!"

뒤이어 축축하고 비릿한 냄새가 풍겨오자 현어운은 인상을 찌푸릴 수밖에 없었다.

'또 불길한 무언가가 일어나려 하고 있어! 나에게든 여의대원에게 일어나든 간에 서둘러야겠군!'

급히 몸을 날려 몇 개의 건물을 건널 때쯤 현어운은 멀리서 밝은 무언가가 솟아오르는 것을 볼 수 있었다.

'저건!'

예상대로 얼마 있지 않아 주변의 분위기가 소란스러워지는 것을 느꼈고 그는 급히 신형을 재촉하였다.

'공격을 시작했구나!'

사람들이 곳곳에서 나오더니 일부는 내부를 경계하고 일부는 입구를 향해 가는 것이 두 눈에 보였지만 현어운은 신경 쓰지 않았다. 오직 혈명강시가 있는 곳이 어디에 있을지에만 몰두하려 애썼다.

'이렇게 드러나는 곳에는 당연히 없을 것이다! 마음을 가라앉히고 냉정히 생각하라!'

이매망량의 수련시 살수가 가져야 할 마음가짐과 판단법을 떠올리며 현어운은 쉼없이 몸을 날렸다.

'……! 느껴진다! 좀 전까지만 해도 느껴지지 않던 무언가가 느껴져! 동류의 느낌. 게다가 그곳에서 위험한 무언가가 벌어지고 있는 것 같아. 하지만 가야 한다!'

분명 그 느낌이 혈명강시의 것이리라 확신하며 그는 북쪽으로 방향을 돌려 신형을 날렸다.

"……!"

이백여 장을 이동했을 때, 현어운은 전신을 옥죄는 것만 같은 어마어마한 기운이 느껴지자 신형을 멈추고 주변을 살펴보았다. 그의 눈에 들어온 웅대한 크기의 건물을 보고 그는 본능적으로 그것이 벽력마군이 있는 곳임을 느꼈다.

'이 정도로 강한 존재감일 줄이야… 무제 못지않구나! 그런 그를 물리친 광마도 대단한 사람이다!'

하지만 그가 아무리 강하다고 해도 현어운과는 아무런 상관이 없는 자였다. 현어운은 다른 무림인들과는 달리 호승심이 없는 자였기 때문이다.

다시 신형을 날리려던 그는 건물 밖으로 나오는 몇몇의 인영을 확인하고는 혹시나 하여 급히 이십여 장 더 물러났다. 밖으로 나온 자들 중 한 사람에게서 유독 강렬한 기운이 느껴졌는데 현어운은 그가 벽력마군일 것이라 생각했다.

벽력마군의 우측에는 아들인 한용운이 있었고 좌측에는 곰보투성이의 괴노인이 그의 뒤를 따르고 있었다.

"대사를 치러야 할 이때 무림제왕성에서 침입한 것을 보면 과연 그들의 정보력과 행동력은 대단하다 할 수 있다."

"무제라면 분명 혈명강시를 훔치려 할 것입니다."

"그럴지도 모르지. 하지만 아무리 무제라 하더라도 음양혈명강시(陰陽血冥殭屍)의 존재는 모를 것이다."

"흐흐! 탁주님의 말씀이 지당합니다. 무제가 아무리 대단한 놈이라 하더라도 제가 개발한 음양혈명강시에 대해서는 꿈에도 모를 것입니다! 오직 독패삼류 중 시귀류의 존재가 꺼려질 뿐이지요.”

“사라져 버린 시귀류가 나타날지는 모르지만… 나타난다 해도 걱정할 필요가 없다. 오늘 완성될 음양혈명강시는 시령마 자네가 말한 대로 시귀류의 힘에 굴복하지 않을 것이기 때문이지. 그리고 그것이 완성되면 혈명강시를 아무리 훔쳐 가려 해봤자 소용없다.”

“흐흐! 그렇습니다.”

시령마의 얼굴이 웃음인지 울음인지 알 수 없게 일그러진다.

“용운아.”

“네, 아버님.”

“너는 지금 입구로 가서 지휘를 하거라. 비록 명공진인(冥空眞人)이 있다고 하지만 무림제왕성에서는 결코 만만치 않은 자들을 보냈을 것이다. 어쩌면 여의대를 보냈을지도 모르니 우리는 더 더욱 서둘러야 한다.”

“알겠습니다, 아버님.”

“어서 가시지요, 탁주님.”

세 사람이 각기 다른 두 방향으로 신형을 날리자 현어운은 벽력마군의 뒤를 쫓아갔다.

반 다경가량을 적당한 거리를 두고 뒤따르던 현어운은 두 사람이 한 사람 겨우 드나들 수 있는 작은 크기의 동혈 앞에 서자 십 장의 거리를 두고 이동을 멈추었다.

“…….”

안으로 들어가려던 시령마는 벽력마군이 움직이지 않고 가만히 서 있기만 하자 의아한 표정으로 물었다.

"탁주님, 들어가지 않으십니까?"

"들어가자."

무언가를 생각하는 표정이던 벽력마군은 이내 얼굴을 펴고 시령마와 함께 동혈 안으로 들어갔다. 그의 뒷모습만 본 현어운이었지만 그는 벽력마군에게서 심상치 않은 느낌을 받을 수 있었다.

'나의 존재에 대해 의심하는 분위기였다. 아주 잠깐이었지만… 확실히 느껴져!'

현어운은 잠시 고민하다 일단은 동혈의 입구 쪽까지 다가갔다.

'읏!'

동혈 안에서는 이매망량이 아니라면 결코 느낄 수 없는 섬뜩한 기운이 풍겨져 나와 그는 자신도 모르게 한 걸음 물러나고 말았다.

'과연… 무황과 대등한 싸움을 펼쳤다는 자답군! 그럼 광마의 본무공은 대체 얼마나 강하다는 건지!'

벽력마군의 위세에서 광마가 무서운 자라는 것을 새삼 느낀 현어운은 이제 어떻게 해야 할지 고민해야 했다.

'안에서 내가 들어온 것을 알 수 있는 어떤 수단을 이미 강구해 놓았을지도 모른다.'

현어운은 만약 자신이라면 어떻게 했을지 가만히 생각해 보았다. 잠시 후 어떤 생각이 떠오른 그는 약간의 내력을 운공하여 초섬유성수를 시전했다. 그의 손에서 일어난 기운으로 가벼운 바람이 동혈 안으로 불자 갑자기 우레가 터지는 듯한 굉음과 함께 동혈 안이 울렸다.

우르르릉!

'큭?!'

현어운은 자신의 전신을 옭죄는 어마어마한 기운에 깜짝 놀라며 급히 우측으로 몸을 날렸다.

콰쾅!

그가 있던 자리는 푸른 빛 뇌력이 휩쓸고 지나가 폐허가 되어 있었다.

'엄청나군! 인간이 이런 장력을 시전할 수 있다니!'

벽력마군의 장력에 그는 가슴이 기이하게 뜨거워지는 것을 느꼈다. 그건 바로 무인으로서의 대결해 보고 싶은 본능이었다. 하지만 그런 마음을 접어버린 그는 동혈 안에서 흘러나오는 기운의 변화에 대해 가만히 느끼기 시작했다.

한편 동혈 안에 있던 벽력마군은 동혈 입구 쪽에 내력으로 살짝 띄워놓은 작은 면포가 흔들리는 순간 벽력천광수를 시전했음에도 아무런 저항이 느껴지지 않자 편치 않은 안색으로 고개를 갸웃거렸다.

"혈명강시를 산산조각 내었다는 자가 기척도 느껴지지 않는 은신술을 쓴다길래 그자가 이미 안으로 들어온 줄 알았는데 아니었나 보군."

"흐흐! 입구는 겨우 두 세 사람만 들어갈 수 있는 천연의 험지인데 어찌 그놈이 쉽게 들어오겠습니까? 아무리 은신술이 대단하다 하더라도 그것은 불가능한 일입니다."

"……."

시령마의 말을 수긍하는 것은 아니었지만, 그래도 자신의 장력에 아무런 느낌이 없는 것을 보면 단순히 바람이 불어온 것이 분명했다. 즉 아무도 없었다는 말이었다.

"들어가지. 대법을 시행하려면 반 시진이 족히 걸리니 서둘러야겠네."

현어운은 동혈 안에서 느껴지던 위협적인 기운이 멀어지자 회심의 미소를 지었다.

'과연… 아무리 벽력마군이라 하더라도 이매망량의 존재에 대해 쉽게 파악할 수는 없을 것이다.'

서둘러 동혈 안으로 들어가자 먼저 칠흑 같은 어둠이 그를 맞이했다. 조심스럽게 벽면을 따라 이십여 장 이동하니 벽면 좌우에 횃불이 박혀 있어 동혈 안을 밝혀주고 있는 걸 볼 수 있었다.

'일단 이곳에 혈명강시가 있으니… 너무 가까이 가면 위험할지도 몰라.'

혈명강시가 과연 얼마나 멀리 떨어져 있는 사람의 기척을 느낄 수 있는지 몰랐기에 신중에 신중을 기하는 방법밖에 없었다.

다시 이십여 장을 이동하자 팔 장 정도 앞에 출구가 보였다. 퀴퀴한 냄새가 흘러나오는 것을 보면 죽은 자들이 모여 있는 곳이 분명했다. 이매망량임에도 걸음을 천천히 하여 입구 쪽으로 다가간 현어운은 출구의 경계에 서서 내부를 살펴보았다.

'어마어마하군!'

출구를 나가 계단으로 오 장 정도 내려가면 나오는 거대한 공간에는 많은 개수의 관들이 줄을 맞추어 양쪽에 놓여 있었다. 뚜껑이 열려 있는 관에는 현어운의 예상대로 혈명강시들이 죽은 듯이 누워 있었다.

'깨어 있지 않아서 다행이군.'

안도의 한숨을 쉰 그는 동혈 내부를 죽 훑어보았다. 천장의 높이가 거의 삼십 장은 되어 보이는 엄청난 높이였고 자신이 있는 곳에서 동혈의 끝까지 직선거리가 족히 팔십 장은 되어 보였다.

그렇게 시선을 돌리던 그는 사십 장 정도 떨어져 있는 곳에 있는 석

단(石壇)에 두 사람이 올라가는 것을 보았다. 열 사람은 족히 올라갈 수 있는 단 위에는 두 개의 관이 있었는데 위치상 현어운은 그 안에 무엇이 있는지 볼 수 없었다.

'저게 음양혈명강시라는 것인가? 대체 그것이 무엇이길래 아무리 훔치려 해봤자 소용없다는 것이지?'

현어운은 조심스럽게 앞으로 걸어가 안으로 들어왔다. 비록 충분히 먼 거리였지만 벽력마군이 또 한 번 더 그런 느낌을 받는다면 이번에는 자신의 존재에 대해 의심이 아닌 확신을 할 것이고, 그러면 혈명강시를 깨울지도 몰랐다. 절연세운기를 깨달은 지금 혈명강시 자체는 그에게 큰 문제가 되지 않지만 문제는 벽력마군의 존재였다. 벽력마군만 해도 자신과의 단독승부에서 어찌 될지 알 수 없는 자였기 때문이다.

그는 품속에 있는 벽력탄을 꺼내 들었다. 애초에 혈명강시를 탈취하여 무림제왕성에 좋은 일을 하겠다는 생각은 없었다. 이런 역천의 무기를 무림제왕성이 사용한다면 무림제왕성 자체가 또 하나의 악의 집단에 다름 아니었다. 그것은 단리채빈이 원하던 무림의 평화와는 정반대의 길을 걷는 것이다.

'그러지 못하도록 다 없애야 해!'

그는 벽력탄을 던지기 위해 팔을 들었다. 하지만 던지지 않고 망설이는 그의 얼굴에 고민하는 기색이 역력했다. 내부의 중앙쯤 던진다면 두 사람과 함께 저주받은 혈명강시 모두가 녹아버릴 것이다. 그러면 모든 것이 원만하게 해결될 것인데도 망설여지는 것이었다.

'이미 살인자가 된 나인데… 이것마저 사용한다면 난 인간이길 포기하는 것이나 다름없어! 벽력탄을 사용하던 그자들을 미워하던 내가 이것을 사용해야 하는 건가?'

신록희의 그들과 같은 부류가 될 것 같다는 생각에 또다시 망설이는 그였다. 이곳 영대산에 오기 전에도 수차례 고민하던 것이 직접적인 상황에 직면하자 표출된 것이다.

'제길! 왜 지금 와서 또 흔들리는 거야!'

현어운은 일단 벽력탄을 다시 품속으로 집어넣었다. 이미 던질지 말지 고민하게 된 이상 가만히 있어봤자 저들에게 시간만 벌어주는 셈이 된다는 걸 알기 때문에 차라리 안쪽에서 이들이 무엇을 하는지 지켜보기로 한 것이다.

그때 벽력마군과 시령마는 음양혈명강시의 재료가 되는 한 쌍의 남녀 혈명강시를 내려다보며 이야기하고 있었다.

"시령마, 자네의 말대로 이것이 우리의 현 상황을 역전시켜 줄 것이라 믿고 있네."

"걱정 마십시오. 혈명강시 제조법을 발견한 이후 오십 년 동안 줄곧 연구해 오던 것입니다. 탁주님의 지원으로 그 연구는 이제 완벽해졌고, 십중십 성공할 것이라 자신합니다. 흐흐흐!"

벽력마군은 음양혈명강시의 탄생으로 모든 혈명강시가 이 한 쌍의 강시에게 복종하는 사실을 매우 기대하고 있었다. 그렇게 된다면 그렇지 않아도 강력한 혈명강시가 집단적인 움직임을 보이며 더욱 강해질 수 있기 때문이었다.

"준비는 완벽히 되었으니 이제 대법을 걸기만 하면 됩니다. 그럼 이 한 쌍의 혈명강시는 역천음양합시(逆天陰陽合屍)를 통해 이각 후면 음양혈명강시가 될 것입니다. 흐흐!"

"시행하게."

시령마는 고개를 끄덕인 후 품에서 묵빛의 서책을 꺼내 어딘가를 펼치더니 작은 목소리로 구결을 읊기 시작했다. 구결이 시작되자마자 그의 전신에서 음산한 회색 빛이 발했고, 회색 빛이 점점 진해짐과 동시에 시령마가 구결을 읊는 소리 또한 동굴 내부를 울릴 정도로 강력해졌다. 현어운은 벽력마군 때문에 마음먹은 대로 다가가지는 못하고 거리를 둔 채 조금씩 다가갔다.

다행히 벽력마군은 대법에 신경을 쏟느라 그런지 좀 전과 같이 어떤 이상한 느낌을 받지 못한 듯했다.

'……!'

동혈을 울리던 시령마의 외침이 갑자기 끝이 나자 동혈 안은 일순간 한없는 적막에 빠진 것처럼 답답함을 안겨주었다. 하지만 그 답답함은 관 안에서 두 구의 혈명강시가 괴이한 소리를 내며 일어서는 것과 함께 사라져 버렸다.

"끼아아악!"

"끼끽… 끼이이!"

두 강시가 일어나자 시령마의 눈짓에 두 사람은 급히 단 아래로 내려왔다.

"역천음양합시를 시작하면 이백 구의 혈명강시에서 자연적으로 일어나는 시기(屍氣)로 인해 위험해질 수 있으니 저희는 출구 쪽에서 지켜봐야 합니다."

시령마의 말과 함께 두 사람이 신형을 날려 출구 쪽으로 향하자 현어운은 고민할 수밖에 없었다.

'젠장, 시기로 중독되면 위험할 텐데 어떡하지?

현어운은 어서 결정을 내려야 함을 느꼈다. 아무래도 음양혈명강시가 완성되면 어떤 위험한 일이 벌어질 것임은 굳이 보지 않아도 알 수 있었고, 무엇보다 다른 혈명강시가 후에 깨어난다면 자신의 안전도 보장할 수 없었다.

현어운은 일단 자신도 물러서서 사태를 지켜보자 생각하며 신형을 돌리려는 순간 자신의 시야로 두 구의 강시가 들어오자 몸을 부르르 떨고 말았다.

'저, 저 여자는?!'

현어운은 두 눈을 부릅뜨고 여강시의 정체를 다시 한 번 확인했다.

'그녀가 맞아! 반서연!'

자신이 낭인무사대에 있을 때 처음으로 파견된 황정지부에서 어떤 사내에게 겁탈당하던 여인. 그는 그 모습을 무력하게 지켜보다 도망쳐야 했던 자신을 떠올렸다. 그녀와 아무런 관계도 아니었지만 그때 느꼈던 스스로에 대한 무력감과 수치는 평생 잊을 수 없을 것이다.

두 주먹에 힘이 절로 들어갔고 이를 지그시 깨물며 그때 느꼈던 감정을 억지로 참아내는 그였다.

'그때는 아무런 도움도 주지 못했지만 이제는 아니다! 힘만을 우선으로 하는 무림인처럼 되는 한이 있더라도… 도움을 주어야겠다! 모형은 힘을 길러 직접 부딪쳐 보라고 했고 난 도망가려 했지만 이제 도망갈 필요가 없어!'

한 쌍의 강시는 다른 강시들과는 달리 두 발을 자유롭게 움직이고 있었다. 서로에게 이끌리듯 자연스럽게 다가간 두 강시는 그대로 바닥에 한몸이 되어 누웠다. 역천음양합시라는 것은 사람으로 치면 음양화합을 의미하는 것이었다.

사내 강시의 하물이 거침없이 반서연의 안으로 들어가자 두 강시의 몸에서 회색 빛이 뿜어져 나왔고, 사내의 몸이 마치 인형처럼 딱딱하고 어색한 자세로 움직이자 회색 빛은 곧 동혈 내부 전체로 뻗어나가기 시작했다.

현어운은 그 신비로운 현상을 잠시 넋 놓고 바라보다가 곧 정신을 차리고는 급히 계단 쪽으로 이동했다. 출구 쪽에서는 두 사람이 역천음양합시가 이루어지는 장면을 진지하게 보고 있는 중이었다.

그러다 갑자기 벽력마군이 안색을 굳히더니 급히 몸을 돌려 입구 쪽으로 신형을 날렸고 서령마 또한 덩달아 그의 뒤를 따라갔다.

현어운은 출구 근처까지 누군가 들어왔기에 그가 그런 반응을 보였음을 알고는 두 사람이 돌아올 때까지 잠시 기다리기로 했다. 벽력마군과 시령마가 이곳으로 들어왔을 때 벽력탄을 날릴 생각이었던 것이다.

입구 쪽으로 경공술을 시전하여 순식간에 침입자에게 접근한 벽력마군은 침입자가 자신의 아들인 것을 알고 놀랐다. 전신이 피에 흠뻑 젖어 있고 입가에는 피를 게워낸 흔적이 보였기 때문이다.

"무슨 일이 생긴 것이냐?"

"헉헉… 과, 광마가 나타났습니다, 아버님!"

그의 말에 눈살을 찌푸린 벽력마군은 아들을 다그쳤다.

"좀 더 자세히 말해보거라."

"침입자는 예상대로 여의대였습니다. 어떤 목적으로 왔는지는 모르나 무차별적으로 공격을 하고 있어 매우 힘든 상태입니다. 다행히 입구를 선점당하지 않았기에 역공당하는 일은 벌어지지 않았지만 광마와 남궁명욱의 무공이 대단하여 고전하는 중입니다."

숨이 차 오르는 것을 억지로 참으며 대답한 한용운은 고통스러운지 얼굴을 찌푸렸지만, 중요한 시점에서 이런 일이 벌어져 관심이 다른 곳으로 쏠린 벽력마군은 아들을 신경 쓸 여유가 없어 보였다.

"명공진인은 어떻게 되었느냐?"

"광마와 대결을 벌이고 있습니다. 광마가 저를 보더니 선공하여 이렇게 당하자 명공진인께서 막아주신 것입니다."

"…시령마, 내가 없어도 대법은 완성시킬 수 있겠는가?"

"걱정 마십시오, 탁주님! 대법은 곧 완성될 것입니다!"

"자네만 믿겠네. 금탁의 부활은 자네의 손에 달려 있으니."

"대법이 완성되면 모든 혈명강시가 일어날 것이고, 침입자들쯤이야 손쉽게 해치울 것입니다."

시령마의 자신있는 말에 고개를 끄덕인 벽력마군은 한용운의 어깨를 두드리며 말했다.

"수고했다. 너는 이제 여기서 기력을 회복하면서 대법을 지켜보거라. 만약 어떤 일이 생긴다면 결코 젊은 혈기를 드러내지 말거라. 넌 내가 없어도 충분히 예전의 금탁을 만들 수 있는 능력이 있으니까 후일을 대비해야 한다."

"아버님! 그런 말씀은 하지 마십시오!"

"만약을 대비해서 하는 말이다. 시령마, 혹시나 그런 일이 일어난다면 어떻게 해야 하는지 알고 있으리라 믿네."

"흐흐, 물론입니다! 도련님의 안전은 어떤 일이 있어도 지켜 드릴 수 있습니다."

"…대법을 완성시키게."

벽력마군은 이 말을 남기고는 순식간에 자리에서 사라져 버렸다.

그가 사라지자 두 사람은 무거운 기색으로 출구 쪽으로 돌아갔다. 안에서는 역천음양합시로 인해 회색 운무가 동혈 안을 가득 채우고 있어 소름이 돋을 정도로 귀기로웠다. 간간이 한 쌍의 강시에게서 괴이한 소리가 들려와 그 귀기로움은 더했다.

대법이 시행되는 장면을 본 한용운은 잠시 놀란 모습이었지만 이내 가부좌를 하고 운공요상법을 시행하려 했다.

한용운의 모습을 잠시 지켜보던 시령마는 우연히 자신의 시야로 들어온 한 사내의 모습을 보고는 대경하며 자신도 모르게 뒷걸음질치고 말았다.

"누구냐?!"

"……."

모습을 드러낸 현어운은 말없이 두 사람을 노려보고 있었다. 벽력마군이 밖으로 나가 버린 것을 안 그는 더 이상 몸을 숨길 필요가 없다고 생각한 것이다. 벽력마군이 없는 것은 아쉽지만 저 두 사람이라도 죽여 역천의 행위를 막으리라 마음먹었다.

한용운 또한 깜짝 놀라며 힘겨운 몸을 억지로 일으켰다.

"너는 비검탈명귀영?!"

"그런 걸 알 필요는 없어! 너희들은 대체 무슨 권리로 죽은 자들을 멋대로 다루고 산 사람들을 멋대로 죽여 강시를 만드는 것이지?!"

"호호호! 이제 보니 평화를 사랑하는 놈이었군? 힘이 있으면 무엇이든 마음대로 해도 되는 곳이 바로 무림인 것을 아직도 모르고 있단 말이냐?"

"힘만 있으면 무엇이든 해도 된다? 웃기지 마라! 너희들은 스스로를 그렇게 타락시켜 놓고도 잘난 입으로 행복해하고 있느냐? 역겹구나!"

"호호! 그럼 네놈이야말로 그렇게 잘났느냐, 비검탈명귀영? 네놈도 힘이 있어서 남을 죽이고 너는 살지 않았느냐? 약육강식을 거부하는 것은 위선일 뿐이다! 하앗!"

계단 아래에 있는 현어운을 향해 시령마는 기습을 가했다. 붉은 기운을 품은 시령마의 추명시혈장(追命屍血掌)이 거대한 기운을 품고 날아가자 현어운은 손에 들고 있던 도끼를 휘둘렀다. 초섬유성수에 절연세운기를 접목시키자 도끼는 눈에 보이지 않을 정도로 빠른 속도로 움직여 시령마의 장력을 반으로 갈라 버렸다.

기운의 형태를 가른다는 것은 결코 쉬운 일이 아니었기에 시령마는 대경하며 재차 공격을 가했다.

"하앗!"

추명시혈장을 시전하려는 듯 우수를 내밀던 시령마는 뒤이어 좌수를 같이 내밀었다. 우수는 허초였는지 아무것도 나가지 않고 좌수에서 미세한 분말들이 허공으로 퍼져 나갔다.

"……!"

순간적으로 매우 지독한 독분(毒粉)임을 안 현어운은 급히 장력을 시전하였지만 이미 그때는 두 사람 모두 출구 쪽으로 빠져나간 후였다.

"……!"

여러 차례 장력을 시전하여 독분을 완전히 흩어버린 그는 그들을 뒤쫓을지, 아니면 음양혈명강시가 완성되기 전에 벽력탄을 던져 이들을 제거할지 고민했지만 곧 결정을 내렸다.

'그래! 오늘은 사람을 죽이는 것이 아니라 많은 사람들을 죽이는 데 쓰이는 이들을 없애기 위해 온 것이다. 결코… 무제의 뜻대로 되게 하지는 않겠다!'

현어운은 계단을 올라가 장내를 잠시 살펴보았다. 회색 운무에 휘감겨 이제 한 치 앞도 보이지 않는 상황이었지만 그것이 아마 대법의 절정기일 것이라 여긴 현어운은 더 이상 망설이지 않기로 했다. 그가 다시 벽력탄을 꺼내어 던지려는 순간, 전율이 일 정도로 끔찍한 비명 소리가 동혈 안을 울려 퍼졌다.

"끄아아악—!"

"……?! 여의대원은 이곳에 올 리가 없어! 그럼 대체 누가?"

동혈 쪽에서 밀려오는 불길한 느낌에 현어운은 아주 잠시 망설였지만 일단 벽력탄을 던지는 것이 우선이라 생각하여 벽력탄을 던지려 했다.

쐐에에엑—!

그때 동혈 안을 가르는 차가운 바람 소리에 현어운은 벽력탄을 던지면 자신의 목숨이 위험해짐을 알고 급히 몸을 옆으로 틀었다.

쉬익!

"큭!"

현어운은 검이 옆으로 스친 것뿐인데도 자신의 허리가 베인 느낌에 대경하며 출구 안으로 몸을 날리려 했지만 어느새 검은 그를 향해 회선하여 날아오고 있었다.

'이기어검술?!'

현어운은 굳은 표정으로 검이 지척까지 다가올 때까지 기다렸다가 초섬유성수의 묘리를 섞어 도끼를 휘둘렀다. 시퍼렇게 맺혀 있는 부강과 검이 부딪치자 놀랍게도 검은 물 흐르듯 도끼를 비껴나더니 현어운의 왼쪽을 스쳐 지나가며 동혈 안으로 사라져 버렸다.

"큭!"

다시 옆구리에서 혈선이 그어지며 피가 튀었지만 자신의 부상보다는 상대방의 놀라운 검법에 놀란 그였다.

그가 채 다른 자세를 취하기도 전에, 동혈 안에서 누군가 바람처럼 다가오는 것을 느낀 현어운은 도끼를 쥐고 있던 손을 가만히 놓았다. 놀랍게도 도끼가 땅에 떨어지지 않고 공중에 뜬 채로 회전하기 시작하자마자, 동혈 안에서 두 인영이 튀어나오더니 그대로 현어운을 향해 공격해 갔다.

우우웅!

태산압정처럼 단순한 가르기 수법 같았지만 그 위력과 빠르기는 무엇과도 비교할 수 없을 정도였다.

그때 현어운의 도끼가 번개처럼 한 사람의 검을 향해 날아갔고, 다른 한쪽을 향해서는 오른쪽 춤에 매어 있던 단검이 어느새 뽑혀져 날아가고 있었다. 절연세운기의 화려한 모습 속에 담긴 날카로움을 알았던가? 그들은 자신들이 펼쳐 내던 초식을 급히 멈추고 몸을 뒤로 날리는 것이었다.

하지만 현어운이 날린 두 개의 무기는 회전을 멈추지 않고 계속하여 그들을 따라가자, 두 사내는 미끄러지듯이 앞으로 다가와 도끼와 단검을 피하더니 현어운을 향해 되레 반격을 가했다.

위협을 느낄만도 하건만 현어운은 그들의 파상적인 공격에도 전혀 두려워하지 않았다. 오히려 그를 공격하려던 두 사내가 몸을 위로 띄웠고, 그들이 있던 빈자리를 두 개의 무기가 스쳐 지나갔다. 두 무기가 현어운의 앞에 섬과 동시에 두 사내의 신형이 재빠르게 뒤로 물러나 착지했고, 그제야 현어운은 두 사내의 모습을 확인할 수 있었다.

"…너희들은 누구지?"

검은색 귀면탈을 쓰고 있는 두 사내는 급격한 움직임을 보여주었음에도 고른 호흡을 하고 있었다. 그들이 말없이 현어운을 보고만 있자 더 이상 시간을 끌어서는 안 되겠다는 생각에 공격을 가하기로 했다.

'너희들이 누구든 간에… 난 내 할 일을 마쳐야겠다!'

현어운 앞에서 회전하던 두 무기가 앞으로 거세게 날아감과 동시에 현어운의 신형이 깜쪽 같이 사라진다. 두 사내의 놀라움을 뒤로한 채, 현어운의 신형 또한 그들의 뒤로 가고 있었다.

"크흑… 끄으……!"

시령마의 얼굴이 지독한 고통으로 한껏 일그러져 있었다. 동혈의 벽에 떠밀린 채 누군가의 손에 멱살이 잡힌 그는 숨이 막혀 죽을 것만 같았다.

그의 배에서는 무언가에 의해 주먹만한 구멍이 뚫려 있어 얼마 있지 않아 과다한 출혈로 죽을 것이 분명했다.

"너, 너, 너희들……."

시령마의 시선이 반대쪽 벽을 향했다. 거기에는 한용운이 귀면탈을 쓴 누군가의 손에 멱살이 잡혀 벽에 떠밀린 상태였다. 그리고 동혈 한가운데에는 여섯의 귀면탈을 쓴 사내들이 자신들을 바라보고 있었다.

'위험한 놈들이다! 크윽!'

시령마는 본능적으로 이들이 매우 잔혹하며 빈틈이 없는 자들임을 알 수 있었다. 자신도 무림에 몸담은 지 수십 년이 지났지만 이들처럼 잔인하면서도 절로 두려움을 안겨주는 존재를 본 적이 없었다.

그때 가운데 서 있던 여섯 중 두 사람이 각자 한용운과 시령마를 향해 다가가더니 품속을 뒤지는 것이었다. 시령마의 품속을 뒤지던 사내가 얼마 있지 않아 두 권의 책자를 꺼내었다.

"혈명시서(血冥屍書)와 음양혈명총화(陰陽血冥恖化)입니다."

가운데 서 있던 네 사람 중 하나가 고개를 끄덕이자, 책자를 쥐고 있던 사내가 그에게 두 권을 건네주었다. 혈명시서를 잠시 훑어보던 그는 재차 고개를 끄덕이더니 이내 음양혈명총화를 훑어보기 시작했다. 그리고 얼마 있지 않아 그는 팔을 부르르 떨더니 고개를 돌려 시령마를 노려보았다.

"음양혈명강시라니! 그것을 완성시켰느냐?!"

"흐, 흐흐… 그, 그건… 가보면… 알게 될 것이다……. 그리고… 다, 다행히도 대법을 푸는 법을 써놓지 않았지…… 흐흐흐! 크헉!"

그의 멱살을 쥐고 있던 사내의 악력이 더욱 강해지자 시령마의 두 눈이 고통으로 튀어나올 듯이 커졌다.

이들의 수장으로 보이는 사내는 곧바로 명령을 내렸다.

"먼저 간 두 사람도 오지 않고 있으니 가서 확인해 보아라."

"그럴 필요 없다."

"……?!"

어둠 속에서 서서히 나타난 목소리의 주인공은 바로 현어운이었다. 옆구리에서 흐르던 피는 멈춘 상태였지만 붉게 물들어 있어 자칫 치열한 혈전을 벌이다 온 것으로 착각할 만했다.

"현어운, 두 사람은 어떻게 되었나?"

"……?! 내 이름을 어떻게 알지? 너희들은 누구냐?!"

"태극탈명비동. 성주님의 명령을 받고 왔다."

"무제의……?! 그렇다면 왜 날 공격하는 것이지? 그리고 무슨 목적으로 온 것인가?!"

"궁금한 것이 많군. 그냥 죽어주면 될 것을."

그의 말이 끝나자마자 다섯의 사내들이 일제히 그를 향해 몸을 날렸다. 그 모습에 얼굴을 찌푸린 현어운은 분노를 금하지 못했다.

'무제! 겉으로는 아무렇지도 않은 척하더니 결국엔 나를 죽이고 혈명강시를 모조리 탈취하려는 속셈이었구나!'

자신에 대해 어느 정도 알고 있을 것이란 생각에 현어운은 급히 이매망량의 상태로 돌아가 출구 쪽으로 몸을 날렸다.

"뒤쫓아라. 은신술이 극에 이르렀지만 우리를 너무 우습게 보았음을 통감할 것이다."

다섯 사람이 동혈 안쪽으로 사라지자 그는 시령마를 향해 다가갔다.

"저자가 벽력마군의 아들인 것을 알고 있다. 저자의 목숨을 살리고 싶다면 음양혈명강시의 대법을 푸는 법을 말하라."

"흐흐흐흐……!"

그러나 시령마는 그저 비릿하게 웃으며 그를 노려볼 뿐이었다. 그러자 반대쪽 벽에 있던 한용운에게서 고통에 찬 소리가 터져 나왔다.

"으으으으윽! 크흑!"

한용운의 옆구리 쪽으로 사내의 검이 조금씩 박혀 들어가고 있는 것을 본 시령마는 그럼에도 눈 깜짝하지 않고 이를 드러내며 웃는다.

"내가… 겨우 그런 협박에 넘어갈 것 같느냐? 크크크! 이제 시간이 다 되었도다!"

"끼아아아아—!!"

희열에 찬 시령마의 말이 끝나자마자 동혈 안에서 지옥의 사자가 울부짖는 것만 같은 지독한 괴성이 울려 퍼지기 시작했다.

우우웅—!!

동혈 안을 울리는 지독한 마성(魔聲)에 귀면탈의 세 사람이 자신들도 모르게 귀를 막고 내공을 끌어올렸을 정도였다. 땅에 떨어진 시령마는 마성에 대해 이미 예측하고 있었기 때문에 고통스러웠지만 세 사람만큼 힘들어하지는 않았다.

빠져나가야 한다는 생각 하나로 내부를 울리는 고통을 참으며 자리에 일어선 시령마는 품속에서 무언가를 꺼내 두 사람을 향해 뿌렸다.

뒤이어 한용운에게로 다가가 옆의 사내에게 독분을 뿌린 뒤 한용운의 몸을 일으켜 세웠다. 옆구리에 검이 깊게 박히진 않아 목숨에 지장이 없음을 안 그는 지체없이 검을 뽑은 뒤, 그를 이끌고 혈명강시들이 있는 동혈 안으로 들어갔다.

"크으윽!"

시령마가 뿌린 독분에 자신의 멱살을 쥐고 있던 사내는 미처 대비 못하고 피를 뿜으며 쓰러져 버렸고, 이들의 수장이었던 사내는 몸을 뒤로 날려 독분을 피한 상태였다.

"음양혈명강시를 제어할 수 있는 법이 없다면… 음양혈명강시를 죽이면 될 것이다."

안으로 사라져 버리는 그들을 바라만 봐야 했던 사내는 동료 두 사람이 죽어가는 건 신경도 쓰지 않고 안으로 들어가 버렸다.

"크으윽!"

출구 쪽까지 왔던 현어운을 비롯한 다섯 사내는 동혈 중앙에서 울려 퍼지는 뜻하지 않은 괴성으로 괴로워하고 있었다.

동혈 안을 가득 채웠던 회색 운무는 사라진 상태였고, 이백여 개의 관에서 혈명강시들이 서서히 일어서고 있었다.

여전히 터져 나오는 괴성에 대항하기 위해 내공을 끌어올려 어느 정도 안정을 되찾은 현어운은 그들에게서 뿜어져 나오는 불길한 기운에 가슴이 세차게 뛰었다.

'이매망량의 본능이 두려워하고 있어! 위험하다! 저들을 파괴하지 않으면……!'

현어운은 급히 벽력탄을 꺼내어 음양혈명강시를 향해 날렸다. 그리고 곧바로 입구 쪽을 향해 달려갔다.

그의 행동에 잠시 머뭇거리던 다섯 사람은 그가 날린 것이 심상치 않은 것임을 알면서도 본능적으로 현어운을 향해 공격을 가했다.

"윽?!"

갑작스런 공격에 놀란 현어운은 어쩔 수 없이 가던 몸을 멈추고 우측으로 몸을 피할 수밖에 없었다.

우르르룽─!

아니나 다를까, 얼마 가지도 않아 천지가 무너지는 것만 같은 굉음이 동혈 안을 뒤흔들기 시작했다.

"끼아아아악!"

"뭐지?!"

"벽력탄이다!"

태극탈명비동의 다섯 사내는 결코 평범한 자들이 아니었는지 재빠르게 상황을 판단하고는 급히 몸을 날렸다. 그때는 이미 현어운의 신형도 이매망량으로 돌아가 사라지고 없었다.

콰콰콰쾅!!

뒤이어 동혈의 천장에서 돌덩이들이 무너지기 시작하면서 이제 막 일어선 혈명강시들을 향해 떨어져 내리고 있었다. 화염이 동혈 내부를 뒤덮고, 떨어지는 거석들 속에서 강시들의 괴성이 울려 퍼진다. 뒤이어 동혈의 통로 쪽도 폭발의 여파로 인해 무너지기 시작했다.

다섯 사내들이 급히 뛰쳐나오자 이들의 수장이었던 사내와 만나게 되었고, 그들은 심상치 않은 사태에 말없이 몸을 돌려 밖으로 뛰쳐나가기 시작했다.

"벽련탄입니다! 현어운이 벽력탄을, 크악!"

말하던 사내의 팔이 잘리는가 싶더니 이내 목마저 깨끗이 잘려 버렸다. 갑작스런 사태에 귀면탈의 사내들은 깜짝 놀랐지만 이내 수장의 말을 듣고 안정을 되찾았다.

"원진(圓陣)의 형태로 선 채 모두 검막을 시전하라."

곧바로 원형으로 선 다섯 사람은 검을 휘둘러 검막을 시전했다. 모두가 검막을 휘두르자 그들의 주변에 노란빛 막이 사방을 뒤덮었다. 그 검막에 부딪힌 돌들이 가루가 되어 흩날릴 정도로 무서운 위력을 발휘하는 것을 보면 이들의 무공이 얼마나 뛰어난지 알 만했다.

쿠쿠쿠쿵!

원진을 이룬 채 그들이 이동하자 이매망량의 상태에 있는 현어운은 더 이상 거석이 떨어져 내리는 동혈 내에서 저들을 어떻게 할 수 없음을 알고 급히 몸을 날렸다.

얼마 있지 않아 동혈은 완전히 무너져 내렸고, 외부에서는 동혈이 무너져 내리는 소리에 무사들이 하나둘 모여들기 시작했다.

한편 입구 쪽의 상황은 혼란스럽기 그지없었다. 벽력마군이 나타나 광마에게 밀리고 있는 명공진인을 대신해 싸우게 되자 명공진인이 다른 여의대원들과 상대하게 되어 상황이 뒤바뀌게 되었다.

그러나 돌연 어디에선가 사십여 명의 무사들이 나타나더니 추풍낙엽처럼 금탁의 무사들을 이리저리 휩쓸기 시작했다. 바로 창기대와 폭혈마마대의 비사들이 모습을 드러낸 것이다.

광마와 벽력마군의 싸움을 보지 못한 여의대원들은 그들의 강맹하고 치열한 싸움에 시선을 뗄 수 없었다. 이전 싸움에서 광마가 이겼다고는 하지만 그것은 결코 손쉬운 승리가 아니었다. 그만큼 이번의 싸움 역시 간단할 수가 없었다.

벽력마군의 뇌기가 사방으로 솟구치고 광마의 거석을 으스러뜨릴 힘이 뇌기를 압도하려 한다. 검과 장력이 부딪칠 때마다 엄청난 힘의 여파가 몰아쳤기 때문에 그들의 십오 장 주변에는 사람들이 얼씬도 하지 않았다.

우르르릉!

비사의 출현과 명공진인의 개입, 그리고 속속들이 나오고 있는 금탁무사들과 고수들로 인해 혼전 일색이던 장내는 멀리서 들려온 굉음에 잠시 싸움을 멈추었다.

"무슨 소리지?! 혹시 어운에게 문제가 생긴 건 아닐까?"

전유림의 걱정에 만위령이 고개를 끄덕였다.

"아무래도 좋지 않은 일이 생긴 것 같네. 이유없이 저런 소리가 나지는 않을 것 아냐?"

그때 광마와 싸우고 있던 벽력마군이 이전같이 여유있는 표정이 아닌 굳은 얼굴로 광마를 더욱 거세게 밀어붙이기 시작했다. 굉음이 난 위치가 분명 음양혈명강시를 만들기 위한 대법이 시행되고 있는 곳이었기 때문이다.

은신술을 사용하는 비검귀영탈명이 이곳에 은닉해 있을 것이라 생각한 것이 잘못이었다. 저들의 목표를 알고 있었음에도, 은신술의 귀재인 그가 지척에 있을 것이라는 생각을 가볍게 넘긴 것이다.

'낙불과 패련도, 심지어 혈명강시마저 죽인 자를 너무 가볍게 봤음이 나의 실수다!'

만약 음양혈명강시의 대법에 이상이 생겼다면 더 이상 금탁은 회생의 가능성이 없었다. 그나마 자신의 아들이 살아 도망 나간다면 후일을 기약할 수 있겠지만 오랜 시간이 걸릴 것이다. 자신도 오늘을 위해 얼마나 오랜 시간을 보내왔던가?

"더 이상 이대로 놀고 있을 수만은 없겠군."

벽력마군의 몸에서 이전과는 비교할 수 없을 정도로 강맹한 푸른 빛 뇌전이 폭발했다. 광마에게 패해 도주하는 수치를 머금으면서도 사용하지 않았던 최후의 비공을 사용하려는 것이었다.

우우웅―!

이전과는 전혀 다른 어마어마한 기운이 심상치 않음을 느낀 광마는 긴장이나 두려움은 전혀 찾아볼 수 없었다. 오히려 섬뜩한 미소를 지으며 즐거워하고 있었다.

"크크큭! 진작 그럴 것이지! 분명 한 수를 숨겨두었을 것이라고는 생각하고 있었다! 크하하하!"

광마의 검이 이전과는 달리 흑염(黑炎)을 뿜어내며 불타오른다. 광마의 몸 또한 예전에 벽력마군과 싸웠을 때처럼 시커멓게 변했고, 두 흰자위 또한 어딜 갔는지 검게 변해 버렸다.

인간 같지 않은 모습에 이를 보던 금탁의 무사들은 두려움과 거부감에 눈살을 찌푸리며 자신들도 모르게 뒷걸음질쳤다.

벽력마군의 비기(秘技), 벽력진원장(霹靂震源掌)이 뻗어나가자 거대한 폭풍이 사방을 휘몰아치기 시작했다. 바람이 분노하고, 먼지가 광란한다. 주변의 십여 장이 그의 뇌기로 가득 차 있었다. 한 인간이 뿜어내는 위력이라고는 믿기 힘들 정도로 그의 장력은 패도적이었다.

그리고 그의 장력에 맞서 검을 휘두르는 광마의 전신은 완벽한 어둠인 양 검다. 검게 불타오르는 광마의 기운은 벽력마군만큼 패도적인 느낌을 주지는 않았지만 그 안에는 무엇도 범접할 수 없는 강맹한 기운이 내재되어 있었다. 세상의 그 어느 것도 이 검 앞에서는 형체를 보존할 수 없을 것만 같은 흉폭함이 느껴졌다.

"엄청나군! 인간이 과연 저렇듯 강할 수 있는 것인가?!"

남궁명욱의 비탄 서린 감탄은 모두의 심정이기도 했다.

"피해야 할 것 같은데 왠지?"

"서둘러야겠군요."

전유림의 질문에 조선영이 곧바로 대답하며 급히 몸을 날려 그들과 거리를 두려 했다.

콰콰쾅—!!

현어운은 동굴의 입구가 무너지기 직전에 귀면탈의 다섯 사람이 밖으로 뛰쳐나오는 것을 볼 수 있었다. 그러나 그들은 무사히 빠져나왔다는 안도감에 빠지지 않고 여전히 검막을 시전하며 현어운을 경계하고 있었다.

검막을 잠시 시전하는 것도 아니라 장시간 유지하는 것이 얼마나 어려운 것인지를 아는 현어운은 무거운 마음으로 그들에게 다가가려 했다. 그러나 전신을 엄습하는 기이한 느낌에 주변을 돌아보았다.

"끼아아악!"

그때 무너져 버린 동굴 안에서 지옥에서 울려 퍼지는 것마냥 지독한 괴성이 울려 퍼지더니 입구를 막고 있는 돌무덤이 흔들거리기 시작했다.

'이, 이럴 수가! 그 폭발 속에서도 살아남았다니!'

하지만 현어운은 입구의 돌이 사방으로 비산하면서 검은 인영들이 밖으로 뛰쳐나오자 벽력탄 하나로 그 많은 수의 혈명강시 모두를 죽일 수 없었음을 인정할 수밖에 없었다.

'음양혈명강시는?!'

"음양혈명강시는 남녀 한 쌍으로 항상 붙어 다닌다고 했다. 만약 음양혈명강시를 본다면 무슨 수를 써서라도 죽여야 한다. 그렇지 않으면 우리가 당할 것이다."

귀면탈의 사내들 중 수장이 말이 끝나자마자 그들은 곧바로 달려드는 혈명강시들을 이리저리 피하거나 간간이 공격하며 음양혈명강시의 존재를 찾고 있었다. 그리고 수장은 네 사람의 가운데에 서서 혈명강시를 조종하는 법이 적힌 혈명시서를 펼쳐 읽고 있는 중이었다.

카캉! 깡!

검강에 부딪혀도 그저 뒤로 물러나기만 할 뿐인 혈명강시와 귀면탈 사내들의 치열한 접전에서도 사내는 유유자적 혈명시서를 읽어나갔다. 얼마 있지 않아 자신이 목적한 내용을 읽은 그는 고개를 젓더니 책에 적힌 구결대로 읊기 시작했다.

치열한 접전 속에서도 구결을 모두 읊었지만 혈명강시들이 아무런 반응도 없이 공격만 하자 수장은 거칠게 책을 접더니 품속으로 집어넣었다.

"음양혈명강시가 분명 살아 있다. 우리의 주목적을 생각하라. 반드시 음양혈명강시를 없애고 이것들을 가져가야 한다."

"저기 현어운이 있습니다."

한 사내의 말에 시선을 돌린 그는 보이지는 않지만 혈명강시들이 텅

빈 공간을 공격하는 것을 볼 수 있었다. 그러나 아무것도 없는 허공을 공격한 것치고는 그 결과가 엄청났다. 혈명강시들의 몸이 날카로운 무언가에 의해 산산조각나고 있었던 것이다. 피가 나지 않는 것을 보면 마치 인형이 잘려 나가는 것 같은 느낌마저 주고 있었다.

"우습군. 우리를 공격하는 혈명강시 놈들을 지켜주어야 하는 상황이라니. 현어운을 공격한다. 일제히 흩어져 공격하라."

어찌 된 일인지는 모르지만 다행히 혈명강시는 현어운의 존재를 느낄 수 있는 모양이었다. 덕분에 다섯의 사내들은 은신술에 대한 부담을 덜고 마음껏 그를 향해 공격해 갔다.

'개자식들! 아군이 따로 없구나!'

그야말로 적아가 없는 삼파전이었다. 두 개의 도끼와 단검을 이리저리 날리며 혈명강시의 몸을 가르던 현어운은 지체없이 방향을 바꾸어 귀면탈의 사내들을 향해 몸을 날렸다. 이매망량의 이점이 혈명강시로 인해 퇴색되어 버린 이상 거의 본신의 무공으로 이들을 상대해야 했지만 현어운은 결코 위축되지 않았다.

혈명강시 네 구가 몸을 회전시키며 부딪쳐 오자 현어운은 지체없이 몸을 날려 그들의 공격을 피했다. 하지만 어느새 기다리고 있던 혈명강시가 곧바로 공격해 오자 급히 몸을 위로 솟구쳤다.

하지만 귀면탈 사내들의 수장이 검을 날려 현어운의 지척까지 다가온 상태였다. 노란빛 기운이 맺힌 검은 맹렬히 회전하고 있어 동혈에서 보았던 이기어검술과는 또 다른 위력이 담겨 있음을 그는 알 수 있었다.

"핫!"

간신히 검을 피한 현어운은 이매망량의 상태를 유지한 채 급히 귀면탈의 사내들을 향해 날아갔다. 그의 뒤를 따라 혈명강시 열 구가 따라왔고, 이를 본 수장의 손이 바쁘게 움직이더니 멀리 날아가던 검이 회선하여 이전보다 더욱 빠르게 현어운의 등을 향해 날아왔다.

그러는 와중에 다른 네 명의 사내들은 자신들을 공격해 오는 혈명강시들을 여유롭게 막아내고 있었으니 수장은 마음 놓고 현어운을 공격할 수 있는 셈이었다.

그러나 현어운의 두 무기가 이리저리 돌며 혈명강시를 공격하여 산산조각 내면서도 귀면탈의 사내들을 신경 쓰는 것을 본 수장은 속으로 감탄할 수밖에 없었다.

'열 개가 넘는 무기들을 동시에 사방으로 날리며 자유롭게 조절할 수 있다고 했으니 두 개쯤은 문제없겠지. 비검탈명귀영, 역시 대단하군!'

그의 생각과는 별개로 그가 시전한 이기어검술은 호선을 그리며 현어운이 있을 법한 위치로 날아가고 있었다. 그리고 어느새 두 사내가 현어운의 공격을 예상하고 검막을 시전하여 공격의 길을 모두 차단해 버렸다.

현어운은 어쩔 수 없이 몸을 급히 오른쪽으로 틀어 십 장을 이동함과 동시에 멀리 날린 무기를 회수했다. 갑자기 빨라진 움직임에 잠시 적응을 하지 못한 혈명강시였지만 이내 방향을 바꾸어 현어운을 향해 날아갔다.

'뭐야?!'

놀랍게도 혈명강시 열 구가 순식간에 현어운의 주위를 포위한 것이다. 그것은 현어운뿐만 아니라 태극탈명비동의 무사 다섯도 포위한 상태였다. 그것도 단순한 포위가 아니라 살아남은 혈명강시 칠십여 구

모두가 그들을 겹겹이 둘러싸고 있었다.

'이것들이 이렇게 조직적인 움직임을 보이다니?!'

"음양혈명강시가 저 동굴 안에 있을 것이다. 포위를 풀고 동굴 안으로 들어가 음양혈명강시를 죽여야 한다."

수장의 말에 네 사내는 희미하게 고개를 끄덕였다.

강시들의 공격이 곧바로 시작되자 현어운은 동굴 쪽으로 달려가기 시작했다. 자신을 향해 공격해 오는 혈명강시들을 향해 초섬유성수와 절연세운기를 접목한 수법으로 도끼와 단검을 휘둘러 닿는 부위는 쪽쪽 갈라 버리고 있었다.

하지만 어느 순간 혈명강시들이 이전과는 달리 자신의 공격을 피하는 것을 안 그는 깜짝 놀랄 수밖에 없었다.

'공격일변도이던 이놈들이 피하기까지 하다니?!'

자신의 초섬유성수가 워낙 빨라 이들이 피하기도 전에 갈라 버리긴 했지만 그들이 피할 줄 안다는 것만으로도 현어운은 이들이 음양혈명강시의 영향으로 크게 달라진 상태임을 알 수 있었다.

초섬유성수를 시전에 앞을 가로 막으며 쌍수를 휘두르는 혈명강시를 향해 도끼를 횡으로 휘둘렀지만 혈명강시는 미끄러지듯이 살짝 빠지며 그의 공격을 피했고, 오히려 곧바로 공격을 가했다. 그러나 현어운은 이미 예상했기에 다른 손에 쥐고 있던 단검을 밑으로 날렸다.

맹렬히 회전하며 타원의 강기형을 이룬 단검이 어느새 혈명강시 세 구의 다리를 가른다. 그것으론 모자랐는지 현어운은 도끼에 초섬유성수의 묘리를 담아 보이지도 않을 정도로 빠르게 횡으로 크게 베었다.

그것에 그치지 않고 횡으로 벤 그 힘을 거스르지 않으며 그대로 몸을 회전시켜 도끼를 날려 자신의 뒤쪽에서 공격해 오는 혈명강시의 머리를 베어버린다. 두 자루의 무기가 앞과 뒤로 날아가며 신체의 일부분을 사정없이 잘라 버리는 것이었다.

아무리 이들이 조직적인 움직임을 가졌다고는 하지만 모든 것을 가를 수 있는 절연세운기와 현어운의 뛰어난 임기응변 앞에서는 무용지물이었다.

"끼아아악!"

동료의 죽음을 인지하고 있기 때문인지, 아니면 자신들의 흉폭함을 주체할 수 없음인지 연이어 괴성을 지르던 혈명강시들은 이전보다 더욱 빠르게 움직이기 시작했다.

혈명강시들의 빠른 움직임과 조직적인 행동에 전진이 지체된 현어운이었지만 절연세운기에 의해 이들이 우후죽순처럼 무너지자 그는 귀면탈의 사내들보다 더욱 빨리 동혈의 입구에 도달할 수 있었다.

재빨리 무너진 동혈 안으로 들어간 현어운은 자신을 향해 날아오는 맹렬한 기운에 급히 밖으로 빠져나갔다. 그러나 그 맹렬한 기운은 사라지지 않고 실체가 되어 현어운의 전신을 압박해 왔다.

'벽력탄에도 살아 있었다니!'

두 인영의 모습은 그가 보았던 두 구의 강시였다. 머리카락이 불에 그을리고 옷이 탄 상태였지만 무표정과 흉폭함, 그리고 강시에 걸맞지 않는 빠르기는 그대로, 아니, 오히려 일반 혈명강시보다 더욱 뛰어나 보였다.

현어운의 보이지 않는 두 무기가 어느새 하늘을 수놓았지만 이미 한 쌍의 강시는 이를 피하고 현어운의 상체와 하체를 동시에 노렸다. 그들의 다리는 일반 사람들처럼 자유롭게 움직이고 있어 혈명강시보다 더욱 자연스럽고 강한 무공을 뿜어내고 있었다.

'흑……!'

현어운은 그들의 공격을 초섬유성수로 직접 막아내었다. 마치 두꺼운 철판에 부딪힌 것 같은 느낌이었지만 현어운은 이에 그치지 않고 오히려 더욱 적극적으로 공격을 가했다. 그런 와중에도 두 무기는 절연세운기로 사방을 흩날리며 혈명강시를 베어갔다.

"음양혈명강시를 공격한다. 그리고 이제부터 혈명강시의 상태를 신경 쓰지 않아도 된다."

수장의 명령에 네 사내는 거침없이 앞으로 나아갔다. 앞을 막는 혈명강시들을 향해서는 망설이지 않고 황색 검강을 품은 검을 휘둘렀다. 놀랍게도 이들의 검강은 특별한 힘이 있는지 현어운만큼 완벽하지는 않으나 어느 정도 혈명강시의 신체를 베고 있었다.

"까아아악!"

혈명강시들의 움직임이 또다시 거칠어지면서 이제는 아예 막무가내식의 공격을 하기 시작했다. 마치 동귀어진 식의 수법처럼 사방에서 그들을 향해 쏟아지고 있었다.

예상치 못한 상황에 다섯 사내들의 몸이 아주 잠깐 멈칫했으나 곧 그들은 더욱 적극적인 공격을 가하기 시작했다.

까가가강! 카앙!

지독한 쇳소리와 혈명강시들의 비명이 연달아 울리며 목이 잘리고 팔이 잘려 나간다. 그렇지만 혈명강시들의 무차별적인 공격은 계속되었고 팔이 잘려도 다리가 잘려도 이어지는 공격에 결국 귀면탈의 사내들 중 하나가 당하고 말았다.

"끄흑!"

사내의 목이 혈명강시의 손에 박히자마자 다른 강시에 의해 곧바로 머리가 터져 버렸다. 하지만 곁에 있던 두 사내의 검이 야수처럼 혈명강시의 전신을 훑고 지나가자 팔다리가 잘리고 머리가 잘리며 바닥에 쓰러졌다.

혈명강시들의 몸을 아끼지 않는 무시무시한 공격에 사내들이 조금씩 밀리고 있을 때, 갑자기 허공에서 두 자루의 무기가 나타나더니 그들에게 몰려 있던 혈명강시들의 전신을 베어가기 시작했다.

"캬아아악!"

현어운은 음양혈명강시들과 상대하면서도 여유롭게 절연세운기를 펼치고 있는 중이었다. 예전 같으면 꿈도 꾸지 못했을 무공들을 현어운은 이렇듯 마음껏 쓰고 있는 것이다.

그렇게 음양혈명강시와 한참을 막상막하로 싸우던 현어운은 멀리서 한 사내가 쓰러진 후 차가운 바닥을 뒹굴고 있는 검을 보았다. 그 순간 혈명강시들을 헤집으며 베고 있던 두 자루의 무기가 돌연 방향을 바꾸어 현어운에게로 날아왔다.

자신을 공격해 오는 음양혈명강시를, 정확히는 반서연의 시체를 차가운 얼굴을 보는 현어운의 입가는 굳게 다물어져 있었고, 두 눈은 결연한 의지로 불타오르고 있었다.

'이곳에서 더 이상 사람들에게 농락당하지 마시오!'

멀리 바닥에 있던 검자루가 힘겹게 공중에 뜨는가 싶더니 회전하기 시작했다.

입구에서는 걷잡을 수 없는 충격이 일파만파 퍼지고 있었다. 광마와 벽력마군의 경천동지할 격돌에서 모두의 예상을 깨고 벽력마군이 큰 내상을 입고 물러나자 장내는 잠시 침묵에 휩싸였다.

벽력마군이 누구던가? 무황과 유일한 대적수라고 알려지던 이 시대의 최강자 중 하나였다. 그런 그가 무림에 제대로 알려져 있지 않던 괴인(怪人) 광마에게 두 번째로 패한 것이다.

"큭큭큭… 크하하하하! 좀 더 덤벼라! 내 검은 아직 너의 피가 필요하단 말이다!"

"쿨럭! 그 검… 힘을 빨아들이다니……."

"힘뿐만이 아니지… 큭큭큭큭!"

광마가 위협적인 걸음으로 벽력마군에게 다가가자 그제야 정신을 차린 명공진인이 서열 팔위 영공후(永空吼)에게 급히 외쳤다.

"영공후, 모두 후퇴시킨다! 지금 당장."

자색도복을 입은 싸늘한 인상의 명공진인이 평소와 달리 다급한 모습을 보이자 영공후는 무겁게 고개를 끄덕이며 수하들을 독려하기 시작했다.

"모두 곡 안으로 들어간다! 일부는 나와 남아 저들의 공격을 막을 것이다! 어서 들어가라!"

영공후의 외침에 금탁의 무사들이 하나둘 곡 안으로 들어가기 시작했고, 여의대원들은 일제히 그들을 향해 공격하기 시작했다.

"어운에게 어떤 일이 생겼는지 모르지 우리도 안으로 들어갈 것이오!"

남궁명욱의 말에 모두가 고개를 끄덕이며 금탁의 무사들과 부딪쳤다. 그와 동시에 비사들 또한 거세게 그들을 몰아붙이기 시작했다.

그때 명공진인은 광마와 재차 결전을 벌이고 있는 중이었다. 명공진인은 광마가 벽력마군과 격돌로 거진 힘이 소모되어 분명 이길 수 있을 것이라 생각했다. 하지만 막상 부딪쳐 보니 결코 그렇지가 않자 크게 놀랄 수밖에 없었다.

그의 양손에 둥글게 맺힌 자색 기운이 광마의 거검과 부딪치자 엄청난 충격을 받았지만 명공진인은 결코 뒤로 물러나지 않았다.

'조금 전에 나와 싸우던 때보다 더욱 강해진 것 같은 느낌이군.'

광마의 검을 억지로 밀어내자마자 그는 자색 기운에서 반월형 강기를 뿜어냈다. 전진파의 마지막 후예라고도 할 수 있는 그는 괴이하면서도 패도적인 기공(奇功)으로 유명했다. 언제 어디서 튀어나올지 알 수 없는 공격 덕에 광마 또한 잠시 뒤로 물러나며 강기를 튕겨냈지만 그 반력으로 또 한 번 더 뒤로 물러나고 말았다.

"크크크… 제법이군!"

광마가 이번에는 가슴을 드러내 보이며 앞으로 달려나오자 명공진인은 차갑게 가라앉은 눈으로 광마의 움직임을 살피더니 이내 쌍장을 내밀었다.

피피핑!

자색 강기 수십 개가 튀어나가 광마의 몸과 부딪쳤지만 속절없이 사방으로 튕겨나갔다. 그러나 놀랍게도 튕겨나간 강기들이 소멸되지 않고 회선하더니 재차 광마의 전신 요혈을 노리며 날아왔다.

"좋은 수법이다! 하앗!"

이번에는 몸으로 받아칠 생각을 하지 않고 검으로 휘둘러 모두 쳐내었지만 튕긴 강기들은 마치 살아 있는 생명체인마냥 다시 돌아와 광마의 몸을 노린다.

피핑! 피피핑!

실을 팽팽히 당기는 것 같은 희미한 소리가 연이어 울리며 강기는 튕기고 되돌아온다. 마치 약속된 대련인마냥, 광대의 노리개인마냥 강기의 끊임없는 순환으로 결국 광마는 몸을 멈추고 그것에 집중할 수밖에 없었고, 이를 틈타 금탁의 수하들이 다가와 벽력마군을 일으켜 세웠다.

"크아아앗!"

벽력마군이 일어서는 것을 본 광마는 돌연 괴성을 지르더니 일수에 수십 개의 강기를 튕겨내고 튕기듯 앞으로 날아갔다.

우우우웅!

하지만 이미 예측한 명공진인은 이전에는 볼 수 없던 사람 크기만한 어마어마한 반월형 강기를 뿜어냈다.

"크크크! 카아아악!"

순식간에 자신의 전신을 뒤덮는 강기에 광마의 두 눈에서 또다시 광기가 줄기줄기 뿜어져 나온다. 광마의 주먹이 강기를 향해 뻗어나갔고, 곧이어 검은 빛이 사방으로 뻗어나가며 강기를 산산조각 내버렸다.

"……! 어서 탁주님을 데리고 들어가거라."

광마의 위세에 수하들의 표정엔 두려움이 가득했지만 명공진인의 말에 정신을 차리고 급히 물러났다.

"흐흐흐… 벽력마군이 도망가면 너의 피로라도 대신해야겠다."

거대한 덩치에 넘쳐흐르는 위압감, 그리고 폭발할 듯 터져 나오는 흉폭함은 광마라는 사내가 어떤 자인지를 여실히 보여주고 있었다.

"네가 강하다는 것을 인정하겠다. 그러나 최고는 아니라는 것을 내가 보여주지."

명공진인이 잠시 시선을 돌려보니 금탁의 무사들이 거의 다 물러난 상태였고 마지막으로 영공후와 몇몇 무사들만이 남아 여의대원들의 맹공을 받고 있었다. 무림제왕성의 비밀 세력인 비사들은 늘 그렇듯 나른한 표정으로 장내를 지켜보고 있을 뿐이었다.

무림제왕성에 몸담았던 명공진인이었기에 비사가 어떤 존재들인지를 잘 알고 있었다. 의도적으로 길러진 잔인함이 가장 특징적인 그들이 왔다는 것은 이곳에 있는 누구도 살려두지 않을 것임을 뜻했다. 심지어는 아군마저도.

'그러나 아무리 너희들이라 해도 혈명강시를 막을 수는 없을 것이다. 물론 탁주님이 성했다면 덤빌 생각도 못했겠지.'

명공진인의 전신에 자색 빛이 발하기 시작하자 광마는 망설임없이 그를 향해 거검을 휘둘렀다. 거대한 곤(棍)이 전신을 으스러뜨릴 듯 위압적이다.

검날이 그의 허리 지척에 도달했을 때 명공진인의 손이 검날을 막아 버렸다. 그러나 엄청난 힘의 여파를 완벽히 견뎌내기란 힘들었는지 좌로 미끄러지듯 밀려나기 시작했다.

“하앗!”

계속 밀려나면서도 명공진인이 다른 손을 광마에게 내뻗자 자색의 검형 강기가 뻗어나갔다. 그 괴이한 장면에 멀리서 지켜보기만 하던 비사들뿐만 아니라 여의대원들의 시선마저 그에게로 모여졌다.

광마가 검형 강기를 향해 다른 손을 거칠게 휘둘렀지만 놀랍게도 손에서 피가 튀며 뒤로 팅겨날 뿐이었다.

“크핫!”

그러나 광마는 결코 그대로 밀리지 않았다. 검을 쥐고 있던 팔의 근육이 꿈틀거리자 검을 막고 있던 강기를 부수어 버리고는 그대로 명공진인의 손을 부수고 옆구리마저 함몰시켜 버렸다.

“크헉!”

　그대로 자리에 주저앉아 버린 그였지만 손에서 뻗어나간 검형 강기
는 손에서 완전히 빠져나와 광마의 얼굴을 찔러갔다. 몸을 옆으로 비
껴 피했지만 신기하게도 검형 강기는 생명이 달린 듯 뱀처럼 몸을 휘
더니 광마의 얼굴을 휘감는 것이었다.

　치지지직―!!

　“……! 크아아악!!”

　살이 타는 듯한 매캐한 냄새가 퍼지면서 광마의 고통에 찬 울부짖음
이 장내에 울려 퍼졌다.

　“쿨럭! 이게… 내가 할 수 있는 탁주에 대한 너의 복수다.”

　입에서 피를 쏟으며 힘겹게 일어선 명공진인이 한 말이었다. 그러나
비틀거리며 고통스러워하던 광마가 너무나 갑작스럽게도 검을 위에서
아래로 거세게 휘둘렀다. 태산압정, 일도양단, 종악만마(縱愕萬馬) 같
은 초식 이름을 붙이는 것이 어색할 정도로 그 일수는 빠르고 강맹했
다.

　콰앙!!

　돌과 흙이 비산하며 그 위력을 실감케 해주었다. 사람들은 그 수법
의 위력뿐만 아니라 명공진인이 너무나 허무하게 죽어버린 사실에 대
해 어이없어하고 있었다. 단 한 수에 명공진인의 전신이 피떡이 되어
죽어버린 것이다.

　“크흐흐……!”

　광마의 전신이 예전처럼 시커멓게 변해 있었고 전신에서는 흑염(黑
炎)이 불길한 기운을 내뿜으며 뭉클뭉클 타올랐다. 고통이 아직 가시
지 않았는지 그의 두 눈에서는 쉴 새 없이 광기가 뻗어나오고 있었다.

　그의 얼굴은 명공진인의 검형 강기에 휘감긴 탓에 채찍에 휘둘린 것

처럼 사선방향으로 세 줄기의 흉터가 선명하게 남아 있었다.

"큭! 잘난 척하더니 재수없게 얼굴에 줄 좀 그었군."

"큭큭큭!"

"그러게 말이야. 그렇지 않아도 인간처럼 생기지도 않았는데 이제는 완전 괴물이군."

그의 싸움을 지켜보고 있던 비사들이 비아냥거리자 광마의 시선이 곧바로 그들을 향해 돌아갔다.

"흐흐흐흐! 아직 내 검이 피를 원하고 있었는데 잘됐군!"

어떤 대화도 필요없었다. 일단 적대감이 일면 싸우면 되는 것이니까. 광마의 신형이 그들을 향해 덮쳐 가자 비사들 또한 기다렸다는 듯이 각자 무기를 꺼내 들었다. 사십 대 일의 싸움이었지만 결과는 예측 불허!

그들을 지켜보던 여의대원 중 전유림은 피식 웃을 뿐이었다.

"두 쪽 다 미친 것 같군."

"일단 금탁이 일제히 후퇴했으니 우리는 안으로 들어간다. 이쪽 싸움에 시간을 뺏겨 저들이 재정렬할 시간을 주어버렸으니 들어가면 한바탕 혈전은 피할 수 없겠지. 간다."

남궁명욱이 앞서 입구 안으로 들어가자 다른 네 사람도 일제히 뒤따랐다.

'저, 저럴 수가!'

동혈 입구 근처의 상황을 줄곧 지켜보고 있던 시령마는 경악을 금할 수가 없었다. 갑자기 나타난 귀면탈 사내들의 무공은 두말할 나위 없었지만 비검귀영탈명의 소름 끼치는 무공에는 정말 할 말을 잊을 수밖에 없었던 것이다.

모습도 보이지 않을뿐더러 그가 대체 무슨 무기를 사용하는지도 볼 수 없었다. 그저 혈명강시들의 신체가 속절없이 잘릴 뿐이었다.

'무서운 놈!'

낙불과 패련도를 죽였다는 말을 들었을 때부터 엄청난 신위를 지닌 자라는 걸 알았어야 했다. 다행히도 한용운은 네 구의 혈명강시와 함께 아무도 모르는 길로 도주시킨 상태였다. 네 구의 혈명강시라면 어떠한 일이 있어도 안전을 기할 수 있을 것이다. 위험한 경우라면 단 하나, 저들이 음양혈명강시를 죽이고 혈명강시를 조종하는 주문을 읊었을 때뿐이었다. 물론 한용운이 이곳에서 일 리를 벗어나면 그 주문도 소용없겠지만.

시령마는 조심스럽게 품속에서 상아로 만든 호각을 꺼내 들었다. 아무래도 좀 더 빨리 한용운을 이곳에서 멀리 벗어나도록 해야 했다. 호각을 불며 그는 마음으로 그들에 대한 영상을 떠올리며 명령을 내린다.

'소탁주를 안고 이곳에서 최대한 빨리, 그리고 멀리 벗어난다!'

'나도 벗어나야 한다! 금탁의 미래는 혈명강시와 소탁주에게 달렸다. 나도 살아야 한다!'

그는 호각을 불어 음양혈명강시에게 적당한 때를 보아 빠져나오라는 명령을 내린 뒤 기적을 최대한 숨긴 채 비로(秘路)를 찾아 사라져 버렸다.

그리고 그때, 현어운이 시전한 두 자루의 무기가 음양혈명강시를 향해 날아갔고, 바닥에 뉘어 있던 한 자루의 검이 공중으로 붕 뜨더니 회전하며 귀면탈의 사내들을 향해 날아가는 것이었다.

피이잉—!

듣기만 하여도 위협적인 날카로운 파공성에 사내들 중 하나가 알아차리고 막으려고 했지만 그때는 공교롭게도 혈명강시의 공격을 받고 있을 때였다.

"……!"

아주 잠시 당황한 것은 일생일대의 실수였다. 자신도 모르게 혈명강시를 향해서는 장력을 시전했고, 동시에 타원형의 강기를 향해서 자신의 검을 날린 것이다.

퍼펑!

"크아악!"

장력이 혈명강시를 적중시키는 순간, 강기는 그의 검을 소리도 없이 잘라 버렸고 곧바로 그의 팔을 갈라 버린다. 뒤이어 그의 상체를 그대로 갈라 버린 강기는 곧바로 선회하여 혈명강시의 전신을 반으로 나누어 버렸다.

곧이어 바닥에 떨어지던 잘려진 두 자루의 검조각도 회전하며 방향을 예측하기 힘들 정도로 빠르게 날아가기 시작했다. 순식간에 절연세운기의 영향을 받는 무기가 다섯 자루가 된 셈이었다.

현어운의 지척으로 다가온 두 무기는 그대로 음양혈명강시를 향해 날아갔다. 음양혈명강시는 가볍게 피하며 현어운을 공격해 갔지만 어느새 회선한 두 자루의 무기가 반서연을 향해 날아갔다.

"끼아아악!"

반서연이 빠른 몸놀림으로 피한다 싶은 순간 무기가 공중에서 잠시 멈추었고, 곧바로 방향을 바꾸어 다른 음양혈명강시를 향해 날아갔다.

피이이잉―!

"카악?!"

현어운을 공격하러 가던 음양혈명강시는 돌연 자신의 뒤로 무기가 날아오자 급히 몸을 위로 솟구치며 피했다.

그때 멀리 있던 세 자루의 무기도 현어운을 향해 날아오고 있었다. 이를 본 음양혈명강시의 입에서 귀를 찢을 것만 같은 괴성이 울려 퍼졌다.

"끼아아아아―!"

그와 동시에 귀면탈의 사내들을 공격하던 사십여 구의 강시들 중 이십여 구가 방향을 돌려 현어운을 향해 날아왔다. 하지만 현어운은 그들에게 신경 쓰지 않고 다섯 자루의 무기를 조종하여 음양혈명강시를, 정확히는 반서연을 공격했다.

"끼아아악!"

현란하고 날카로운 다섯 자루의 무기들을 모두 피하기는 힘들었는지 결국 반서연은 두 팔이 잘리고 말았다. 하지만 현어운은 그것으로도 부족했는지 세 자루가 다른 혈명강시를 향하도록 했고, 몸이 굳어버린 반서연을 향해 두 자루의 무기로 재차 공격을 가했다.

"끼아아!"

그러자 다른 음양혈명강시가 알 수 없는 괴성을 지르며 반서연을 향해 몸을 날리는 것이었다. 마치 사랑하는 연인이 죽을까 염려하여 자신의 몸을 돌보지 않고 사지로 뛰어들어 가는 것 같은 모습이었다.

"……!"

잠시 놀란 현어운이었지만 그것에 마음이 흔들리지는 않았다. 피한다고는 했지만 세 자루의 무기를 모두 피하지 못하고 한 자루에 한쪽 다리가 잘려 버린 음양혈명강시는 다른 한쪽 발을 굴러 반서연을 향해 다가갔지만 이미 반서연은 두 자루의 무기에 산산조각이 난 후였다.

"끼아아악!"

이십여 구의 혈명강시가 사방에서 동시에 현어운의 지척으로 다가가 공격해 가자 햇빛마저 가릴 정도로 주변이 뒤덮였다.

'……!'

현어운은 절연세운기를 운용하던 힘을 멈추고 급히 자신의 머리 위로 떨어지는 혈명강시와 그 옆의 혈명강시를 향해 쌍장을 내밀었다.

콰쾅!

초섬유성수가 작렬하며 두 구의 강시는 거력을 이기지 못하고 위로 날아올랐고, 현어운은 목숨이 경각에 달린 몸인지라 자신의 다리가 바닥에 조금 박힌 것도 잊은 채 급히 몸을 솟구쳤다.

'크윽! 으윽!'

하지만 아무리 현어운의 몸이 빠르다 하더라도 주변을 까마득히 메운 혈명강시들의 공격을 완전히 피할 수는 없었다.

그들의 강철 같은 손에 옆구리와 왼쪽 다리를 가격당한 현어운은 허공으로 솟구치자마자 큰 충격으로 인해 이매망량이 풀리고 말았지만, 간신히 몸을 날려 반서연을 향해 다가가는 음양혈명강시를 뒤쫓았다. 바닥에 떨어졌던 다섯 자루의 무기가 다시 떠오르며 맹렬히 회전하더니 그의 뒤를 따라오는 혈명강시들을 향해 세 자루가 날아갔고, 두 자루는 음양혈명강시를 향했다.

"까아아아!"

자신을 향해 두 자루의 무기가 다가오는 것을 본 음양혈명강시는 난폭한 괴성을 지르며 무기를 향해 돌진했다. 한쪽 다리뿐이었지만 그 도약력은 다른 혈명강시보다 훨씬 뛰어났기에 순식간에 두 자루의 무기에 근접할 수 있었다.

두 자루의 무기를 날렵한 몸놀림으로 피한 음양혈명강시는 곧바로 땅에 착지하자마자 재차 도약했고, 현어운의 삼 장 앞까지 도달했다.

그의 빠르기에 놀랐지만 현어운은 결코 주눅 들지 않았다. 이미 두 자루의 무기가 회선하여 날아오게 한 그는 음양혈명강시의 공격을 간신히 피할 수 있었다.

피이잉!

재차 공격을 가하려던 음양혈명강시는 희미한 파공성에 급히 몸을 돌렸다. 그 덕분에 그때 현어운의 수중으로 다른 무기 한 자루가 돌아오고 있는 것을 보지 못했다.

피잉! 피이잉!

어지럽게 음양혈명강시를 이리저리 공격하던 두 무기가 갑자기 이전보다 더욱 빠르게 움직이며 그를 노리는가 싶더니 갑자기 회전을 멈추며 땅에 떨어지는 것이었다.

"……?!"

음양혈명강시가 곧바로 신형을 돌려 초섬유성수를 시전하는 현어운을 향해 주먹을 내질렀다. 하지만 초섬유성수가 순식간에 회수되며 사라지더니 곧바로 다른 손에서 빛이 반짝였다.

"끼아악?!"

무엇인지 판단을 하지 못한 음양혈명강시는 그것이 절연세운기와 초섬유성수를 동시에 시전한 회심의 일격임을 알지 못했다. 그 정도로 허초를 없애고 실초를 내뻗는 것이 거의 한순간에 이루어진 것이다. 모두 초섬유성수의 뛰어난 효능과 현어운의 임기응변이 빚어낸 결과였다.

"끼악!"

음양혈명강시가 현어운이 이리저리 휘두르는 무규칙적인 검에 산산조각이 나고 말았다. 그러나 한숨을 쉴 틈도 없이 현어운은 무언가 괴이한 음성이 울려 퍼지는 것을 듣고 시선을 돌렸다.

"멈춰!"

귀면탈의 수장은 현어운이 음양혈명강시를 죽이자마자 기다렸다는 듯이 주문을 읊고 있었다. 음양혈명강시 둘 모두 이 세상에서 사라져 버리자 혈명강시들이 혼란스러워하며 이리저리 시선을 돌리기만 할 뿐 아무것도 하지 못하는 것을 현어운은 볼 수 있었다.

그리고 멀리서 금탁의 무사들이 대거 몰려오고 있는 것이 보였다.

'지금뿐이다!'

현어운은 급히 다섯 자루의 무기를 회전시켜 혈명강시들을 향해 날렸다. 다섯 자루 모두가 혈명강시들의 신체를 조각 내려는 순간, 그들이 일제히 몸을 날리며 피함과 동시에 현어운을 향해 공격해 들어가는 것이었다.

"뭐지? 아직 주문이……?!"

분명 주문은 끝나지 않았다. 오히려 주문을 외고 있던 귀면탈의 수장도 놀라 주문 외는 걸 멈춘 상태였다.

우우웅―!!

"……!"

엄청난 기운이 대기를 뒤흔들며 자신을 향해 다가오는 것을 느낀 현어운은 본능적으로 몸을 회전시키며 허공으로 치솟아올랐다.

"으윽!"

하지만 그의 등이 날카로운 무언가에 터지더니 피가 분수처럼 튀어 바닥에 흩날렸다.

몸 전체를 회전시키며 옆으로 벗어난 현어운은 자리에 힘겹게 착지하며 누가 자신을 공격했는지 알기 위해 주변을 살폈다.

"날 찾나?"

그의 우측에서 굵은 목소리가 들려오자 급히 시선을 돌린 현어운은 놀라움을 애써 감추고 있었다. 여태껏 자신에게서 기척을 숨기고 삼 장의 거리 내에 들어온 자가 없었기 때문이다.

귀면탈을 쓰고 있는 것을 보면 저들과 한패인 것이 분명했지만 그의 몸에서 풍겨오는 기운은 저들과 달리 독특했다. 마치 아무것도 없는 듯하면서도 그 속에 야수와 같은 잔인함을 품고 있는 것 같은 느낌.

현어운은 그것의 정체를 어느 정도 알 수 있었다.

"자객……?"

"자객은 자객을 알아보지, 현어운. 난 태극탈명비동주라 한다."

그의 손에는 피가 채 마르지 않은 시령마의 목이 들려 있었다. 다급한 표정이 여실히 드러나 있는 모습이었는데 자신의 죽었다는 사실조차 모르는 평상시 그대로의 얼굴이었다.

"태극탈명비동?"

"성주님께서 관리하시는 성주 직속 기관. 무림제왕성 최후의 보루 중 하나이다."

"성주는 왜 날 죽이려 하지?!"

"무림제왕성의 명성에 흠이 될 수 있기 때문이다."

"오물보다 더러운 자식들……."

"누가 더 더러운지는 힘이 결정해 주지. 힘이 더 강한 자는 깨끗하게 포장될 수 있지만 그렇지 못한 자는 버러지만도 못한 더러운 자가 되는 것이다."

"그래… 네 말이 맞아."

“의외로군. 우리가 판단한 현어운은 그렇지 않은 것으로 생각했는데.”

“바로 지금 바꾼 거야. 정말 무림에서는 그 생각 없으면 못살겠더군.”

현어운이 서서히 다가가자 태극탈명비동주는 손에 들고 있던 상아호각을 불었다. 아무런 소리도 나지 않았지만 서 있던 사십여 구 혈명강시들 중 삼십여 구가 방향을 바꾸어 이곳으로 오고 있는 금탁의 무사들을 향해 날아갔다.

“……! 혈명강시들을 사용하면… 결국 무림제왕성도 그저 그런 문파에 지나지 않게 된다는 걸 모르나 보지?!”

“승리가 중요하지 수단이 중요한 것은 아니다. 승리한다면 그 어떤 것이라도 아름답게 포장될 수 있는 것이 현실이다.”

그의 말에 현어운은 주먹을 세게 움켜쥐었다.

“그렇게… 결과 결과 그러면서… 정작 중요한 딸자식은 모두 죽여 버리는 게 무제가 바라는 세상인가? 크큭! 도저히 못 봐주겠다!”

위이이잉―!

바닥에 놓여 있던 무기들이 일제히 솟아오르더니 그를 향해 맹렬히 달려들었다. 하지만 태극탈명비동주가 꺼져 버리듯 사라지더니 십 장 뒤에서 나타났다. 그리고는 몸을 날려 수풀 속으로 사라져 버리는 것이었다.

“살아 돌아온다 하더라도 네가 성주님에게 할 수 있는 건 아무것도 없을 것이다.”

그리고 남아 있던 열 구의 혈명강시들도 그의 뒤를 따라 어디론가 가버렸다.

그가 사라지자마자 기다렸다는 듯이 네 명만 남은 귀면탈의 사내들이 현어운을 향해 살기를 드러내었다. 그때 어디선가 네 구의 혈명강시가 갑자기 튀어나오더니 사내들의 곁에 서는 것이었다.

"저자는……."

한 구의 손에는 한용운의 머리가 핏덩이처럼 쥐어져 있었다. 두 눈이 뒤집어져 있는 모습은 그 당시 고통이 얼마나 끔찍했는지를 보여주었다.

"인과응보."

현어운은 그가 불쌍하다는 생각이 들지 않았다. 비록 처참한 죽음을 맞이했지만 당연한 결과라 생각한 것이다.

'무제! 당신도 그런 결과를 맞게 될 것이다!'

현어운은 이매망량의 상태로 된 다음 그들을 향해 다섯 자루의 무기를 날렸다. 그러자 혈명강시 두 구가 무기들을 향해 몸을 날리는 것이었다. 분명 보이지 않는 무기로 인해 귀면탈의 사내들이 상하는 것을 막기 위해서이리라 생각한 현어운은 내심 비웃었다.

'겨우 그 정도로 막을 수 있을 것 같으냐!'

하지만 나머지 두 구의 강시들이 빠르게 도약하더니 현어운의 지척에까지 온 상태였고, 이미 다른 네 사내들도 현어운을 향해 달려들고 있었다. 두 구의 혈명강시로 인해 자신의 위치가 노출된 것을 알지만 현어운은 여유가 있었다. 어느새 다섯 자루의 무기 중 두 자루의 무기가 되돌아와 사내들을 노리고 있었던 것이다.

현어운의 신형이 순식간에 십 장이나 뒤로 물러나 버리자 잠시 방향을 잃은 혈명강시들이 머뭇거렸지만 네 사내들은 결코 당황하지 않았다. 곧바로 혈명강시들의 뒤로 가 현어운의 공격에 대비한 것이다.

그러는 와중 세 자루의 무기와 실랑이를 벌이던 혈명강시들의 최후는 의외로 빨리 다가왔다. 전신이 조각나며 흩어져 버린 것이다.

혈명강시들이 다시 현어운을 향해 날아가자 방향을 예측한 네 사내들이 이전보다 더욱 빠르게 좌우로 퍼지더니 현어운을 포위하려 했다. 하지만 어느 순간 네 사내들 중 한 사내가 갑자기 움직임을 멈추고 이리저리 제자리에서 무언가를 피하는가 싶더니 결국 본능대로 검을 이용해 되레 공격을 하는 것이었다. 결국 그 검은 너무나 매끈하게 잘렸고, 수순대로 팔과 머리가 깨끗하게 떨어져 나갔다. 피가 사방으로 튀며 회전하는 무기에도 묻어 모습을 드러내었다 다시 완벽히 모습을 숨겨 버리는 것이었다.

"그대로 포위하라!"

수장의 말에 남은 두 사내는 수장과 함께 혈명강시가 공격하는 곳을 살피며 포위해 갔다. 그러던 어느 순간 혈명강시 한 구가 무언가에 의해 갈라지기 시작했고, 나머지 한 구가 현어운을 향해 몸통을 회전시키며 공격해 갔다.

혈명강시의 공격을 가볍게 피하며 자신을 공격한 혈명강시마저 절연세운기로 산산조각 내는 순간 세 명의 사내들이 그를 이 장 거리에서 포위했다.

'……?! 이 느낌은 뭐지?!'

순간 불길한 기운이 그의 전신을 감싸는 순간 현어운은 본능적으로 몸을 뒤틀었지만 배에서 일어난 화끈거림으로 참지 못하고 비명을 지르고 말았다.

"아아악!"

배에서 울컥울컥 피가 쏟아져 나오며 현어운의 신형이 세상에 모습을 드러내었고, 그와 동시에 현어운이 있던 장소에 태극탈명비동주가 나타났다.

"너의 기척을 찾는 데 오랜 시간이 걸렸고, 완벽한 공격이라 생각했는데 피하다니 역시 대단하군. 낙불과 패련도를 죽일 만해."

"크흑……!"

현어운은 자리에서 일어나려 했지만 내장마저 튀어나올 정도로 심한 부상이었는지라 다리에 힘이 들어가질 않았다. 하지만 그때 어떤 생각이 번뜩 들어 급히 그것을 떠올리기 시작했다.

태극탈명비동주는 시선을 돌려 혈명강시를 피해 이곳으로 오는 일단의 무리들을 보고는 다시 현어운에게 말했다.

"지금 너를 죽일 수도 있지만 좀 더 쓸모가 있을 것 같아서 죽이지 않겠다. 그러나 저들에게서 살아남지 못한다면 더 이상 쓸모가 없겠지."

"큭큭큭큭… 꼴 좋군. 이렇게 되면 내 예상과는 달리 필요없는 놈일지도 모르겠어. 큭큭큭!"

돌연 어디선가 들려오는 소리에 장내의 모두가 시선을 돌렸다. 자기보다 조금 큰 나무 옆에 서 있는 사내, 광마는 어깨에 검을 걸친 채 장내로 걸어 들어왔다. 전신에서 풍기는 지독한 피냄새는 방금 전까지 혈전을 벌이다 왔음을 짐작케 했다.

"비사들의 공격을 용케 벗어난 모양이군."

태극탈명비동주의 말을 못 들었는지 광마는 현어운을 바라보며 말했다.

"이제 알겠느냐? 어디든 저마다의 인생이 있다는 것을. 무림의 인생은 힘이다. 힘에 모든 것을 걸고 사는 곳이 무림이다. 나무꾼의 인생이 나무를 베는 것이듯, 무림인은 사람을 벤다. 너의 철학을 논하고 싶다면 자격을 갖추고 논하는 것이다. 넌 아직 갖추지 못했어.”

“……! 갖추지… 못했다고?”

주먹을 꽉 움켜쥔 현어운은 일그러진 얼굴을 좀처럼 펴지 못했다. 실로 처음으로 길게 한 광마의 말에 충격을 받은 것이었다. 그 말이 마치 자신은 아직 단리채빈을 위로할 자격을 갖추지 못했다는 말 같았다.

“공격하라.”

태극탈명비동주의 명령에 세 명의 사내들이 일제히 광마를 공격해 들어갔다. 세 사내가 자신의 주위를 둘러쌀 때에도 광마는 가만히 있었고 그들이 검강을 내뿜으며 가공할 기세로 전신을 휘감을 때에도 그는 가만히 있을 뿐이었다.

까가가강!!

검강이 부딪치자 지독한 쇳소리만 울릴 뿐이었다. 인간의 몸이 이토록이나 강하다는 것은 두 눈으로 보고도 믿기 힘들 정도였다.

세 사내의 신형이 반력으로 뒤로 한 걸음씩 물러나는 순간 광마의 어깨에 걸쳐져 있던 검이 이들의 시야에서 사라졌다.

퍼퍼퍽!

“크아악!”

“크헉!”

파육음과 함께 두 사내는 핏덩이가 되어 오 장이나 날아가 바닥을 뒹굴었으며, 수장이었던 사내는 그나마 그의 공격을 막았는지 일 장 정도 밀려나 바닥에 주저앉아 있었다. 칠공에서 피를 흘리는 그의 한쪽 팔은 완전히 구부러진 상태였다.

“겨우 이런 송사리들의 피로 날 달래려 하지 마라. 적어도 네놈이 날 직접 상대하지 않으면… 나의 광기는 좀처럼 사그라지지 않을 것이다! 크크크크! 그 잘난 무제께서 벽력마군 따위로 날 죽일 수 있었을 것이라 생각하느냐!"

광마의 신형이 튕기듯 앞으로 튀어나가 순식간에 태극탈명비동주의 앞에 도달했지만 그는 아무렇지도 않은 듯 자리에 가만히 서 있을 뿐이었다.

"무제에게 말해라, 고맙다고. 곧 그와 내가 한자리에 설 때가 올 것이라는 말도 같이 전해라."

"그대로 전하지."

태극탈명비동주는 그와는 대적하고 싶은 마음이 없는 것인지 순순히 대답하고는 몸을 돌려 사라져 버렸다. 그가 사라지자마자 놀랍게도 큰 부상을 입었던 현어운이 자리에서 일어나는 것이었다.

'역시… 유림이 경공술을 쓰는 것을 보고 분명 잠력과 내공 간의 연계가 어느 정도 있을 것이라 생각했는데 맞았구나!'

그는 아직 구결을 다 알지 못했지만 그간 구결을 외우고 수련법을 익히면서 잠력을 조금이나마 끌어올리는 것 정도는 할 줄 알았다. 그래서 혹시나 태극탈명비동주가 자신을 공격할 걸 대비해 잠력을 끌어올린 상태였는데 광마가 나타나 쓸 일이 없어져 버린 것이다.

"……"

피이잉—!

"크악!"

어디선가 날아온 두 자루의 무기가 간신히 일어서려던 귀면탈을 한 수장의 목과 몸통을 깨끗이 갈라 버렸다.

"힘… 좋지. 이번에야 알았습니다. 무제가 하는 일, 당신이 한 말, 내가 당한 상황… 모두가 힘이 필요한 것이지요. 적어도 내가 이곳 무림에 있는 한… 그 생각을 잊지 않겠습니다. 자격을 갖추기 위해서라면……."

혈명강시들의 위력은 생각보다 더욱 엄청났다. 겨우 삼십 구였지만 얼마 남지 않은 금탁의 무사들을 거의 전멸시키고 영공후를 비롯한 여러 고수들마저 패퇴시키고 있었던 것이다.

그런 혼란 외중 남궁명욱을 비롯한 세 사람이 혈로를 헤쳐 나오고 있었다. 그런데 남궁명욱의 어깨에는 한 사내가 걸쳐져 있었는데 그는 바로 벽력마군이었다.

"……."

혈명강시들을 잠시 지켜보던 현어운은 자신의 잠력이 어느 정도인지를 가늠한 뒤 곧장 이매망량의 상태로 들어갔다. 그리고는 싸움터로 곧장 날아간다. 이미 그의 앞으로 열 자루의 무기들이 회전하며 일제히 앞으로 날아가고 있었다.

"저건 뭐야?!"

광마의 근처까지 다가온 여의대원들 중 전유림이 놀란 얼굴로 열 자루의 무기를 바라보고 있었다. 조선영도 놀란 건 마찬가지였는데 오직 남궁명욱과 만위령만은 알고 있다는 듯 무거운 신색으로 광마를 바라보았다.

"저게 어찌 된 일인가? 우리의 임무는 파괴가 아니라 탈취였네."

"크큭! 내 알 바 아니다. 약육강식, 강한 자가 임무를 정하는 법이다. 애송이의 임무는 탈취가 아니라 파괴였다."

"……!"

열 자루의 타원형 강기는 가히 무적이었다. 이리저리 맴돌며 혈명강시들을 산산조각 내자 금탁의 무사들이 비검탈명귀영이 나타난 것을 알고는 두려움에 도주하기 시작했다. 혈명강시들도 본능적으로 위험한 것을 느꼈는지 현어운을 향해 일제히 공격을 가했지만 상극의 무공을 지닌 현어운을 이길 수 있을 리가 없었다.

얼마 있지 않아 혈명강시는 흔적도 없이 사라져 버렸으며, 금탁의 무사들과 고수들도 일제히 후퇴한 상태였다.

"금탁이……."

만위령은 가슴을 채우는 기이한 기분에 채 말을 끝내지 못했다.

"금탁이 무림에서 사라졌다."

전유림이 단호하게 결론짓자 다른 자들도 무겁게 고개를 끄덕였다. 전유림의 일 장 앞에 현어운이 나타나자 잠시 놀란 그녀였지만 이내 등과 배, 팔 등 곳곳에서 피가 넘쳐흐르자 깜짝 놀라고 말았다. 특히 배의 상처는 깊어 벌어진 곳에서 내장이 보일 정도였다.

"야! 너……!"

하지만 현어운은 그저 가볍게 웃을 뿐이었다.

"괜찮냐, 유림? 굉장히 치열했을 텐데… 그나저나 너도 어서 장풍에 어느 정도 경지를 이루어야 할 텐데 말이야."

"너, 너, 너나 걱정해, 이 자식아……."

전유림은 깊은 상처를 입은 현어운을 보고도 다가가지 않았다. 아니, 다가갈 수가 없었다. 본능적으로 무언가 달라진 것 같은 느낌을 받은 것이다.

여태껏 현어운이 갑작스럽게 무림에 나타났어도, 갑자기 무공을 사용했어도, 수많은 사람을 죽였어도 그런 느낌은 없었다.

'얼마 전까지의 네가 아닌 것 같다! 마치 다른 사람 같아!'

눈가에 맺힌 눈물을 보여주기 싫어 그녀는 급히 몸을 돌리고는 하늘을 바라보았다.

“땅은 이렇듯 더러운데 하늘은 더럽게 맑네.”

“하늘이 맑은 걸 네가 어떻게 아냐? 직접 가보지도 않았으면서.”

“그런가?”

현어운은 피식 웃더니 목이 잘린 시체를 보고는 급히 달려갔다. 품 속을 확인했지만 놀랍게도 있어야 할 책이 없었다.

‘분명 이자가 혈명강시와 관련된 주문서를 가지고 있었어야 했는 데……!’

그는 태극탈명비동주가 이미 가져갔음을 직감할 수 있었다.

“…….”

“어운, 임무가 실패했지만… 탓하진 않겠네. 나 또한 마음에 걸리던 임무였었다.”

“실패하지 않았습니다, 대주님.”

“뭐?”

“우리는 실패했지만… 무림제왕성은 임무를 성공시켰으니까요.”

“……!”

남궁명욱은 현어운의 말이 무슨 의미인지 곧바로 알아챌 수 있었다. 애초에 입구에서 비사들을 보았을 때부터 이상함을 느꼈으니까.

“첫 실패이지만… 벽력마군을 잡았다는 점에서는 실패라고 볼 수도 없겠군. 모두들 돌아간다.”

“벽력마군… 놔주었으면 합니다.”

“그게 무슨 말인가?!”

“말 그대로입니다. 어차피 그는 이제 혈명강시를 다시 제조할 수도, 다시 재기할 수도 없습니다. 오직 홀로 남았을 뿐입니다.”

“안 되네. 벽력마군은 예전에는 어땠을지 모르나 지금은 무림의 평화를 깬 마인이나 마찬가지네. 반드시 심판을 받아야 해!"

"안 되면… 제가 되게 하겠습니다."

현어운의 말에 남궁명욱은 눈썹을 꿈틀댔지만 이내 한숨을 쉬며 말했다.

"어운… 오늘 많이 변한 것 같네."

"무제가 날 죽이려 했으니까… 전 그만큼 되돌려 주어야겠습니다. 그러니… 제 부탁을 들어주십시오."

"서, 성주님이……! 알겠네. 지금의 자네라면 강제로라도 할 것 같으니……."

남궁명욱은 굳은 얼굴로 바닥에 의식을 잃은 벽력마군을 뉘었다. 그리고는 말없이 몸을 돌려 걸어나가기 시작했다. 무제가 현어운을 죽이려 했다는 말에 적지 않은 충격을 받은 것 같았다.

"이제 우리는… 어디의 사람인지 모르겠군요."

조선영 또한 좀처럼 짓지 않는 한숨을 쉬며 걸음을 옮겼다.

"가자, 유림."

"그래… 그런데 너 그래도 남아 있을 거야?"

"네가 남아 있는 한."

"…조금만 더 남아 있자. 꼭 필요한 일이 아직 남아 있거든."

"그래, 원한다면."

第二章
회시영겁술(回屍永劫術)

그를 죽이기 위해 필요한 모든 것들은 초선득이 해주었다. 아니, 초선득이 했다기보다 우리는 알지 못하는 어떤 사람들이 해준 것 같았다. 그 정보를 바탕으로 무황의 모든 것을 숙지하기 시작했다. 그의 행동, 성격, 말투, 자주 하는 말, 무공의 깊이, 주변 관계 등을 하나도 남김없이 외웠으며, 그것이 완료된 후에라야 우리는 무림제왕성에서도 무황이 기거하는 곳으로 잠입하러 갈 수 있었다.

이 개월이 지났지만 무림은 조용하기만 했다. 물론 무림제왕성이 금탁을 무림에서 제명시킨 위업은 무림 전체를 진동시켰지만 한편으로는 당연하다고 생각한 자들이 더욱 많았기에 그 여파가 오래가지는 않았다.

금탁이 사라지고, 생포되었다는 벽력마군의 생사소식은 전혀 알려지지 않았지만 무림의 특성상 이 개월이 지나자 완전히 잊혀지고 있었다.

그리고 무엇보다 무림인들의 관심은 마지막으로 남은 세력, 신록희와 무림제왕성과의 결전이었다. 희주가 누구인지도 제대로 밝혀지지 않은 신비로우면서도 불길한 신록희와 무제가 버티고 있는 무림의 사실상 주인인 무림제왕성.

사실 그들의 격돌이 매우 빨리 될 것이라 예상했지만 이상하게도 신록희에서는 아무런 움직임이 없었다. 금탁과의 결전으로 전력에 큰 손상을 입은 무림제왕성을 칠 최적의 기회는 그때였지만 신록희는 무슨 일인지 움직이지 않은 것이다.

무림인들은 두 세력 간의 승부를 오 할로 점치고 있었다. 무림제왕성의 무력이야 두말할 나위 없이 강할 뿐만 아니라, 전력을 다하지 않고도 금탁을 제명시켜 무림의 주인다운 무서운 능력을 보여주었다.

하지만 신록희는 무림제왕성이 생성된 후 얼마 지나지 않아 곧바로 태어난 집단으로 여태껏 단 한 번도 전력이 제대로 드러나지 않았으며, 알려진 고수들만 해도 무림을 놀라게 할 정도였다. 게다가 소문으로는 희주가 백년 전의 절대고수인 천검이라는 말도 있으며, 천검의 후예라는 말도 있어 무림제왕성과의 비교에서 결코 밀리지 않았다.

무엇보다 신록희는 역천의 무기, 벽력탄을 지니고 있다는 것이 알려져 오히려 그들의 전력을 위로 쳐주는 자들도 부지기수였던 것이다.

무림의 평가야 어떻든 무림제왕성은 제왕으로서의 근엄함을 보여주려는 듯 여유롭게 흘러가고 있었고, 신록희 또한 아무런 움직임이 없어 덕분에 무림은 실로 오랜만에 평화를 구가하고 있었다.

"이상하단 말이야……."

열심히 장풍 구결을 암기하고 있는 현어운의 앞에서 전유림은 시종일관 다른 생각을 하고 있었다. 한참을 외우다 전유림 때문에 신경이 쓰여 도무지 암기가 안 된다 스스로 핑계를 대며 현어운이 말했다.

"하루종일 무슨 생각하는 거야?"

"이 바보야, 암기나 해."

"바보 아니라니깐!"

"혈명강시 임무 이후 이 개월이나 지났는데 아직도 다 못 외우니 바보가 아니고 뭐지?”

“이, 이제 마지막 부분을 외우고 있잖아! 한두 시진만 더 하면 다 외울 수 있다고. 그리고 저번에 잠력을 응용해서 혈명강시들을 죽였잖아? 일부나마 이용할 수 있는 게 어디야?”

“흠… 그건 칭찬해 주지. 아무래도 넌 머리는 나쁜데 무공을 사용하는 데 있어선 본능적으로 뛰어난 무언가가 있나 보다.”

“나쁜 머리는 아니라니깐……..”

“그나저나 이상하지 않아? 이 개월이나 지났는데 여전히 신록희는 움직임이 없단 말이야. 분명 금탁과의 싸움 이후 무림제왕성이 전력 재정비를 할 때가 최적기였거든.”

“신록희는 야망이 없을지도 모르지. 이대로 이원체계로 죽 가자는 의미 아닐까?”

“네 말이 설령 맞다고 해도 난 그대로 놔두긴 싫다.”

“…그래.”

“넌 아무 생각이 없나 보지?”

“아니, 나 또한 이대로 놔두진 않을 거야. 만약 무림제왕성에서도 아무런 움직임이 없다면… 그때는 내가 움직인다.”

“차라리 무림제왕성이 움직이는 게 우리 입장에서는 편하지. 무림제왕성이 우리를 이용하듯, 우리도 무림제왕성을 이용한다.”

“곧 움직일 거라고 봐, 난.”

두 사람은 말없이 각자의 생각에 빠져들었다. 신록희는 어떤 이유에서든 간에 반드시 복수를 갚아주어야 할 대상이었다. 거대한 집단에 맞서 겨우 두 사람이 상대하기란 힘에 겨웠지만 무림제왕성과 신록희의 세력 싸움을 이용한다면 복수가 불가능한 것만은 아니었기에 두 사람은 무림제왕성과 신록희가 하루 빨리 싸우길 기다리고 있었다.

"이대로 떠났다가 두 곳이 싸울 때 우리가 몰래 끼어들면 되지 않을까?"

현어운의 말에 전유림이 고개를 저었다.

"이곳에 있는 것이 나태해지지 않아서 좋아. 게다가 강자들도 많아 내가 좀 더 높은 경지에 들 수 있는 기회를 얻을 수도 있는 것이고. 게다가 우리가 만약 무림제왕성을 나간다면 무제가 노골적으로 널 죽이려 할지도 모르잖아?"

"그렇겠지……."

그날 이후로 자신을 죽이려는 시도는 없었지만 현어운의 입장에서는 마음 편히 보낼 수만은 없었다. 그래도 무림제왕성에 남아 있는 것이 차라리 안전한 편이었다.

'이제 무언가 끝이 다가오고 있는 것 같다. 나 스스로가 그녀에게 당당해질 수 있다고 판단이 되면… 미련없이 떠날 것이다. 추악한 무림을…….'

그는 생각에 빠져 있는 전유림을 바라보았다. 의지할 사람도 없고 친인척 하나 없는 그녀는 무림에서 완전한 혼자였다. 그것은 자신도 마찬가지였다.

'예전의 그때로 돌아갈 수 있도록 해보자, 유림아.'

"시귀류라 했나?"

"그렇습니다. 일 개월 전, 신록희에 시귀류가 나타나 많은 피해를 입고 전력을 재정비하고 있습니다. 그동안 철저히 숨기느라 알아내기 힘들었지만 확실한 정보입니다."

귀면탈의 사내, 태극탈명비동주의 말에 무제는 말없이 잠시 생각에 빠져들었다. 시귀류가 언젠가는 나타날 것이라 생각했지만 이렇게 빨리 나타날 줄은 몰랐다. 염두에 두지 않은 것은 아니지만 적어도 그들이 그들의 무공을 완성시키는 것은 무림제왕성이 신록희를 누르고 다시 무림의 주인으로 완벽히 등극했을 때 이후의 일이라고 생각했다.

"그녀 혼자인가?"

"그녀와 사내 하나가 더 있었다고 합니다. 그가 실제적으로 대부분의 살인을 했으며… 확실하지는 않으나 신록희의 산채 주변에 회시영겁술을 시전한 흔적이 보입니다."

"회시영겁술을?"

"네."

굳이 묻지 않아도 결과는 신록희의 승리였으리라 무제는 생각했다. 아무리 시귀류라 하더라도, 그리고 그 수가 둘이라 하더라도 신록희라는 거대한 집단을 쓰러뜨릴 수는 없었다. 더구나 회시영겁술을 시전했는데도 신록희가 멸망하지 않았다는 것은 회시영겁술의 여파를 이겨내었다는 말이 되었다. 분명 신록희주가 나섰으리라.

"희주의 정체를 확인하지 못했는가?"

"네."

"…알겠다. 준비를 해나가는 걸 잊지 말라."

"존명."

잠시 서 있던 태극탈명비동주는 무제가 더 이상 말이 없자 사라져버렸다. 그리고 얼마 있지 않아 다른 자의 기별이 들어왔다.

"제왕부주입니다, 성주님."

"들어오라."

‘회시영접술······.’

일 개월 전.

신록희의 위치에 대해서는 여태껏 말이 많았지만 몇 십 년이 지난 지금에는 그들의 본거지가 안휘성 육안(六安) 맹탕산(孟湯山)에 위치했다는 것이 모두 알려진 상태였다.

맹탕산 주위에 살던 마을은 몇 십 년이 지나는 동안 모두 이주해 버려 사라져 버린 지 오래였고, 산 자체의 경치도 정평이 났지만 유랑객이 끊긴 지 오래였다. 그들이 딱히 두드러진 악행을 한 것은 아니었지만 일반 백성들은 본능적으로 신록희가 불길한 자들의 집단임을 느낀 것이었다. 게다가 그들의 전신은 노략질을 주업으로 하는 녹림이니 사람들이 좋게 바라볼 수가 없었다.

그런 인적이 끊긴 맹탕산 초입에 두 인영이 나타났다. 회색 머리에 회색 눈빛을 했지만 매우 아름다운 여인과 죽립을 써 얼굴이 보이지 않는 사내였다.

시귀녀는 산 위를 바라보더니 고개를 끄덕이며 말했다.

“우리의 첫 제물이 될 곳이다. 결코 인정을 두지 말 것이며 모조리 죽여 버려라. 특히··· 이번에 죽일 때는 형체는 남겨두어야 한다.”

“알겠소.”

“호호호호! 실로 오랜만에 많은 자들의 죽음을 볼 수 있겠구나! 우리는 죽음에 가장 가까운 존재, 살인만큼 기쁜 것이 또 있을까?!”

들뜬 소녀마냥 시귀녀는 기뻐하고 있었지만 그 이유는 결코 천진난만함과는 거리가 멀었다.

“······.”

군동은 말없이 산을 노려보고 있었다. 자신의 모든 것을 앗아간 신록회가 있는 곳이었다. 마음 같아서는 모조리 흔적도 없이 재로 만들어 버리고 싶었지만 그녀가 형체는 남겨두어야 한다고 했으니 그렇게 해야만 했다.

'내 자신이 도저히 참지 못하고 무너지기 전에… 복수를 끝내야 한다!'

"누구냐?!"

두 남녀가 걸어오는 것을 가만히 지켜보고 있던 신록회 산채의 네 경비무사들은 그들이 지척까지 다가오자 일제히 창을 앞으로 내밀었다.

산채라고는 하지만 밖에서 보이는 내부의 건물은 웅장하기 그지없었고, 산채를 둘러싸고 있는 것은 목책이 아니라 오 장 높이의 석책으로 되어 있어 방어하기에 매우 용이해 보였다. 잠시 둘러본 시귀녀는 요염하게 미소 지으며 자신의 지척에 있는 창날을 슬쩍 건드리며 한 걸음 앞으로 걸어나왔다.

"급하긴……. 내가 왔는데 겨우 그런 무기나 들이밀면 안 되지……."

나지막하게 속삭이는 그녀의 목소리에 네 사내의 눈빛이 순식간에 풀려 버린다. 어느새 그녀가 건드렸던 창이 먼지가 되었지만 네 사람 모두 흐느적거리며 그녀를 향해 다가갈 뿐 창은 이미 잊은 듯했다.

"문을 열어줄래?"

그녀의 유혹을 견뎌낼 수 있는 사내가 얼마나 있을까? 네 사내는 성문처럼 되어 있는 신록회의 입구를 열기 시작했다.

그그그긍—!

마치 백년간 열어본 적이 없는 것 같은 오래되고 무거운 소리가 울리며 입구가 열렸고, 그녀가 말없이 안으로 들어가자 군동 또한 뒤따라 들어갔다. 군동이 멍하게 서 있는 네 사내의 곁을 스쳐 지나가자 네 사내는 입에서 피를 쏟으며 부들부들 떨더니 자리에 쓰러져 버렸다. 바로 군동의 몸에서 흘러나오는 시기(屍氣)로 인해서였다.

두 사람 모두가 안으로 들어서자 곧바로 반응이 나타났다.

쿵! 쿵! 쿵!

산중턱을 둘러싸고 있는 석책에서 경비를 서고 있던 무사들이 침입자를 알리는 북소리에 저마다 연이어 북을 울리고 있었다. 얼마 있지 않아 사방에서 무사들이 쏟아져 나왔고 석책 위의 무사들은 모두 궁(弓)을 들어 두 사람을 겨누었다.

그 소란스러운 환영이 마음에 드는지 시귀녀는 허리가 휠 정도로 크게 웃어대었다.

"오호호호호! 귀여운 것들의 환영이라니! 겨우 이 정도로 나에게 겁을 주겠다는 거야? 호호호호!"

"으윽!"

"크헉!"

"아아……!"

그녀의 단순한 웃음에 고통스러워하며 가부좌를 틀고 내공을 운기하는 자들도 있는 반면, 어떤 이는 넋이 나가 멍한 표정으로 그녀를 향해 다가오기도 했다. 단 한 번의 웃음으로 이 정도의 결과를 가져올 수 있는 그녀의 무공은 누가 보아도 괴이하고 요사스러웠다. 이곳에 모인 백여 명의 무사들과 석책 위에 있던 삼십 다섯 명의 경비무사들 모두가 행동불능이 되어버리자, 심상치 않은 웃음소리를 듣고 뒤늦게 나타난 신록본당 서열 삼십 위 강룡창(降龍槍)이 대경하며 외쳤다.

"갈(喝)! 뭣들 하는 것이냐!"

수하들이 하나둘 정신 차리는 것을 확인한 강룡창은 손에 쥐고 있던 창을 꼬나 쥐고 여인을 향해 달려갔다. 신법을 쓴 것도 아닌데 실로 질풍 같은 속도였다.

"호호호! 그래, 어서 오너라, 군동."

그녀가 부르기도 전에 이미 군동은 그녀의 앞으로 나온 상태였다. 강룡창의 신형이 이 장이나 높이 뛰어오르더니 낙하하는 힘과 함께 그의 창술이 작렬했다.

쉬리리릭!

바람을 가르는 날카로운 소리와 함께 창에서 푸른 빛 기운이 사방을 비추었다. 거대한 기운의 용트림은 없지만 직접 당하는 군동은 마치 거대한 용이 뒤덮는 것만 같은 느낌을 받았다.

'제법이군.'

군동의 좌수가 앞으로 뻗어나간다. 그의 검지에 맺힌 회색 빛 기운이 강룡창의 현란한 창끝과 일일이 부딪쳐 갔다.

까가가강!

쇠와 쇠가 부딪치는 소리가 수차례 울리더니 강룡창이 신형이 강한 무언가에 부딪힌 것처럼 뒤로 날아가 바닥을 뒹굴었다. 자리에서 벌떡 일어난 강룡창은 수치심과 분노로 붉게 물든 얼굴을 하며 외쳤다.

"이놈! 그따위 사술로 날 이길 수 있을 것 같으냐?!"

자신의 창술을 아는 것도 아닌데 일일이 손가락이 창끝과 부딪쳤기 때문에 사술이라 할 만했다. 사술이 아니라면 실력이 압도적으로 높아 자신의 창술을 눈에 꿰뚫고 있다는 것이었는데 강룡창의 자존심상 절대로 인정할 수 없는 노릇이었다.

"…덤벼라. 이번이 마지막이다."

"건방진 놈! 하앗!"

강룡창이 또다시 질풍같이 달려가더니 몸을 반 바퀴 회전하며 창날로 군동의 발목을 후려쳤다. 상대를 뒤로 물러나게 하거나 도약하게 할 수밖에 없는 용회포각(龍回捕脚)의 수법으로 이것에 뒤이어 터져 나오는 강룡척(降龍擲)이나 강룡천추(降龍天追)로 연계되는 것이었다.

뱀처럼 현란히 휘며 그의 발목을 감싸려던 창날이 지척까지 와도 움직임이 없던 군동이 발을 움찔거리자 놀랍게도 창이 순식간에 움직임을 멈추어 버렸다. 날과 대가 이어지는 부분을 정확하게 발로 막은 것이다.

발에 붙은 듯 아무리 움직여도 창이 빠지지 않자 놀라움으로 창백한 안색이 되어버린 강룡창이었다.

"이, 이건 대체 무슨… 큭!"

군동이 발을 살짝 밀자 강룡창은 거대한 힘에 밀린 듯 창을 놓치고 뒤로 날아가 버렸다. 창은 생명이 달린 양 저절로 움직이더니 군동의 손 안에 들어왔고, 그는 망설임없이 강룡창을 향해 집어 던졌다. 그야말로 번개를 방불케 할 정도로 빠른 속도라 강룡창이 자리에서 채 일어나기도 전에 심장에 꽂혔다.

"끄흑!"

심장에서 피가 튀며 창은 강룡창의 몸을 땅에 박아버리는 것이었다.

"저, 저럴 수가!"

순식간에 경비를 책임지던 강룡창이 죽자 무사들이 동요하기 시작했다.

"호호호호! 장난하지 말고… 모두 나와라! 너희들은… 무릎을 꿇고 자결하라!"

"으윽!"

"끄으으……!"

사방을 울리는 시귀녀의 마음(魔音)에 무사들이 고통스러워하며 전신을 비틀었다. 고통에 대항하기 위해서였지만 석책 위에 있던 자들 중에는 아래로 떨어지는 자들도 있었다.

"크흑!"

여기저기에서 정말로 스스로의 목을 찌르거나 심맥을 터뜨려 목숨을 끊는 자들도 있었다. 단순한 섭혼술이라고 하기에는 너무나 강력했다. 한 사람의 말에 백에 달하는 사람들이 고통스러워하고 정신을 놓는 장면을 보았다면 누가 쉽게 믿을 수 있을까?

얼마 있지 않아 일단의 무리들이 다시 나타났다. 백 명에 달하는 궁수들이었는데 나타나자마자 곧바로 활을 쏘아대었다.

군동의 양손이 앞으로 나가자, 그들을 뒤덮던 화살들이 일제히 재로 변하기 시작했다. 그들을 맞추지 못하고 옆을 스쳐 가는 화살들이 모두 땅에 박히자 궁수들은 할 말을 잃었는지 멍한 표정으로 그들을 바라볼 수밖에 없었다.

"고통스러워하는 저들을 향해 활을 쏘아라! 동료들에게 편안한 안식을 주어라!"

"끄으으!"

"아악!"

그녀의 내공이 실린 외침이 주변을 울리자 궁수들 대다수가 고통스러워하면서도 활에 화살을 메기기 시작했다.

피잉! 핑!

빠른 자는 이미 화살을 날린 상태였고 뒤이어 수십 발의 화살이 자결하지 않고 정신력으로 견뎌내고 있는 자들을 향해 날아가 박혔다.

“크헉!”

“컥!”

아비규환이었다. 동료가 날린 화살에 목숨을 잃고, 참지 못해 자결하고, 석책 위에서 떨어져 죽는다. 피비린내가 순식간에 장내를 뒤덮자 시귀녀의 얼굴에 시종일관 웃음이 떠나질 않았다.

“호호호호! 모두 죽여라!”

“……?!”

그녀의 광기에 장내가 진득이 물들어 갈 때쯤, 어디선가 강맹한 기운의 뒤흔들림이 생겨난 것을 군동은 눈치챘다.

고오오오—!

엄청난 기의 흔들림이 점차 강해지자 군동은 본능적으로 하늘을 향해 고개를 들었다.

‘저건……?!’

거대한 빛이 공기를 뒤흔들며 군동과 시귀녀의 머리 위로 떨어져 내리고 있었다.

‘검이다! 의형검강(意形劍罡)!’

실제 검이 아닌 의지로 검형의 강기를 만들어낸다는 경지가 바로 의형검강이었다. 검의 극치에 이르지 않고서야 그런 무공을 단순한 사술로 시전할 수는 없는 노릇이었다.

‘진짜다!’

“군동! 너의 힘을 보여주는 것이다! 호호호호!”

그녀가 말을 채 끝내기도 전에 군동의 우수가 머리 위까지 떨어진 의형검강을 향해 나아갔다.

우우우웅―!

두 기운이 부딪치자 빛이 사방으로 퍼져 나가며 명멸한다.

“……!”

바닥에 한 치 정도 발이 박힌 군동은 시종일관 권태감과 여유로움을 뽐내며 발을 들었다.

휘이잉!

산들바람이 불어오는 상쾌한 소리가 울려왔지만 군동은 심상치 않은 것임을 느끼고 곧바로 소리의 진원지를 파악했다.

“권형탄(拳形彈)……!”

주먹의 형태로 된 강기로 장강, 검강 등의 경지를 훨씬 상회하는 권형탄이 날아오고 있는 것이었다.

의형검강, 권형탄. 하나같이 말로만 전해져 내려오는 경지인데다 꿈 같은 이야기로 알려진 것들이 한 장소에서 동시에 나타난 것이다. 그러나 군동은 비릿하게 웃으며 주먹을 꽉 쥐었다.

‘이런 것도 이기지 못할 거였으면 그 끔찍한 것들을 견뎌내지도, 이곳에 나타나지도 못했을 것이다!’

군동의 회시폭암수가 권형탄을 향해 작렬하자 권형탄이 소리도 없이 소멸되었다. 그러나 군동은 이미 두 걸음 뒤로 밀려나 있었다.

“겨우 그 정도에 밀려나다니 실망이군.”

기분 좋아 보이던 그녀가 갑자기 굳은 얼굴로 군동을 힐책했지만 군동은 아무 대답도 하지 않았다. 이번에는 두 개의 권형탄이 날아왔기 때문이다.

군동의 손은 그저 회색 빛을 발할 뿐 아무런 기운도 뿜어져 나오지 않았지만 권형탄과 부딪치자 모래가 흩날리듯 으스러져 버리는 것이었다.

"너희들은 누구냐?!"

웅후한 음성이 장내를 울리자 시귀녀의 힘에 의해 고통스러워하던 무사들이 서서히 안정을 되찾아갔다.

군동이 소리가 들려온 쪽으로 시선을 돌려보니 장내의 근처에 있는 가장 높은 건물에서 한 노인이 천천히 공중에서 천천히 하강하고 있었다. 그리고 석책 근처 숲 쪽에서 다른 삼십대 사내가 걸어오고 있는 중이었다.

그러나 두 사람이 등장했음에도 무사들 또한 그들이 누구인지 잘 모르는 기색이었다. 뛰어난 경공술을 보여주는 노인과 건장한 신체의 사내가 군동의 근처까지 다가왔을 때쯤, 장내에 또 다른 사내가 나타났다. 그는 바로 신록본당 서열 칠 위의 천면천무(千面千武)로 별호 그대로 천 개의 얼굴을 지니고 얼굴만큼 다양한 무공을 지니고 있다고 알려져 있는 자였다.

무림의 활동이 거의 없어 많이 알려져 있지는 않았지만 신록본당에서 서열 칠위를 하는 것만으로도 그 실력이 얼마나 대단할지는 굳이 두 눈으로 보지 않아도 알 수 있었다.

"모두들 뒤로 물러나라. 저분들께서 저들을 상대할 것이다."

천면천무의 목소리는 남자인지 여자인지 구분하기 힘들 정도로 특이했고 듣기 거북했다. 그 소리에 군동의 앞에 있던 삼십대의 사내가 눈살을 찌푸린다.

"저 자식은 입을 좀 다물었으면 좋겠군. 영 듣기가 싫어."

"허허! 나이가 몇인데 아직도 그런 투정을 하는 건가? 자질구레한 것은 이제 신경 쓰지 않아도 될 정도가 되지 않았나?"

"자질구레한 것이든 무엇이든… 이 독특한 연놈들부터 정리해야지?"

"그래야겠지! 특히 저 여인은… 조심해야 하네."

"그럼 네가 맡아. 난 저놈을 맡을 테니."

"알겠네, 허허허!"

삼십대 사내가 군동에게로 더 가까이 가더니 씨익 웃으며 말했다.

"이래 뵈도 백 살이 넘으니 존칭을 생략하는 일이 없길 바란다. 권신(拳神)이라 부르면 되고… 저 노인은 검신(劍神)이라 부르면 된다."

"군동이다. 오늘… 신록회에 있는 모든 자를 죽이겠다."

"우하하하! 자신감이 대단한 것인지, 아니면 독특한 만큼 머리가 돈 것인지 모르겠구나! 게다가 존칭도 생략하고 말이야. 긴말할 것 없이 한판 붙어보자!"

권신은 군동의 말에 단단히 화가 났는지 거칠게 그를 향해 다가가며 주먹을 내질렀다. 아주 단순한 내지르기였지만 군동은 분노한 대기가 성난 파도처럼 덮치는 듯한 착각이 들었다.

우우웅―!

군동의 지척까지 다가갔을 때에야 무시무시한 진동음이 울리며 군동의 전신을 짓누르기 시작했다. 그때쯤 군동의 신형이 흐느적거리며 앞으로 쓰러질 듯 다가오는 것이었다.

"……!"

그가 오히려 앞으로 무모하게 다가오자 놀란 자는 권신이었다. 그의 주먹이 군동의 가슴을 가격하는가 싶었지만 그의 주먹은 허공을 가를 뿐이었다. 어느새 권신의 좌측으로 이동한 군동이 그의 머리를 향해 회시폭암수를 시전하고 있었다.

콰쾅!

“……!”

그 긴박한 상황에서 권신이 속절없이 당하는가 싶었으나 오히려 군동이 한차례 폭음과 함께 두 발자국씩 뒤로 물러났다. 그 촌각의 순간에 권신이 권형탄으로 군동의 배를 적중시킨 것이었다.

“뭐야? 무슨 철 덩어리를 친 것도 아니고……?”

권신은 수십 년간 단련되어 철보다 단단한 자신의 손이 붉게 부어오르자 깜짝 놀란 모양이었다. 그러나 군동도 무사하지만은 않은 듯 입가에 가는 핏줄기를 흘리고 있었다.

“그냥 단순한 권형탄으로는 씨알도 먹히지 않는다라… 으윽?”

권신은 갑자기 머리 한쪽이 타는 것 같은 고통이 느껴지자 깜짝 놀라며 손을 그곳에 가져갔다. 머리카락의 일부분이 없어진 것을 안 권신은 군동을 바라보았다.

“하… 어이가 없구만. 스치지도 않았는데 이 정도인데 맞으면 결과야 뻔하겠군. 흐흐흐……!”

그러나 권신은 오히려 재미있다는 듯 고개를 이리저리 돌리며 그를 향해 걸어갔다.

“한 번 더해봐. 하지만… 이번 한 수로 네놈의 목숨은 끝이라는 걸 알아야 한다.”

그의 말에 죽립을 쓰고 있어 입만 보이던 군동의 입에 살짝 선이 그어진다.

“이번에 전력을 다하지 않으면 너뿐만이 아니라 이곳에 있는 모든 자들이 죽게 될 것이다. 책임이 클 테니 신중해라.”

"정말 말 하나는 끝내주는군. 누워 있는 네놈의 면상에 반드시 침을 뱉어주마."

권신의 두 주먹에서 백색의 기운이 빛나며 휘몰아치기 시작했다. 머리카락의 한쪽 부분이 없어져 우스꽝스러운 모습이기도 했지만, 그 기운만큼은 이십 장이나 떨어져 있던 무사들이 뒷걸음질칠 정도로 놀라웠다.

"좋군."

우우우웅―!!

"백염단탄괴(白炎團彈魁)."

그의 주먹이 기이한 선을 그으며 움직임에 따라 허공에 주먹의 형상을 한 백색의 기운이 그 선을 따라 수도 없이 생기기 시작했다.

위이이잉!!

그의 움직임이 더욱 빨라짐에 따라 그의 주변에는 이미 수도 새기 힘들 정도로 많은 백색의 권형탄이 형성되어 있었다.

잠시 그들의 싸움을 바라보던 검신은 흡족한 표정을 지으며 고개를 끄덕였고 시귀녀는 마음에 들지 않는다는 듯 고개를 저으며 군동에게 심어전성으로 말을 전했다.

"너의 위대함을 보여주는 것이다! 모두 재로 만들어 버려!"

군동은 그녀의 말에 비릿한 미소를 지으며 양손을 들어올렸다.

'최대한 더 만들어보아라. 너의 한계와 나의 한계를 시험해 보는 것이다.'

그의 쌍수에서 회색 기운이 이전과 달리 강하게 빛나기 시작했다. 권신의 주위에 생성되는 권형탄이 극에 다다랐을 때쯤, 군동의 손에서는 이제 빛이 아니라 회색 불꽃이 타오르고 있었다.

“이번에는 그 기이한 보법으로 날 놀라게 하지 않나? 아주 재미있는 보법이었는데 말이야. 똑같은 수법이었다면 난 정말로 재미있을 거야.”

“이번에는 다른 걸 보여주지.”

쌍수를 든 군동이 권신을 향해 걸어가자 권신은 곧장 두 주먹을 번갈아 내질렀다.

콰콰쾅! 콰쾅!

그의 주변에 있던 백색 권형탄들이 번개처럼 날아가 권형의 전신을 짓이기려 했다. 하지만 놀랍게도 군동의 신형은 어느새 그의 좌측에서 걸어오고 있는 것이었다.

“……?!”

그런데 그것뿐만이 아니었다. 그의 우측에서도, 후방에서도 군동이 같은 자세로 걸어오고 있었다.

“흐흐흐! 재미있군.”

그의 주먹이 좌우, 후방을 향해 작렬하자 권형탄이 허공에 수를 놓으며 그를 잡아먹을 듯 날아갔다.

콰콰콰쾅!

“……!”

권신은 백염단탄괴가 적중되는 순간 본능적으로 전신을 조이는 괴이한 느낌을 받고 급히 모든 힘을 다해 자신의 머리 위로 권형탄을 쏟아부었다.

우르르릉!!

백색의 권형탄들이 하늘로 날아오르는 광경은 빛이 하늘로 솟구치는 것마냥 눈부시고 장엄했다.

‘속았다!’

권신은 어느새 자신의 옆구리에 박힌 손을 보고 말았다. 이런 간단한 속임수에 속았다는 것은 그의 심기가 대단하든지, 아니면 자신이 그보다 실력 면에서 부족한 것이라 할 수 있었다.

“으아아악!”

자신의 내부로 들어오는 섬뜩한 기운에 권신은 자신도 모르게 비명을 질렀고, 곧이어 전신에 힘이 빠지며 두 다리가 풀려 버렸다.

퍼억!

그의 얼굴이 군동의 다른 주먹에 함몰되면서 칠공에서 피가 튀었다. 그의 옆구리에서 손을 빼자 권신은 그대로 자리에 엎어졌다.

“하아… 하아……!”

권신을 죽였지만 군동의 상태도 그다지 좋지 않았다. 그 역시 칠공에서 피를 흘리고 있기 때문이었다.

‘귀운이신(鬼澐異身)을 썼는데도 권형탄의 무형지기에 속이 엉망이 되었다. 대단하군.’

실제로 그는 권신의 머리 위에 있었지만 귀운이신이라는 절세의 신법을 사용했기에 권형탄을 피하고 순식간에 권신의 옆으로 올 수 있었던 것이다. 그러나 권신의 무공 또한 가공했기에 그의 내부는 지금 크게 상한 상태였다.

“이럴 수가… 권신 자네가…….”

여유를 가지고 끝까지 지켜보던 검신은 믿기지 않는다는 표정으로 권신의 시체를 바라보고 있었다.

“군동, 이리 오너라.”

그녀의 부름에 군동은 태연한 걸음으로 다가갔다. 장내의 모두가 그의 모습을 지켜보고 있었다. 특히 천면천무는 경악을 넘어서 두려움마저 느끼고 있었다. 그는 검신과 권신이 얼마나 강한 자인지를 너무나 잘 알고 있었기 때문이다.

'희주님과 동문수학했다는 저분들이 얼마나 강하던가?! 그런 권신이 너무나 쉽게 죽어버렸다!'

검신은 친우의 죽음에 큰 충격을 받은 듯 굳은 얼굴로 아무 말도 하지 않고 있었다. 이 사태를 어떻게 받아들여야 할지 심각하게 고민하고 있는 모습이었다.

"겨우 그런 자를 상대로 내상을 입었단 말이냐? 정말 어이가 없구나! 호호호호!"

그녀의 웃음은 이전의 웃음과는 분명히 달랐다. 그가 권신과의 싸움에서 큰 내상을 입은 것에 큰 분노를 느끼는 것 같았다.

"그는 강한 자였소."

"너와 나보다는 약해! 그것도 아주 많이! 그런데 너는 그 기회를 일부러 버리고 기다렸어! 쉽게 이길 수 있는 기회를!"

"아아악!"

"끄어억!"

그녀의 외침은 단순한 소리가 아니었다. 그 소리에 내공이 부족하거나 정신력이 약한 사람은 피를 쏟아내며 죽거나 자살하기 시작했다. 다시 시작된 아비규환에 천면천무는 눈살을 찌푸리며 내공을 모아 소리쳤다.

"갈! 모두 정신 차려라!"

천면천무의 외침에 사람들이 다시 정신을 차려갈 때 충격에 빠져 있던 검신이 결국 폭발하고 말았다.

"네 이놈들! 권신을 죽였으니 결코 살아갈 생각을 하지 마라! 네놈들의 사지를 끊어 친구의 죽음을 위로하겠다!"

우우웅!!

그의 전신에서 무수한 의형검기가 쏟아져 나왔다. 푸른 빛 의형검기는 화려한 꽃잎처럼 만개하며 두 사람을 덮어갔다. 더구나 지척에 있었기 때문에 두 사람이 피할 겨를도 없어 보였다.

"호호호호!"

시귀녀가 한 손을 아무렇게나 휘두르자 의형검기들이 하나둘씩 사라져 갔고, 결국 모두가 흔적도 없이 으스러져 버렸다.

"죽음은 위로하는 것이 아니라 지배하는 것이다. 기억해라, 나는 너희들의 죽음을 지배할 자이다! 호호호!"

그녀가 하늘거리듯 부드럽게 다른 한 손을 내밀자 그와 동시에 그녀의 신형이 선처럼 죽 이어지며 검신을 향해 다가갔다. 공간을 일그러뜨리고 보는 사람의 정신을 흩뜨리는 기운마저 담겨 있어 귀신을 보는 것처럼 괴이한 움직임이라 할 수 있었다. 더구나 검신마저 한순간 모습을 놓쳤을 정도로 빨랐다.

"핫!"

검신은 위험함을 느끼고 본능적으로 몸을 뒤로 날리며 허리춤의 검을 뽑아 검초를 시전했다. 하지만 그녀의 신형은 멈추지 않고 더욱 빨리 나아가더니 그의 검식이 모조리 흩어져 버렸다.

"끄허억?!"

검초가 흩어지자마자 그 틈을 타 그녀의 손이 그대로 검신의 복부에 작렬했다. 검신은 전신이 으스러져 버릴 것만 같은 고통에 두 눈을 부릅뜨며 제자리에 주저앉고 말았다.

"끄으… 커헉!"

"호호… 회시폭암수의 세 가지 형태 중 하나인 귀영전뢰수(鬼影電雷手)를 한 번은 피한 자는 네가 처음이다. 그런 의미로 살려주지… 대신…….."

그녀는 허리를 숙여 그의 귓가에 입을 대고 뭐라고 속삭이기 시작했다. 그녀의 향긋하고 유혹적인 밀어가 끝나자 큰 내상으로 몸이 엉망이 된 검신이 전신을 부르르 떨었다.

"호호호호!"

그녀가 신형을 돌려 군동에게로 걸어가려 할 때, 궁수들을 재치고 또 다른 일단의 무사들이 등장했다. 천면천무가 자신의 아래에 있는 이백 명의 신록투들을 부른 것이다. 검은 복면을 하고 저마다 반월도라는 흔하지 않은 병기를 쥐고 있는 그들은 천면천무의 명령에 일제히 몸을 날려 시귀녀와 군동을 공격해 들어갔다.

'무림제왕성과의 전투가 다가온 이때 저런 자들이 나타나다니! 대체 저들은 누구… 아니?!'

천면천무는 의외의 사태에 두 눈을 부릅뜨고 그 장면을 바라볼 수밖에 없었다. 주저앉아 있던 검신이 갑자기 자리에서 일어나더니 다가오는 신록투들을 향해 어마어마한 검강을 뿜어내었던 것이다. 너무나 창졸지간의 일인데다 검신의 검법이 너무나 고강해 근처로 다가왔던 신록투들은 죽음을 면하지 못했다.

"크아아악!"

"아아악!"

피가 안개처럼 퍼지며 공중에 비산한다.

"모두 물러나라!"

다른 고수들을 부르기 위해 신호를 보낸 천면천무는 그렇게 소리치며 검신을 향해 다급히 몸을 날렸다. 검신의 일검에 스무 명이 넘는 신록투들이 죽었지만, 그는 여전히 부족한지 미친 듯이 검을 휘두르고 있었다. 멍한 두 눈빛이 정상이 아님을 보여주었지만 지금 당장 해결할 수 있는 방법은 없었다.

"하앗!"

천면천무의 손에서 뻗어나온 날카로운 수인(手刃)이 검신이 휘두르는 검과 격돌한다. 검강과 수인이 부딪치자 불꽃을 뿜더니 기운의 여파가 사방으로 퍼져 나가기 시작했다.

무림에 거의 알려져 있지 않던 천면천무의 실로 고강하기 그지없었다. 부상을 입었다고는 하나 신록본당의 최고 서열에 가까운 검신을 상대로 막상막하의 대결을 벌이고 있는 것이었다.

"너에 대해 다시 생각해 보겠다. 이런 식으로 나온다면 우리는 자연류와 거강류를 이기고 최고에 설 수가 없어. 그리고 어딘가에 있을 그의 전승자에게는 가까이 가지도 못하겠지."

"…기회를 주시오. 이번의 대결은 단지 나 자신에 대해 시험을 해보았을 뿐이오. 이제는… 그런 일도 없을뿐더러 권신 따위 자들에게 내상을 입는 일도 없을 것이오."

그의 말에 시귀녀는 묘한 미소를 지으며 그이 가슴까지 가까이 다가가 자신의 얼굴을 그의 얼굴에 들이밀었다. 뇌쇄적인 미소가 너무나 매혹적이라 욕정이 일었지만 군동은 간신히 가라앉힐 수 있었다.

"왜? 날 가지고 싶은가 보지? 네 마음대로 날 안아보지 그래? 그럼 널 마음에 두고 있는 나도 좋고 너도 좋을 텐데……"

"…때로는 마음을 억누르고 참아야 할 때도 있소."

"그럼… 앞으로도 그렇게 하며 날 따를 자신이 있나?"

"허무객(虛無客)의 전승자를 이기는 그날까지 자신이 있소. 모든 것을 잃어버린 지금… 내게 있어 남은 것은 당신이니까."

그의 낭만적인 말에는 짙은 공허감이 맴돌았지만 시귀녀는 마음에 든 듯 고개를 끄덕이며 뒤로 물러섰다.

"좋아… 그럼 죽음을 다스리는 일을 시작해 볼까?"

"좋소."

"좋은 걸 보여줄 테니… 최대한 많이 죽여라."

그때 일단의 무리들이 또다시 나타났다. 거의 오백 명에 달하는 신록투들과 세 명의 고수들이 나타난 것이다.

"호호호호! 오백 명은 조금 많구나! 그러나 최대한 고통스러워하며 죽음을 동경해라!"

그녀의 내공은 그 깊이가 한없이 깊은지 한 번 외치자 맹탕산 전체를 쩌렁쩌렁하게 울리는 것 같았다. 그러자 내공이 깊은 고수들을 제외한 상당수의 신록투들이 병장기를 떨어뜨리고는 머리를 움켜쥐며 고통에 힘겨워했다. 정신력이 약한 자들은 그녀의 한마디에 곧바로 자살하는 자들도 있을 정도였다.

"대, 대체 어디서 저런 괴물이 나타난 거야?!"

신록본당 서열 사십 위의 고수 단장부(斷腸斧)가 창백한 안색으로 소리쳤다. 그 스스로도 그녀의 섭혼술에 내공으로 대항하고 있었으니 그보다 약한 다른 신록희들은 두말할 나위도 없었다.

"우우우우—!!"

그때 몇 장 정도 떨어져 있던 십구 위의 고수 요환(嶢換)이 장내를 쩌렁쩌렁 울리는 사자후를 내뱉었다. 그러자 서로를 죽이거나 자결하던 자들이 조금씩 정신을 되찾기 시작했다.

"얼굴은 우물이요, 능력은 천인지경이구나! 반드시 사로잡아 저년이 대체 어떤 맛을 지녔는지 알아볼 것이다!"

서열 십오 위 요추색마(腰椎色魔)가 입맛을 다시더니 신록투들을 독려했다. 대병력이라 할 수 있는 신록투들이 일제히 두 사람을 향해 밀려왔지만 두 사람은 시종일관 여유로웠다.

그러는 외중 천면천무와 검신의 싸움은 조금씩 그 결과가 드러나고 있었다. 부상을 입었음에도 검신이 조금씩 천면천무를 몰아붙이고 있었던 것이다. 이를 본 요환이 욕지기를 내뱉으며 그들의 싸움에 가입했다.

"저들이 강하다고는 하나 우리는 신록회다! 겨우 두 사람에게 밀린다면 신록회라고 할 수 없지! 공격하라!"

검은 야행복에 검은 복면을 한 신록투 백 명이 일제히 두 사람을 큰 원형으로 감싸더니 조금씩 그들을 향해 다가갔다. 신록회의 군사 격인 서열 육 위 유괴사(誘拐士)가 소림에 백팔나한대진이 있다면 신록회에는 백원패혼진(百元敗魂陣) 있다고 자신있게 말하곤 했던 그 진이 발동되려는 것이었다. 백 명의 신록투 뒤에는 빠지는 자리를 대신 하기 위해 세 개의 원진이 더 만들어지고 있었다.

"이번에는 기다려 주지 마라."

시귀녀의 말에 군동은 손을 앞으로 천천히 내밀었다. 그와 동시에 군동의 신형이 희미해지더니 선을 이으며 앞으로 미끄러지듯 날아갔다. 궁신탄영(弓身彈影)과 비슷해 보였지만 더욱 빠르고 괴이한 느낌의 수법인 귀영전뢰수였다. 군동의 신형이 그들의 일 장 앞에서 멈춘다.

"……!"

시귀류의 무공은 조용하지만 패도적인 것이 특징이었다. 소리도 없이 군동의 앞에 있던 수십 명의 신록투가 재가 되어 바람에 흩날리자 이를 지켜보던 요추색마와 단장부는 할 말을 잃고 말았다.

군동의 공격은 거기서 끝난 것이 아니었다. 이번에는 회시회혼흡정 향의 기운을 사용하지 않고 일반적인 장력으로 신록투들을 쓸어버리려는 듯 거침없이 나아가고 있었다.

쿠쿠쿵! 콰앙!

신록투들은 속절없이 피를 뿜으며 쓰러져 갔고, 덕분에 백원패혼진을 이루지 못하고 있었다.

"후방이 진을 형성한다!"

요추색마의 명령에 후방에 있는 신록투들이 빠르게 움직이며 곧장 백원패혼진의 진열을 이루었다. 그들이 진을 발동시키기 전에 앞 열에 있던 자들이 일제히 뒤로 물러나는 와중에도 군동의 공격으로 피를 뿌리며 쓰러진 자들이 수십이었다.

"발동하라!"

우우우웅!!

모두가 빠져나가지 못했지만 군동이 진이 이루어진 곳까지 다가오자 결국 기다리지 못하고 명령을 내렸고 곧바로 백원패혼진이 발동되었다. 백 명에게서 일어나는 엄청난 기운이 현묘한 방위와 어우러져 순식간에 녹색 빛 기운이 진 전체를 감싸기 시작했다.

"크아악!"

"아악!"

빠져나가지 못한 자들은 진에서 일어난 가공할 기운을 견디지 못하고 전신이 터지거나 칠공에서 피를 분수처럼 뿜어내며 속절없이 죽어갔다.

기운의 반력에 더 이상 다가가지 못함을 느낀 군동은 가볍게 우수를 내질렀다.

쿠쿠쿠쿵!!

회시폭암수와 부딪친 기운은 엄청난 폭발을 일으켰고 일단의 신록투들이 피를 뿜으며 곧장 뒤로 물러나면서 다른 신록투들로 대체했다.

군동은 기운과 부딪친 후 뒤로 다섯 걸음이나 물러났지만 어떤 감정의 변화도 없었다. 단지 다시 앞으로 걸어나오더니 재차 회시폭암수를 시전했다.

쿠우우웅!!

"으아악!"

"크헉!"

이번에는 전과 다르게 좀 더 강했는지 열 명에 가까운 신록투들이 피를 뿜으며 쓰러졌다. 팔이나 다리가 흔적도 없이 사라지는 등 신체의 일부가 없어진 것으로 보아 회시회혼흡정향의 기운에 당한 듯했다.

쿠우우웅!! 쿠우우웅!!

뒤로 물러났던 군동이 다시 앞으로 나서며 이번에는 쌍장을 내밀었다. 그런 식으로 다섯 번이 더 반복되자 족히 오십 명은 넘는 신록투들이 죽어버렸지만 진은 계속 유지되고 있었다.

다섯 번째 회시폭암수를 시전하여 뒤로 물러난 군동은 그제야 조금 지친 모양인지 가쁜 숨을 조금씩 몰아쉬었다.

"흥! 아무리 제 아무리 강하다고 해도 백 명이 이루어내는 백원패혼진을 이길 수는 없겠지!"

한편, 검신과 천면천무, 요환의 대결은 조금씩 두 사람 쪽이 승기를 잡아가고 있었다. 그나마 검신의 정신이 이상했기에 얻을 수 있는 결과였다.

"호호호호! 이제 됐다!"

시귀녀의 말에 군동은 더 이상 공격하지 않고 그녀의 곁으로 돌아왔다. 더 이상 진의 방해가 없어지자 신록투들의 움직임이 매우 빨라졌다. 빠르게 안으로 좁혀 들어오고 있었던 것이다.

이를 지켜보던 시귀녀는 매혹적인 미소를 지으며 하늘을 향해 두 손을 들었다. 그러자 그녀의 전신에서 여태껏 경험해 보지 못한 끔찍한 사기(邪氣)가 뿜어져 나오기 시작했다.

'대체 무엇을 하려는 것인가?! 엄청난 기운이다!'

그녀는 쉴 새 없이 무언가를 중얼거리고 있었는데 그것도 의아했다.

'내가 아는 시귀류의 무공 중에 주문을 외는 것은 회혼회시흡정향뿐이다. 그것도 속으로 읊지 저렇게 입 밖으로 내지 않는다.'

그의 의문도 잠시, 가공할 사기를 느낀 요추색마와 단장부는 불길한 느낌을 받고 고래고래 소리 지르고 있었다.

"어서 공격하라! 이놈들!"

"공격하지 않고 뭐 하는 것인가?! 어서 하라니깐?!"

하지만 무엇 때문인지 신록투들이 공격하는 것을 주저하고 있었다. 시귀녀의 몸에서 뿜어져 나오는 섬뜩한 사기 때문이기도 했지만 진짜 이유는 바로 옆이나 뒤에 죽어 있던 동료의 시체들이 꿈틀거리고 있기 때문이었다.

그 현상을 본 군동은 그녀가 어떤 일을 벌이려는지 눈치챌 수 있었다.

'시체들이… 부활하고 있다! 정말이야?!'

그녀에게 그런 능력이 있다는 것은 단 한 번도 들은 적이 없었다. 사람이 이런 능력을 가지고 있다는 것을 믿는 건 둘째 치더라도 이런 일이 가능할 것이라는 생각은 해본 적도 없지 않았던가?

수많은 시체의 시기를 흡수하며 웬만한 일에는 놀라지 않는 군동도 이번만큼은 크게 놀라고 말았다. 형체를 보존하라는 말은 아마 이것 때문이었던 듯싶다.

그때 그녀의 입에서 터져 나오는 광기 서린 외침이 있었다.

"영겁의 안위를 지배하는 나에 의해 죽음의 원형을 유지하며 그 힘을 드러내어라! 오호호호―!"

"……!"

"으아아악!"

"시체가……!"

있어서는 안 될 사태가 벌어지자 신록투들 중 일부는 본능적인 두려움에 진형을 이탈하는 사태가 발생했고, 이탈까지는 아니더라도 대부분 전진을 멈추고 믿기지 않는 상황에 넋이 나간 상태였다.

"군동, 잘 보아라. 이것이 후에 네가 시귀류의 주인이 되면… 내 모든 능력을 이어받았을 때 사용할 수 있는 최강의 무공이다. 아니 술법이라는 것이 더 정확하겠지. 회시영겁술이라 한다."

그녀의 전음에 군동은 자신도 모르게 침을 삼켰다.

'모든 능력을 이어받아?'

어감이 이상한 부분이었지만 또다시 일어난 황당한 사태에 생각을 멈추고 상황을 지켜보았다.

"저럴 수가?! 권신께서 다시 살아나다니?"

"죽었던 것 맞나……?"

요추색마의 말에 단장부는 믿기지 않은 듯 두 눈을 깜빡이며 현재의 상황을 이해하려 애쓰고 있었다.

한편 생사를 가르려는 듯 치열한 싸움을 하던 검신과 두 사람은 검신이 갑자기 피를 뿜어내며 정신을 차리고서야 싸움을 멈출 수 있었다. 하지만 권신이 살아나고 죽었던 많은 자들이 되살아나자 검신이 경악하며 외쳤다.

"이건 분명 독패삼류의 시귀류네! 우리들의 힘으로는 이겨내기 힘드니… 희주가 오셔야 한다!"

"시귀류……!"

죽은 자들은 살아 있는 자들을 공격하기 시작했다. 놀라운 건 살아 생전의 무공을 그대로 사용한다는 것이었다.

"그럼 죽은 겸성무님과의 일 때문에……?!"

"이유야 알 수 없지! 그러나 노부가 알고 있는 한 죽은 자들을 되살려 자신들의 무사로 사용하는 자는 오직 시귀류의 전승자뿐이네. 천면천무 자네는 어서 희주께 이 사실을 알리게!"

"그럴 필요 없다!"

"희주님?!"

장내를 울리는 웅후한 소리에 모두의 움직임이 멈추었다. 심지어는 되살아나 살아 있던 자들을 공격하던 시체들마저 공격을 멈추고 들려오는 소리에 관심을 가졌다.

"더 이상 신록희의 무사들을 그곳으로 투입시키지 말라. 내가 갈 때까지 시체들과의 격돌은 되도록이면 피하라."

"천리전성술……!"

군동은 쥐어짜내는 듯한 소리로 놀라움을 표현했다. 천리전성술이

라는 이름을 들어보기만 했을 뿐 정말로 그런 전음술이 실존하리라고
는 상상치도 못했던 것이다.

'대체 얼마나 내공이 깊고 무공이 강하면 천리전성술이란 전설적인
전음술을 사용할 수 있는 것인가?!'

"군동, 우리는 이만 물러난다."

"……?! 무슨 소리요?"

군동은 신록희주가 아무리 강하다 하더라도 물러날 생각이 없었다.
이들을 모조리 죽이는 것은 힘들더라도 이들에게 치명적인 타격은 입
히고 떠나야 했다.

"동류(同類)의 것이 다가오고 있다. 동류의 그가 오면… 우리의 힘은
큰 힘을 낼 수가 없어. 네 친구처럼… 동류의 자가 또 있다니……."

시귀류의 얼굴은 좀처럼 볼 수 없는 딱딱한 표정을 하고 있었다. 그
녀의 표정에 또 한 번 놀란 그는 더 이상 말하지 않고 고개를 끄덕였
다. 그녀가 물러나야 한다면 물러나는 것이다.

두 사람이 지체없이 몸을 돌려 정문 밖으로 나갈 때 군동은 권신이
권형탄을 사방으로 작렬시키며 수많은 자들을 죽이는 걸 볼 수 있었다.

"회시영겁술은… 당신이 없어도 계속되는 것이오?"

"내가 떠난 후 일각이면 모두 원래의 안식으로 돌아가지. 하지만 일
각 내에 그자가 저들을 막지 못하면… 더 큰 피해를 입을 수도 있다.
호호호!"

그녀는 생각만 해도 유쾌한지 교태롭게 웃으며 산 아래로 신형을 날
렸다. 아비규환의 소리가 울리는 정문 안을 돌아본 군동은 싸늘하게
웃으며 그들을 외면했다.

'이번으로 끝이라 생각 마라, 신록희.'

다른 시체들도 문제였지만 권신이 고강한 무공으로 신록투들을 가차없이 죽이는 것이 문제였다. 죽은 자가 어떻게 내공을 사용할 수 있는 것인지는 모르지만 권신은 회색 빛의 권형탄을 끊임없이 뿜어내고 있었다.

"물러나라!"

요환의 외침에 신록투들은 시체들과 싸우는 것을 멈추고 뒤로 물러나기 시작했다. 산자들이 물러나자 흩어져 있던 죽은 자들이 괴이한 기운을 풍기며 한곳으로 모이기 시작했다.

권신을 필두로 하여 백 명은 족히 넘는 자들이 평소보다는 느린 움직임으로 산자들을 향해 다가가기 시작했다.

"이걸 대체 뭐라 생각해야 하지? 조금 전까지만 해도 아군이었던 자들이 죽은 뒤 다시 되살아나 우리를 공격하다니?! 그것도 원래의 무공 그대로 말이야!"

단장부가 어이없다는 표정으로 그들을 바라보았지만 죽은 자들과는 대화도 불가능하여 알 방법이 없었다. 단지 유유히 사라지고 있는 두 사람이 이 일을 벌여놓았다는 사실만 알 수 있을 뿐이었다.

"일단 회주님께서 오시면 모든 것이 해결되리라 믿는다. 좀처럼 모습을 드러내지 않으시던 분이 몸소 오신다고 했으니 얼마나 심각한 일인지 알 만해. 흐흐!"

그때 천면천무이 곁으로 다가오며 요추색마에게 말했다.

"시귀류다. 저 둘은 시귀류의 전승자들이다."

"시귀류……!"

요추색마와 단장부가 놀라는 것도 잠시, 권신의 발작은 이제 극에 달해 있었다. 조금만 더 지나면 자신이 죽는다는 것을 아는 것인지 신록투들이 철저히 방어에 임함에도 그의 공격에 크게 밀리고 있었다.

더구나 다른 시체들 또한 자신들의 몸이 다치거나 떨어져 나가는 것을 두려워하지 않고 미친 듯이 신록투들을 공격했다. 그 모습에 도저히 참지 못한 요환이 그들을 향해 뛰어갔다.

"쯧쯧… 요환은 어디든 꼭 끼어드는 것도 문제다."

요추색마의 힐책에도 불구하고 요환은 시체들을 향해 자신의 검을 휘두르며 잔혹하게 난도질했다. 두 번 죽이는 짓이었지만 요환에겐 망설임 따위는 없었다.

강자가 나타나자 시체들이 알게 모르게 서서히 요환을 향해 모여들었다. 심하게 훼손되어 다시는 일어나지 못하는 시체들이 제법 생겨 이제는 오십 구도 채 남지 않았지만 그 정도라도 요환을 감싸기에는 충분했다.

"위험하다!"

갑자기 발생한 일이라 구경하던 네 명의 고수들도 깜짝 놀라고 말았다. 머릿수로 몰아붙이면, 그것도 목숨을 도외시하고 간다면 아무리 고수인 요환이라 하더라도 당할 수밖에 없었다.

"하앗!"

요환의 검이 사방으로 퍼져 나가며 검강을 뿜어냈다. 청색 검강이 마치 뱀처럼 이리저리 휘며 사방으로 뻗어나가자 그의 주위는 살아 움직이는 검강으로 가득 뒤덮이게 되었다.

쉬쉬쉬쉭!

날카롭게 바람을 가르며 날아가는 사검강(蛇劍罡)들이 살아 있는 시체들의 신체를 사정없이 갈라 버렸다. 하나둘 쓰러지자 그에게 닥친 위기를 어느 정도 극복한 듯싶었다.

"위험해!"

천면천무가 놀라 소리쳤지만 그 소리를 들었을 때는 이미 늦은 때였다. 어느새 다가온 권신이 사람 두 배만한 거대한 크기의 권형탄을 요환에게 시전한 것이다.

피하기란 늦었음을 안 요환은 이를 꽉 깨물며 자신의 최고 절초를 시전했다.

"그래 봤자 죽은 자다!"

우우웅!!

거대한 사검강이 검에 맺히며 권형탄에 맞서갔다. 권형탄의 크기에 비해서는 초라해 보였지만 살기 위한 모든 힘이 담겨 있는 것이었다.

쿠쿠쿠쿵!!

"크흐윽!"

전신을 아려오는 괴이한 기운이 침습하는 걸 느끼며 요환은 뒤로 정신없이 물러나고 말았다. 심상치 않은 내상으로 피를 게워냈지만 권신을 상대로 살아 있다는 것 자체가 행운이라 할 수 있었다.

"물러나게!"

"모두 물러나라."

우우웅!

천면천무의 외침이 끝나기도 전에 장내를 울리는 거대한 음성이 있었다. 뒤이어 어디선가 강력한 흔들림이 생기더니 이내 수십 구의 시체들이 모여 있는 곳으로 검 한 자루가 떨어져 내리는 것이었다.

파파파팟!

시체들의 사이에서 검이 움직이지 않고 가만히 있자 시체들은 검을 향해 불나방처럼 모여들었다. 그때 갑자기 검의 모습이 희미해지는가 싶더니 검이 수백 개로 늘어나는 것 같은 착각을 주는 것이었다.

"……!"

그게 끝이었다. 수백 개로 늘어난 검이 다시 원래의 형상을 되찾았을 때는 이미 수십 구의 시체들이 흔적도 없이 사라져 버리고 없었다.

위이이잉!

그때 권신이 어느새 힘을 모았는지 자신의 생전 최고 절초라 할 수 있는 백염단탄괴를 시전했다. 하늘을 수놓은 엄청난 수의 권형탄은 세상을 집어 삼킬 듯 광폭하다.

그러나 이번에도 검을 쥐고 있는 사람이 없는데도 검이 수백 개로 저절로 늘어나는 기현상을 보여주었다.

역시 그것이 끝이었다. 허공에 가득했던 권형탄과 희대의 고수였던 권신이 흔적도 없이 사라져 버렸기 때문이다. 그와 동시에 기적을 보여주었던 검 또한 사라지고 없었다.

검신을 제외하고 사실상 희주의 무공을 처음 보는 다른 자들은 벌린 입을 다물지 못하고 있었다. 수백 명이 고전하던 시체들을 한순간에 흔적도 남기지 않고 없애 버린 것을 보았으니 당연한 반응이었으리라.

"검신."

"……! 희주!"

검신은 자신의 바로 지척에 나타난 신록희주를 보고 급히 부복했다. 오직 그만이 자신의 지척까지 기척도 없이 다가올 수 있었다. 기척도, 모습도 보이지 않는 귀신같은 움직임이 가능한 자.

자신과 함께 동문수학했지만 그는 다른 자들 중에서 단연 두각을 보였다. 자신들이 그 길을 포기하고 다른 길로 들어서 이 정도의 경지를 이루었다. 그러나 그는 그 길을 포기하지 않고 이루었을 뿐만 아니라 다른 무공에서도 자신들은 쳐다보지 못할 정도로 높은 경지를 이룬 자였다.

그런만큼 다섯 명 중에서 그를 질투하는 자들도 있었지만 자신처럼 그를 존경하는 자들도 있었다.

짙은 운무에 전신이 휩싸여 모습을 확인할 수는 없었지만 그자가 바로 자신들의 주인인 신록희주임을 아는 모두가 일제히 오체복지를 하기 시작했다.

"신록희주 현세 천하앙복!"

일제히 외치는 소리가 장내를 뒤흔든다.

"검신."

"하명하시오."

"자네는 알 것이네. 이제 어떻게 해야 하는지."

마치 동네 아저씨처럼 평범한 목소리에는 그 어떤 위엄도 담겨 있지 않았다. 평범함의 극치였지만 모두가 그에게서 위엄과 두려움을 느끼고 있었다.

그의 말에 검신은 갑자기 떠오른 생각에 몸을 부르르 떨었다. 다섯 중 다른 자들이었으면 이런 반응을 보이지 않았겠지만 그는 다른 자들과 달리 천성이 부드러운 자였기에 그러지 못했다.

"자네야말로 아직 벗어나지 못했군. 냉혹해질 수 있어야 하는 것도 경지에 이르기 위해서는 필요하네. 경지에 이르기 위해 가장 필요한 것이 바로 마음이라는 걸 잊지 말게."

"희주의 말씀에 언제나 이 검신은 감사를 잊지 않소."

"굳이 해야 할 일을 말하지 않아도 될 것이라 믿네. 내가 이곳을 떠나면 곧바로 비당(秘堂)의 당원 삼십 명이 올 것이니 그들로 마무리시키면 되네."

"알겠습니다."

"품속에 벽력탄을 넣어두었으니 그것으로 먼저 해결하게."

심령전어(心靈傳語)를 들은 검신은 착잡한 심정으로 자리에서 일어났다. 어느새 신록희주는 사라지고 없었다. 언제나 그렇지만 그의 신출귀몰한 움직임과 통천경지할 무공을 볼 때면 항상 존경심이 우러나오는 검신이었다.

"모두 일어나라."

검신의 말에 오체복지 하고 있던 자들이 자리에서 일어났다. 검신은 곧바로 천면천무에게 장내에 있던 신록투들을 정문 가까이 모이도록 했으며, 요환에게 그들의 인솔을 맡겼다. 그들이 이동하는 것을 지켜보던 단장마가 조심스럽게 물었다.

"대당(大堂), 무엇을 하려는 것입니까?"

대당이란 신록본당의 최고수 다섯을 지칭하는 말이었다. 만독색신과 암마왕, 그리고 권신, 검신이 이에 속했는데 이제 남아 있는 자는 검신과 나머지 하나뿐이었다.

"자네들은 운이 좋았네. 그리고 강했기에 살 수 있었어."

"……?!"

검신은 비당원들이 오고 있는 것을 확인한 후, 품속에서 벽력탄을 꺼냈다. 그리고는 망설임없이 요환과 신록투가 있는 곳을 향해 벽력탄을 날렸다.

"아니?!"

다른 세 사람이 놀랄 틈도 없이 벽력탄은 요환과 함께 있는 신록투들에게 날아가 그대로 터져 버렸다.

콰콰콰콰쾅!!

엄청난 폭발이 일어나며 불꽃이 솟아올랐고, 그 여파를 이기지 못하고 세 사람은 뒤로 몸을 날려 숙일 수밖에 없었다.

폭발이 끝나자 그곳은 시커멓게 타 폐허가 되어 있었다. 사백에 가까웠던 자들이 벽력탄으로 흔적도 남기지 못하고 죽었거나 처참히 찢기고 불에 타 죽어 있었다. 아직까지 살아 있는 자들은 고통에 겨워 꿈틀거리며 목숨을 연명하려 애썼다.

"…대, 대당?!"

천면천무는 할 말을 잃었는지 검신을 힘겹게 부르는 것 외에는 아무 말도 못했다. 그가 대체 왜 벽력탄을 던져 저들을 죽였는지 이해가 되지 않았다.

그때 지척까지 온 비당원들이 검신 앞에 서 부복했다.

"…희주님의 명령대로 실행하게들."

"존명."

녹색 산적탈을 쓰고 있는 서른 명의 비당원들은 곧바로 몸을 날려 벽력탄이 터진 곳으로 향했다. 아직 죽지 않고 꿈틀거리는 자들, 운 좋게 폭발의 여력을 견디고 운공요상을 하는 자들, 죽었지만 아직도 형체를 유지하고 있는 자들 등을 가리지 않았다.

비당원들의 살육을 지켜보던 검신을 제외한 세 사람은 희주의 명령이라는 말에 아무 말도 못하고 검신을 보며 해명을 기다리고 있을 뿐이었다.

"시귀류의 회시영겁술은 자신들의 무공에 당해 죽은 자를 되살릴 수 있는 역천의 사공이네. 그러나 그것뿐만이 아니지. 그들 시체들이 가지고 있는 사기(邪氣), 혹은 시기(屍氣)에 침범을 당하면 큰 문제가 되네.

지금 당장은 문제가 없지만 후에 시귀류의 가공할 제혼술(制魂術)에 백이면 백 당하게 되어 저들 시체처럼 그들의 말을 듣는 시체나 다름없게 되지. 무공이 강하거나 정신력이 강하지 않은 이상은 불가피해. 그것은 요환도 마찬가지네.”

“…….”

검신의 말에 모두가 꿀 먹은 벙어리마냥 말을 하지 못했다. 그렇게 침묵은 오래 흘렀고, 비당원들의 뒤처리가 끝이 났다.

“신록희는 원대한 꿈을 안고 있네. 이를 위해서는… 신록희주를 철저히 믿고 따라야 할 것임을 자네들도 알겠지.”

검신의 말에는 한 치의 흔들림도 없었다. 그리고 그의 말에 세 사람 모두 인정하며 고개를 끄덕인다.

매캐한 연기가 하늘로 솟아오르고 있었다.

第三章
알면서도 해야 하는 것이 인생이다

우리는 거기서 다시 이 개월이라는 시간을 물만 먹으며 멀리서 무황의 모든 것을 파악해야만 했다. 이때만큼 숨 막히고 긴장했던 적이 없었던 듯하다. 그만큼 우리는 신중에 신중을 가했고, 이 개월이 지나고서야 주변 인물들의 모든 것을 파악할 수 있었다.

그리고 원래의 장소로 돌아온 우리는 곧바로 자객행을 위한 준비에 들어갔다. 먼저 우리가 변장할 사람들에 대한 성격 등을 파악한 뒤 가장 알맞은 사람을 선정했다. 그리고 난 뒤 그자들이 되기 위해 연습에 연습을 거듭했다. 그렇게 팔 개월이 지나 우리는 자신이 자신인지, 아니면 그들인지 구분할 수 없을 정도가 될 수 있었다.

安으로 들어온 제왕부주 막심은 예를 취한 뒤 곧바로 말을 이었다.

"하명하신 것에 대해 계속 파악 중이지만 여전히 변동사항은 없습니다."

천검의 십팔 제자를 찾는 것에 대한 말이었다.

"내게 복안이 있으니 일단 다음 건에 대해 말하라."

"…명천성에서 벽력신천문의 소재를 파악했다고 알려왔습니다. 위치는 청해성 구빙록의 역가장(力家莊)이 바로 그들의 본거지입니다."

"……."

"그들이 벽력탄을 만드는 곳이 어디인지는 발견하지 못했습니다. 역가장 내에서 만드는 건 아님을 밝혔으나 그들의 뒤를 캐기 힘든 것이 구빙록에 신록회의 고수들이 이백 명가량 상주하고 있기 때문입니다. 더구나 그들은 지속적으로 역가장을 감시하고 있으며 그들이 어디로 가는지에 대해서도 철저하게 숨기고 있습니다."

"여의대를 보낸다. 임무는 전에 예상 임무 전략 회의 시 이야기했을 것이다. 그리고 비사 오십 명, 혈사(血士) 열 명을 보낸다."

"존명."

막심이 나가고 얼마 있지 않아 한 사내가 말없이 문을 열고 안으로 들어왔다. 용이 수놓아져 있는 붉은 무복을 입고 있는 사내는 분명 사내였지만 얼굴은 절세미녀인 양 아름다워 여장을 한다면 영락없이 미인이라 믿을 정도였다. 특히 입가에 있는 검은 점이 돋보였는데 가볍게 맺힌 미소를 본다면 남자든 여자든 할 것 없이 모두가 넋을 잃을 정도로 매력있어 보였다.

그가 바로 비사와 혈사들을 다스리는 혈사주(血士主)였다. 말없이 부복하는 그에게 무제가 말을 건네었다.

"이번에는 네가 임무의 전체를 관찰하라."

"존명."

얼굴과는 달리 목소리만은 남자답게 매우 굵은 선을 지닌 그였다.

"가능하다면 현어운을 죽여라. 그러나 기회는 언제든 있기 때문에 반드시 그럴 필요는 없다. 혈명강시를 파괴한 것을 보면 현어운은 분명 벽력탄을 얻는다 하더라도 순순히 가져오지 않을 것이다. 무엇보다 그가 벽력탄을 없애기 전에 네가 회수해야 한다."

"존명."

"만약 그들이 임무를 실패한다면… 예전에 말했던 대로 멸살시킨다."

"존명."

"가라."

혈사주가 사라지자 안은 언제나 그렇듯 침묵에 휩싸인다.

"뭐야? 신록희는 공격 안 하고 대체 뭘 또 훔쳐 오라는 거야?"
전유림의 볼멘소리에 남궁명욱은 어깨를 들썩이며 말했다.

"불만인 것은 알지만 어쩔 수가 없다. 여의대원인 이상 임무가 내려오면 해야 하니까."

"그런데 여태껏 물어보지 못했는데… 여의대주는 임무에 대한 거부권이나 이견제시 같은 권한은 없나 보죠?"
만위령의 물음에 남궁명욱은 무겁게 고개를 끄덕였다.

"백명성주나 흑맥부주 또한 나와 같소. 무림제왕성은 성주님의 명령에 절대적인 복종을 해야 하오. 무황께서 성주셨을 때부터 줄곧 그래 왔던 것이지."

"힘있는 놈 마음이지 굳이 물을 필요 있어? 그나저나 무슨 탈취 임무인데?"

"벽력탄이다."

"네?!"
현어운이 깜짝 놀라며 자리에서 일어났다.

"그럼 신록희로 잠입하라… 이것인가요?"
조선영의 물음에 남궁명욱은 고개를 저으며 손에 들고 있던 서찰 다섯 장을 여의대원들에게 나누어주었다.

"보면 나오겠지만 청해성 구빙록의 벽력신천문이다. 전설로만 알려져 있던 벽력신천문의 존재를 무림제왕성에서 알아낸 것 같다."

"뭐, 뭐라구요?"
만위령이 창백한 표정으로 자리에서 일어나자 남궁명욱은 다시 한

번 이야기해 주었다.

"벽력신천문으로 가 그들의 벽력탄을 훔쳐 와야 하오."

"아니요! 벽력신천문의 소재지 말이에요!"

그녀의 평소답지 않은 흥분에 그는 흠칫했지만 순순히 대답해 주었다.

"청해성 구빙록이오. 구빙록에 명망있는 역가장이란 곳이 있는데 바로 벽력신천문의 위장된 모습이라 하오. 우리는 그곳으로 가 어떤 수단을 사용해서라도 그들의 벽력탄을 탈취해야 할 것이오. 그것만이 신록희가 수많은 벽력탄을 남용함으로써 심각한 사태를 초래하는 걸 막을 수 있소."

"웃기지 말라 그래! 자꾸 좋은 말로 포장할 거야? 대주가 원래 그런 성격이 아닌 걸 아는데 왜 그래?"

"유림! 무례하게 무슨 소리냐?!"

그의 외침에 전유림은 잠시 흥분을 가라앉히고 말을 이어갔다.

"혈명강시 임무 때부터 도저히 못 참겠더군. 어운을 죽이려는 것도 그렇고, 우리에게 말도 없이 비사들을 보내 다른 짓거리를 하는 것도 그렇고 말이야. 원래 그런 건 알고 있었으니까 뭐라 할 건 없지만 말은 똑바로 하지 그래? 벽력탄 남용을 막는 게 아니라 벽력탄에는 벽력탄으로 대응하려는 거 아냐?"

"……."

남궁명욱이 아무 말도 하지 못하자 전유림은 고개를 저으며 자리에 앉았다.

"대주는 그것이 옳지 못함을 알면서도 현실 문제 때문에 받아들이고 있다는 거 여기 있는 사람들 다 알아. 하지만… 지금에 와서도 그렇게 위선을 떨어야겠어?"

"……!"

남궁명욱은 전유림의 힐책에 굳은 표정으로 말없이 서 있기만 하던 남궁명욱은 한참이 지나서야 간신히 입을 열었다.

"유림의 말, 모두 인정한다. 그러나… 아무리 알고 있어도 할 수 없는 것이 있다. 그런 현실을 지금 당장은 벗어나기 위해 발악할 생각은 없다. 나 혼자의 힘으로 할 수 있는 것이 없기 때문에 타협한 것이라 해도 좋다. 인생은… 알면서도 해야 할 때가 있는 법이다. 나의 현실이, 그리고 너희들의 현실이 그렇다. 그리고… 이런 나를 위선자라 불러도 좋다. 언젠가는 아무도 모르는 내 생각을 실천으로 옮길 때가 있을 것이라 믿고 있기 때문이다."

남궁명욱의 말에 잠시 좌중이 조용한가 싶었지만 광마의 음산한 웃음으로 그 감동이 깨져 버렸다.

"크크크… 이제 보니 위험한 생각을 가지고 있었군? 겉으로는 따르는 척하면서 언젠가는 기회를 보고 있는 놈들을 위선자라고 하진 않는다. 소인배라고 하지."

"소인배는 너 같은데 덩치? 아니, 넌 대인배지, 덩치 큰 소인배. 하고 싶은 거 자기 멋대로 해버리는 놈이니까 말이야. 차라리 대주가 훨씬 멋있고 남자다운걸?"

전유림의 말에 앉아 있는 광마의 곁에 놓여져 있던 거검이 돌연 공중으로 뜨더니 전유림의 머리를 찔러갔다.

"……?!"

"유림!"

깜짝 놀란 현어운이 급히 막으려 했지만 어느새 검은 전유림의 한 손에 막혀 있었다. 평소 같았으면 그의 공격을 막더라도 뒤로 밀려났을 것인데 이번에는 그렇지 않았다. 앉은 자세에서 막았음에도 전혀 밀리지 않고 있었던 것이다.

"제법 실력이 늘었군."

광마가 흉소를 지으며 자기에게로 천천히 돌아오는 검을 잡고 일어섰다. 그의 눈빛에서 뿜어져 나오는 흉광이 심상치 않자 현어운이 낯빛을 굳히며 나서려 했지만 남궁명욱이 그들의 호흡을 끊었다.

"싸울 거면 나의 말을 마저 다 듣고 싸우도록 해라. 이제 더 이상 상관하지 않을 테니까. 이번 임무에 목표는 방금 말했던 대로 벽력탄의 탈취이다. 그리고 이 임무에 광마는 적합하지 않다고 판단하여 참가시키지 않는다는 명천성에서의 결정이 있었다."

"……!"

남궁명욱의 말에 모두가 놀란 얼굴이었다. 비록 광마가 제멋대로 이긴 했지만 그가 있었기에 항상 살아남을 수 있었던 것도 사실이었기 때문이다. 다시 말해 그가 없는 임무란 생각할 수 없는 그들이었다.

광마는 낮게 웃으며 자리에 도로 앉았다.

"괜찮군. 잠깐 휴식이 필요했었는데 말이야. 크크크……. 나 없이도 잘할 수 있도록 노력을 해봐라, 애송이들."

"굳이 당신이 없어도 임무는 수행할 수 있습니다."

그의 비아냥에 조선영이 태연히 대답했다.

"맞아, 벽력신천문이 어떤 곳인지는 몰라도 못할 건 없다고 본다. 그렇지, 어운?"

"그렇겠지."

그때 창백한 안색으로 말없이 앉아 있던 만위령이 자리에서 일어나

대기실에서 나가려고 했다.

"만 소저, 아직 회의가 끝나지 않았소."

하지만 만위령은 남궁명욱의 말을 듣지 못했는지 그대로 나가 버리는 것이었다.

"왜 그렇지? 표정이 영 안 좋은데?"

"……."

현어운은 그녀가 청해성 구빙록이란 말이 나왔을 때부터 평상시의 그녀가 아니라는 것을 알았지만 굳이 간섭하여 캐묻고 싶지는 않았다. 굳이 그녀의 개인적인 사정을 상관할 필요는 없기 때문이었다.

어이없는 표정으로 그녀의 뒷모습을 바라보던 남궁명욱은 어쩔 수 없다는 듯 현어운에게 말했다.

"어운, 나중에 회의 결과와 임무를 그녀에게 전달해 주어라."

"알겠습니다."

회의가 끝나고 장내는 침묵에 휩싸여 있었다. 이번에 무림제왕성에서 요구하는 것은 결코 작지가 않았다. 오히려 혈명강시 때의 임무보다 더욱 심각한 무언가가 내포되어 있는 것 같았다.

"이번에도 무제는 어운을 죽일지도 모르고, 그 비사인지 뭔지도 보낼 것 아냐? 그리고 태극탈명비동이랬나? 그 괴이한 자식들도……."

전유림의 말에 조선영이 자신의 검을 부드럽게 어루만지며 말했다.

"어차피 알고 있고, 알면서도 갈 수밖에 없는 입장이지 않나요? 엄밀히 말하면 현 대협만의 위험이라 할 수 있습니다. 물론… 적어도 같은 대원으로서 저는 그저 좌시하고만 있지는 않겠지만."

"아니요, 그럴 필요는 없습니다. 저에게 닥친 위험은 제가 알아서 할 테니까요. 대원들의 입장을 곤란하게 하고 싶진 않습니다."

"그건 당신의 입장일 뿐… 나는 내가 할 수 있는 일에 한해서 내 기분이 맞다고 시키는 대로 하는 것입니다."

"어이, 대인배, 정말 이번에 같이 안 갈 거야?"

"흐흐… 항상 말하지만 가고 가지 않고는 내가 정한다. 너희들이, 그리고 무제가 시켜서 될 일이 아니다."

"네 검이 피를 원하고 있지 않냐? 이번에도 피를 흠뻑 적실 수 있을 것 같은데?"

"이제 더 이상 조무래기들의 피는 필요없게 되었다. 큭큭큭! 저 애송이나… 무제 같은 피만 있으면 된다."

"진짜 흡혈검인가? 그리고 보면 저 자식 벽력마군을 상대한 이후로 더 강해진 것 같단 말야."

"그런데 벽력마군은 어디 갔을까?"

현어운이 묻자 조선영이 자리에서 일어서며 말했다.

"무림제왕성에 반기를 드는 자나 죄를 지은 자들을 가두는 곳이 있습니다. 아마 벽력마군이라면 가장 큰 죄를 지은 자들만 보내는 곳인 무저갱(無低坑)에 떨어뜨렸겠지요."

그녀가 나가자 혼자만의 생각에 빠져 있던 남궁명욱도 조용히 일어났다.

"왜 그래? 아까부터… 내 말에 삐친 거야?"

"아니다, 유림. 너의 말은 다시 한 번 나 자신을 돌아보게 해준 셈이니 고맙다고 해야겠지. 삼 일 뒤에 떠나는 것 잊지 말고 준비를 마치도록 해라."

그가 나가자 전유림도 곧바로 일어나 현어운에게 말했다.

"야, 삼 일 내로 다 끝내자. 내가 말했지? 구결을 다 외우면, 전체의 구결을 마음으로 한 번에 떠올리는 것을 해야 한다고. 그래야 제대로 된 잠력을 사용할 수 있다는 거 잊지 마. 전에 네가 잠력을 사용해 그 정도로 큰 무공을 사용할 수 있었다는 건 그다지 믿기지는 않지만……. 아니다, 일단 두고 볼 일이겠지. 두 시진 뒤에 보자."

"그래."

대기실에 남겨진 현어운은 무언가를 생각하다 자리에서 일어섰다. 그때 두 눈을 감고 돌처럼 꼼짝 않고 있던 광마가 거검을 내밀어 그의 앞길을 막았다.

"…싸우자는 겁니까?"

"원한다면, 큭큭! 애송이, 너나 나 같은 존재는 다른 누구보다 본능이 발달해 있지. 느끼고 있나? 이번의 임무에서 너는 매우 위험할 것 같은 느낌이 든다."

"그 말을 내게 해주는 이유가 무엇입니까?"

"애송이 네가 내 인생에 큰 의미를 차지하지는 않지만… 되도록이면 넌 내 손에 죽어야 한다. 큭큭큭! 최소한 내게 큰 피를 바치며 패배를 해야겠지! 그러니 함부로 죽어서는 안 될 것이다."

"굳이 그렇게 말하지 않아도 난 죽지 않습니다. 날 죽일 수 있는 자는… 이 세상에 아무도 없으니까요."

"좋은 자세군. 흐흐흐! 그 말을 반드시 지킬 수 있도록 해라."

그의 검이 제자리로 돌아가자 현어운은 아무 말 없이 대기실을 나갔다.

'위험……? 나는 아무것도 느끼지 못했는데 그는 느꼈다? 이매망량의 본능과 거강류의 본능. 어느 것을 믿어야 할지는 굳이 고민할 필요

도 없다!'

현어운의 두 눈이 강하게 빛났다.

'이번의 임무가 끝나면 신록희와의 전쟁이 분명해. 그때까지 난 살아 있어야 한다. 힘을 주시오, 빈매!'

"정말… 소하가……."

만위령은 무거운 가슴을 안고 나무에 기대어 서 있었다. 자신들이 가야 할 장소가 청해성 구빙록이란 말을 듣는 순간 떠오른 감정은 두려움이었다.

"그럼 그 사람이 어디 사는지, 어떤 부모님을 모시고 사는지도 모르는가요?"

"응. 단지 불과 관련된 일을 한다는 이상한 말을 했었지. 그것 외에는 몰라. 옛날에… 같이 술을 마실 때 우연히 청해성 구빙록(九氷磧)에 산다는 말은 들었지만… 뭐, 이제 상관없는 일이지? 호호! 요즘은 현어운, 그 귀여운 동생 괴롭히는 재미에 산다니깐?"

"그 사람… 조심하세요."

"현 동생을……?"

"소하, 네가 뛰어난 심기를 지닌 애인 줄은 알았지만… 그 정도일 줄은 몰랐구나. 네 일과 상관없는 것에는 철저히 관심을 보이지 않는 너임을 잊고 있었어……."

또 하나 그녀의 마음을 아프게 하는 것이 있었다. 바로 몇 년 전, 그토록이나 사랑했지만 버림받아야 했던 사내 역화군이 벽력신천문의 인물이었다는 점이다.

'당신을 잊고 있었는데… 이건 우연일까요, 인연일까요? 아직도 난 당신을 잊지 못하고 이렇게 헤매고 있는데 당신을 볼 기회가 생긴 것이군요!'

설레기도 했지만 두렵기도 했다.

"…소하, 네가 이렇게 나를 이용하는 것으로… 이제 우리의 우정이 끝났음을 너는 알고 있니? 똑똑한 너이니 알고 있을 거야, 내가 어떤 여자라는 걸……."

그때 어디선가 발자국 소리가 들려오자 그녀는 혼잣말을 그만두고 그곳으로 시선을 주었다.

"누님? 거기 계시죠?"

"아… 그래, 동생. 여기 있어. 웬일이야?"

재빨리 원래의 밝고 매혹적인 표정으로 바꾼 그녀는 웃으면서 그를 향해 다가갔다. 그녀가 나갈 때와는 달리 평상시의 모습 그대로이자 현어운은 자신이 잘못 알고 있는 것이 아닌가 생각했다.

"대주님이 회의 결과를 알려주라고 해서 찾아왔습니다. 갑자기 나가다니… 무슨 일이 있었던 거예요?"

그가 걱정스러운 표정으로 묻자 그녀가 교태롭게 몸을 꼬며 말했다.

"어머… 이 누나를 걱정해 주는 거야?"

"윽……."

그는 그녀의 교태에 소름이 돋는 것을 느끼며 자신도 모르게 뒷걸음질쳤다. 도무지 이런 것에는 적응이 안 되는 그였다.

"왜 뒷걸음질치는 거야?"

"아, 아닙니다. 아아! 가까이는 오지 마세요! 삼 일 후에 출발하니까 그때까지 준비를 마쳐주면 됩니다. 이번 임무에 광마는 참여하지 않고, 전과 달리 모두의 합작으로 임무를 수행할 듯합니다. 그리고 자세한 사항은 가면서 이야기한다고 했으니 따로 숙지해야 할 사항은 없습니다. 다만… 그 어느 때보다 위험할 것 같으니 조심하세요.”

“…….”

“특히 저 때문에 위험한 일이 많이 생길 것 같네요. 무제가 절 죽이려 하는 것 같으니…….”

“괜찮아. 동생 때문에 위험한 일이 생기더라도 내가 꼭 지켜줄게. 난 너에게 목숨을 구함 받았어. 그 은혜를 갚아야 하지 않겠어? 이래 뵈도 능력이 있다고. 호호!”

그녀의 웃음에 현어운이 미소 지으며 고개를 저었다.

“천만에요. 저야말로 누님 덕분에 힘든 마음을 다잡을 수 있었습니다. 그 은혜를… 꼭 갚을게요.”

“그럼 서로 은혜를 갚을 게 있으니… 궁합이 딱 좋을 듯하구나? 은혜를 갚는데 굳이 비쌀 필요는 없지 않아? 그냥 바로 여기서…….”

“…….”

그녀의 말이 채 끝나기도 전에 현어운의 신형이 사라져 버렸다. 그가 순식간에 사라지자 잠시 어리둥절한 그녀였지만 이내 깨닫고는 허리가 휘어져라 웃어대었다.

“호호호호!”

한참을 웃던 그녀는 눈가의 눈물을 닦으면서 다시 나무 기둥에 몸을 기대었다.

“귀여워… 후후! 아직 순수함이 남아 있어서 좋구나. 나도 그런 순수함이 있었는데…….”

웃고 있는 그녀였지만 마지막에는 씁쓸함이 짙게 묻어나오고 있었다.

"내일 떠나는데 아직도 안 돼? 하긴… 구결암기도 인간승리였지."
"있어봐. 될 듯 말 듯하다니깐."
이틀간 장풍 구결을 열심히 암기한 현어운은 기어코 장풍 구결을 모두 외울 수 있었다. 절연세운기를 기억해 냈을 때부터 암기력어 이전보다 좋아져 전유림의 예상보다 빨리 끝낸 것이긴 했지만 그녀의 마음에 찰 리가 없었다. 자신은 거의 한 달 만에 그 수련을 끝내고 실전에 들어갈 수 있지 않았던가?
현어운은 오늘 아침부터 정오가 지난 지금까지 계속 구결을 떠올리는 훈련을 하고 있었다. 그 훈련이란 건 다른 것이 아니라 두 눈을 감고 태극권과 유사한 훈련 동작을 반복으로 시전하는 것이 다였지만.
"다시 말하지만 구결을 한 번에 전체를 떠올려야 해. 그래야 잠력을 순간적으로 사용할 수도 있고, 제대로 된 위력을 얻을 수 있고, 모든 잠력을 폭발시킬 수도 있으니까."
"……."
태극권과 비슷한 동작을 하고 있는 현어운의 얼굴에서는 땀이 비 오듯 쏟아지고 있었다. 벌써 한 시진째 같은 동작을 수없이 반복하고 있었으니 아무리 자객 훈련을 받았던 그라 해도 땀은 흘릴 수밖에 없었다.
두 눈을 감은 채 현묘한 움직임을 그렇게 또다시 이각여가량을 이어갔을까? 전유림은 전과는 달라진 것 같은 주변의 기운에 흠칫 놀라며 현어운을 주시했다.

사사삭!

풀 밟는 소리가 아련하게 들려오며, 그의 옷자락 소리가 희미하게 울린다. 전유림은 점점 빨라지는 그의 움직임이 무아지경으로 빠져들었음을 알 수 있었다. 그리고 뒤이어 놀라운 일이 벌어졌다.

우우웅!!

주변의 공기가 현어운의 몸과 공명을 일으키며 세차게 진동하기 시작한 것이다. 주변의 나무들이 근원을 알 수 없는 힘을 느끼고 두려움에 몸을 떤다. 전유림도 전신에 소름이 돋는 것을 느낄 수 있었다.

"……!"

현어운의 움직임이 강렬해져 갈수록 진동이 더욱 심해져 더 이상 몸을 가눌 수 없게 되자 전유림이 크게 외쳤다.

"그만!!"

그녀의 외침은 잠력을 이용해서인지 사자후 못지않게 컸다. 무아지경에 빠진 채 수련법을 시전하고 있던 현어운은 갑자기 들려온 큰 소리에 깜짝 놀라며 무아지경에서 빠져나왔다.

"뭐, 뭐야?"

"……."

잠시 어리둥절하던 현어운은 손뼉을 치며 외쳤다.

"아! 나 방금 구결의 전체를 한 번에 떠올릴 수 있었어!"

"알고 있어."

"응? 어떻게?"

"표가 나. 그나저나 그 느낌을 잊지 마. 그리고… 넌 지금으로도 충분히 강하니까 웬만하면 장풍은 쓰지 마."

"왜? 익혔으면 써먹는 게 당연지사지."

“…….”

전유림이 눈을 감은 채 말이 없자 그 이상한 분위기에 현어운은 자신도 모르게 말했다.

“알았어. 안 쓸 테니 제발 그런 분위기 내지 마.”

“잊지 마.”

“응?”

“아버지를 잊지 마.”

“그래, 네 아버지의 부탁을 절대 잊지 않으마.”

“그리고… 고마워.”

“고맙긴, 오히려 내가 고맙지.”

현어운이 씨익 웃자 전유림도 같이 따라 미소 지었다. 그렇게 웃는 모습을 한 번도 본 적이 없던 현어운은 깜짝 놀라 그녀를 멍하게 바라볼 수밖에 없었다.

“너…….”

“그날은 너 같지 않더니… 지금은 너답다.”

“뭐?”

“너다운 그 모습을 항상 간직해라. 나도 변하지 않을 테니.”

그녀의 말을 잠시 음미하던 현어운은 의미를 알 수 없는 괴이한 미소를 지었다.

“넌 좀 변해야 해.”

“…….”

청해성 구빙록은 몇 가지 기후적인 특징을 지니고 있어 그런 이름이 지워진 곳이었다. 구빙록의 가장 특징적인 것은 바로 구 일이 춥고 하루가 따뜻한 날이 일 년의 대부분 반복된다는 것이었다.

그리고 또 하나는 구빙록에서 매우 신성시 하는 구빙산(九氷山)의 만년설이었다. 끝간 데 없이 높은 구빙산의 아홉 개 봉우리는 사시사철 눈으로 뒤덮여 절경을 자아내고 있어 구빙산이라는 이름 외에도 구빙옥(九氷玉)이라고도 불렸다.

이토록 절경과 특이한 기후로 잘 알려진 곳이고 제법 발달된 곳이라 무림제왕성에서는 설마 이곳이 벽력신천문의 본거지라고는 생각도 하지 못했다. 다만 기후 특성상 뜨거운 작업을 많이 해야 하는 벽력신천문에 알맞은 장소라 의심되는 수많은 후보지 중의 하나였을 뿐이다.

구빙록의 초입에 선 여의대원 다섯 사람은 조금 지치긴 했지만 도착했다는 기쁨에 전반적으로 밝은 얼굴들이었다.

"길이 왜 이렇게 험한 거야, 청해성은? 이제 겨우 도착이네."

"어서 가서 쉬자, 대주."

전유림의 재촉에 남궁명욱은 고개를 끄덕였다.

"일단 요기를 하고 휴식을 취한 뒤 우리가 할 일에 대해서 간략한 회의를 하겠다. 그리고 나서 무림제왕성 측의 인물들과 접촉하여 도움을 구해야겠지."

남궁명욱의 말이 끝나고도 다섯 사람은 추위가 여실히 느껴지는 둔덕의 초입에서 구빙록을 바라보았다 수많은 집들이 펼쳐져 있고 고루거각도 보였다. 그리고 그 마을의 등에는 아홉 개의 하얀 봉우리가 하늘 높이 솟아 마을을 살포시 감싼 채 잠들어 있었다. 가히 숨이 막히는 대자연의 절경이 아닐 수 없었다.

"정말 아름다워……."

만위령이 꿈꾸듯 말했지만 다른 사람들은 그 아름다움에 잠시 심취해 아무 말도 하지 않았다.

'이런 아름다운 곳에 사람들의 추악함이 담겨 있다니……'

현어운은 무거운 마음을 애써 날리며 걸음을 옮겼다. 그가 발걸음을 떼자마자 앞에 있던 남궁명욱도 발걸음을 놀리기 시작했다.

신록희주가 기거하는 곳은 딱히 정해져 있지 않았다. 그만큼 신록희주는 신출귀몰했고 신록희의 대소사에 거의 관여하지 않았지만 그 존재만으로도 신록희의 모든 사람들이 그에게 복종할 정도였다. 녹림을 하나로 묶고 육십 년의 세월 동안 무림제왕성의 영향을 받지 않고 독자적인 길을 걸을 수 있다는 것 하나만으로도 그는 충분히 이들의 복종을 받을 만했다.

더구나 한 달 전에 있었던 시귀류의 침입 사건 때 보여준 엄청난 능력은 그들의 신록희주에 대한 절대적인 충성심에 확실히 못을 박는 격이 되었다.

신록희의 대소사는 신록본당 서열 육 위인 유괴사가 담당하고 있었다. 대부분 직접 판단하여 해결하고는 했지만 간혹 신록희주가 참여하는 경우가 있었는데 지금이 바로 그러한 경우였다.

"분명한가?"

"그, 그렇습니다. 무림제왕성에서 벽력신천문의 소재를 파악한 것이 분명합니다. 지금 여의대가 움직이고 있는 경로가 고의적으로 혼동을 주기 위해 일정하지 않은 경로로 움직이지만 방향만으로도 그들이 청해성 구빙록으로 향한다는 것을 알 수 있습니다."

유괴사는 자신의 집무실에서 오체복지를 한 채 그의 앞에 서 있는 신록희주를 향해 말했다. 운무에 휩싸여 있는 그의 얼굴을 단 한 번도 본 적은 없지만 유괴사는 오십 년간 그에게 철저히 복종했다. 그는 유괴사가 아는 한 불패의 신화가 될 인물이며 단연코 무황을 능가하는 무공을 지니고 있는 자였기 때문이다.

"현어운이란 자의 상세사항을 알아왔는가?"

"네. 그의 신상에 대해서 알려진 것은 예전에 말씀드렸던 그것이 한계였습니다. 다만 전장에서 사용하였던 무공에 대해 확실히 알아왔습니다. 그는 무기를 회전시켜 타원형 강기를 만들어 상대를 가르는 괴공을 사용하고 있는데 검강에도 잘리지 않는다는 혈명강시마저 갈라버리는 매우 특이한 기를 사용하고 있는 듯했습니다. 금탁과의 싸움에서 보였던 그 무공은 조사 결과 총 열두 자루의 무기를 한꺼번에 조종할 수 있는 것으로 나타났습니다. 이는 그저 말로만 전해져 내려오는 구룡이기어검술(九龍以氣御劍術)을 능가하는 무공입니다."

"그래… 역시 그였군."

"……."

"수고했다. 지금부터 너는 원래의 임무를 수행하는 데 전념해라."

"존명!"

"이번의 벽력신천문 일은 내가 직접 나가겠다. 내가 없는 동안 대당과 함께 일을 잘 처리해야 한다."

"존명!"

유괴사는 그가 직접 나선다는 말에 놀란 가슴을 진정시킬 수가 없었다. 그가 누구인가? 천검의 직전제자이며 오래전에 천검을 능가한 불세출의 무인이었다. 놀라운 능력으로 신록희라는 단체를 만든 후에는 두문불출하던 그가 실로 오랜만에 행차를 하는 것이다.

"구빙록과 구빙록으로 간 임무단에게 전서구를 날려라. 구빙록의 전

무사들은 경계를 철저히 할 것이며, 만약의 사태시 죽음을 방불하고서라도 벽력탄 작업장을 폭발시켜야 할 것이다. 임무단에겐 여의대가 어떤 수를 쓸 것인지에 대해 만반의 대비를 해야 할 것이라 알려라. 만약 그들에게 당하는 꼴을 보인다면 살아 돌아올 생각을 하지 않는 것이 좋을 것이다.”

“존명!”

오체복지한 채 대답한 유괴사는 무언가 허전한 느낌에 조심스럽게 고개를 들어보았다. 언제나 그렇듯 신록희주는 자신의 지척 앞에 있음에도 사라진 기척도 내지 않은 채 사라져 버린 것이었다.

“휴우! 무림에 상위에 있다는 이 유괴사도 희주님 앞에서는 아직 멀었구나!”

유괴사는 이마에 맺힌 땀을 닦으며 급히 사람을 불렀다. 일차적인 임무는 끝났지만 이제 무림제왕성과의 결전을 위한 준비에 매진해야 하기 때문에 결코 쉴 틈이 없었다.

구빙객잔은 이곳의 지명을 딴 객잔이었지만 아무런 특징도 없는 객잔이었다. 이곳의 주인 조팔국도 그나마 객잔업을 하면서 굶어 죽지 않고 편하게 사는 별 특징 없는 그저 그런 인생의 인물이었다.

그런 그가 요 며칠간 밤잠을 설치고 있었다. 별다른 특별한 일 없이 무사히 넘어가던 하루하루였는데 요즘은 그것이 아니었기 때문이다.

그리고 오늘도 역시나 아침 일찍 나타난 그녀 때문에 그의 근심이 시작되고야 말았다.

‘젠장… 왜 하필이면 술맛도 그저 그렇고 가격도 그저 그런 우리 가게에 온단 말이냐! 역가장의 여식이라면 최소한 괜찮은 객잔으로 가야

하지 않냐 말이다! 장주님만 아니었다면 그냥 콱……!'

계산대에 앉아 있는 조팔국은 역가장의 여식, 역야정(力夜情)이 아침부터 술에 절어 탁자 위를 헤매고 있었다.

"딸꾹… 이놈의 뭐 같은 세상……! 술로 다 잊어야지, 씨팔!"

누가 말투만 듣는다면 인생에서 패배한 한량으로 생각하겠지만 그녀는 실제로 연약하고 귀여운 목소리에 걸맞게 보호본능을 일으키는 앳된 모습을 한 아름다운 여인이었다. 이제 갓 스물을 넘긴 그녀는 삼 년 전부터 이렇게 술에 절어 살고 있음을 구빙록에서 모르는 사람이 없었다.

역가장은 구빙록에서 백오십 년 전으로 정착하여 살고 있는 뼈대있는 가문으로 대대로 장주들의 인품이 깊으면서도 성격이 호탕한 면이 있어 마을에서 존경받아 왔었다.

현장주인 역만호와 소장주인 역화군 또한 인품있고 호탕한 성격을 그대로 물려받았는데 어느 순간 역화군의 성격이 급변하기 시작했다. 거칠고 제멋대로인 성격에 여색을 밝히는 한량이 되어간 것이다.

마음에 들지 않는 것이 있으면 때려 부수어야 성이 찼고, 마음에 드는 처자가 있으면 무슨 수를 써서라도 가지려고 했다. 그나마 처자를 강제로 폭행하는 일은 없다는 것이 다행이랄까. 그렇다곤 하더라도 이런 불미스런 일들로 인해 역가장은 조금씩 인망을 잃어가고 있었다.

엎친 데 덮친 격으로 외모와는 정반대로 화끈한 성격의 미녀로 소문났던 역야정 또한 술독에 절어 폐인이 된 이후 사람들은 역가장으로부터 완전히 등을 돌린 상태였다.

쾅!쾅!

술과 안주로 범벅이 된 탁자 위에 얼굴을 묻고 미친 듯이 비벼대던 역야정은 앳된 얼굴을 한껏 찌푸리며 주먹으로 탁자를 쳐댔다.

"술 안 가져와?! 술이 떨어지면 알아서 대령하는 기민함을 보여달란 말이야! 아 정말… 아저씨까지 나한테 이렇게 대하면 섭섭하지! 딸꾹! 술로 이 세상을 불태우든지 해야지… 에이 씨팔!"

"가, 갑니다! 야! 두서 임마! 빨리 술 안 가져다 드리고 뭐 해?!"

"여기 대령입니다요!"

후다닥 뛰어들어 온 점소이 두서가 급히 그녀의 탁자 위에 두 병을 갖다 놓고 급히 도망가려 했지만 어느새 그녀의 손이 두서의 손목을 잡고 있었다.

"어이… 생긴 게 제법 반반한데 나랑 술 한잔할까?"

술로 성격이 괴팍해졌지만 얼굴만큼은 절세미녀인 그녀가 이런 말을 하면 넘어오지 않을 남자가 없을 것이다. 그러나 두서는 흔들리는 마음을 다잡아야만 했다. 요즘은 모습이 뜸하지만 몇 달 전까지만 해도 역화군의 광폭한 성격으로 구빙록 전체가 시름에 젖어야만 했음을 떠올린 것이다.

만약 그녀를 어떻게 한다면 그는 얼마 가지 않아 뒷골목에 차가운 시체로 드러누워 있을지도 몰랐다.

"이, 일을 해야 합니다, 아가씨. 노, 놓아주십시오."

역야정은 여자치고는 힘이 센지 두서는 도무지 그녀의 손을 뿌리치지 못하고 있었다. 그가 한참을 끙끙대며 손을 빼려고 할 때 그녀가 갑자기 손을 놓아버리자 여력을 이기지 못한 두서는 비틀거리다 뒤로 나자빠져 버렸다.

"아이쿠!!"

"낄낄낄낄! 사내자식이 힘도 제대로 못쓰면 밤에 할 일이 없잖아?

힘 좀 더 길러!"

"우씨!"

두서는 그녀의 조롱에 화가 치밀어 올랐지만 급히 다른 곳으로 도망치고 말았다. 괜히 그녀와 휘말렸다간 역화군에게 어떻게 당할지 몰랐다.

"아… 술 한 잔에 녹아들고, 술 두 잔에… 꺼억!"

트림을 내뱉으며 그녀는 병째로 술을 들이켰다.

"크으! 응? 아저씨! 내가 뭐랬어? 안주가 떨어지면 바로바로 갖다 놓는 기민함을 보여달랬잖아아아아아!"

탕! 탕! 탕!

그녀는 안주가 없자 소리를 고래고래 지르면서 입가에 침을 줄줄 흘리며 탁자가 부서져라 쳐댔다.

그녀가 이렇듯 술주정이 심하다 보니 그녀가 간다는 객잔은 결코 사람들이 가지 않았다. 물론 간혹 뭣 모르는 타지 사람들이 오기도 했지만 그녀의 술주정을 보곤 곧바로 나가 버리는 것이 수순이었다.

그녀의 출입을 끊으려면 최소한 일주일은 객잔 문을 닫아야 했지만 주변 상인들과의 협상으로 그녀가 오면 이 주일은 그녀를 받았다가 문을 닫아야 했다.

그렇다고 그녀가 돈을 주지 않는 것도 아니라 오히려 더 많이 주었지만 그녀가 와 술주정을 부림으로서 얻는 정신적 고통에 비하면 그녀를 받지 않는 것이 더 좋은 것이 객잔 주인들의 심정이었다.

숙수가 직접 뛰쳐나와 급히 음식을 갖다 놓을 때 마침 객잔 문이 열리며 무림인으로 보이는 자들이 들어왔다.

당연히 손님들이 오지 않을 것이라 생각했던 조팔국은 손님으로 보이는 자들이 들어오자 얼굴에 활짝 웃음을 지으며 외쳤다.

"어서 옵셔! 야야! 두서! 안 나와?! 헤헤… 이리로 오십쇼."

객잔치고는 너무나 한산하다는 생각을 하며 남궁명욱은 잠시 객잔 안을 살폈다. 구석에서 뭐라 소리 지르며 술주정하는 여인이 보였지만 그의 입장에서 특이하다고 볼 수는 없었다. 고개를 끄덕이며 남궁명욱은 조팔국에게 말했다.

"며칠 동안 여기서 묵을 것인데 방이 있소? 일행이 곧 올 터이니 방은 다섯 개요."

"무, 물론이고말굽쇼! 방은 넘치고 넘칩니다! 두서야! 어서 이분들을 모시라니깐!!"

조팔국이 핏줄이 터지도록 외치며 두서를 부르자 안으로 들어온 세 사람은 흠칫 놀라며 그를 바라보았다. 거의 발악하듯 외치는 그의 모습이 조금은 이상해 보였던 것이다.

"아… 헤헤! 손님들이 오셔서 너무 기쁜 나머지 이렇게 소리를 질러 버렸군요. 죄송합니다. 헤헤헤!"

점소이 시절 때의 헤픈 웃음을 짓다가 두서가 후다닥 뛰어오자 곧바로 인상을 쓰며 그를 노려보았다.

"어서 이분들을 뫼셔라. 방이 다섯 개가 필요하니 모시고 목욕물을 해드려라."

"예, 알겠습니다! 이리로 오십쇼, 손님들."

조선영과 만위령은 술에 취해 탁자에 얼굴을 묻고 있는 역야정을 보았다. 아름다웠지만 머리에는 안주가 몇 점 묻어 있고 얼굴은 술로 범벅이 되어 절로 눈살이 찌푸려지는 모습이었지만 두 사람은 아무렇지도 않게 고개를 돌렸다.

"씨팔… 피 냄새가 왜 이렇게 나는 거야?! 아저씨! 안주 만들 때 자
꾸 주방에서 돼지 잡을 거야?! 돼지는 푸줏간에서 잡아서 오란 말이
야!"

"……!"

그녀의 술주정에 조팔국은 그저 한숨을 쉴 뿐이었지만 세 사람은 순
간 흠칫거렸다. 결코 그냥 흘겨 들을 수 없는 말이기 때문이었다.

"젠장… 더러운 세상… 에이, 염병……."

남궁명욱이 말없이 안으로 들어가자 두 사람도 안으로 들어가 버렸
다.

객잔 안이 역야정이 술주정으로 한참 시달리고 있을 때, 또다시 객
잔 문이 열리며 두 사람이 들어왔다.

"맞지?"

"그래. 어운, 네 말이 맞아. 심상치 않은데?"

두 사람 앞에 조팔국이 나타나자 그들은 대화를 멈추었다.

"뭐야? 우리에게 볼일이 있는 거야?"

전유림이 대뜸 말하자 조팔국은 어이가 없어 멍한 표정을 지었다.
당연히 객잔에 손님이 오면 손님을 맞아야 하는 것인데 이 여자는 무
슨 볼일이 있냐고 윽박지른다. 게다가 한참은 어린 나이 같은데 반말
까지 찍찍 내뱉는다. 하지만 이십오 년 객잔 일에 그들이 앞서 들어간
자들의 일행임을 느낀 그는 영업용 미소를 지으며 말했다.

"앞서 오신 분들의 일행이십니까? 앞서 오셨던 세 분들의 일행인가
보죠? 저를 따라오시겠습니까?"

"뭐? 네가 뭔데 이래라저래라야? 난 여기서 밥을 먹을 거니까 얘나
데려가."

"나도 배고프니까 식사나 하고 들어가야겠다."

"……."

그녀의 너무나 자연스러운 반말에 순간 조팔국은 그녀가 지고지순한 신분의 여인이 아닌가 생각해 보았지만 외양으로 보면 무림인인 그 이상도 이하도 아니었다.

'엥? 무림인?!'

굳이 고귀한 신분의 여인이 아니라 무림인이라는 사실만으로도 반말을 기꺼이 감내해야 한다는 사실을 막 떠올린 그였다. 힘이 우선 하는 세상에서 힘 앞에 예의고 나발이고가 무슨 소용 있겠는가.

"헤헤헤! 알겠습니다. 그럼 일단 이리로……."

그때 탁자에 얼굴을 부비는 것으로도 모자라 혀를 내밀어 탁자에 쏟아진 술을 날름거리던 역야정은 술 냄새 속에 스며들어 오는 익숙한 냄새에 깜짝 놀라며 고개를 번쩍 들었다.

'분명 그 냄새다! 어떻게 신록희 자식들도 아닌 타지인에게서 이 냄새가 날 수 있지? 누구냐?'

그녀는 어렵지 않게 그 정체를 확인할 수 있었다. 두 눈을 작게 하며 현어운을 노려보던 그녀는 고개를 갸웃거렸다.

'벽력탄 냄새가 짙다! 대체 누구지?! 삼 일 뒤에 오는 그놈들과는 일행이 아니야!'

그녀는 태어나면서부터 다른 사람들보다 뛰어난 감각과 본능을 가지고 있었다. 모르는 길을 갈 때도 느낌대로 가면 반드시 목적지가 나왔고, 도박을 할 때도 그녀는 백이면 백 승리할 정도로 감각적인 면에서 따라올 자가 없을 정도였다.

그런 그녀의 후각이 희미하나마 배어 있는 벽력탄의 냄새를 맡은 것이다. 그녀의 흐리멍덩하던 눈이 지금 이 순간만은 강렬하게 빛난다.

당연히 그녀의 시선을 느끼지 못할 두 사람이 아니었다.

"뭐야? 우리에게 볼일이 있는 거야?"

"야, 넌 그 말밖에 할 줄 모르냐?"

"가만히 있어, 넌."

전유림은 현어운을 쏘아붙인 뒤 다시 역야정을 노려보았다.

'저 여자는 아니고… 저 남자군. 벽력탄을 만지고 보관할 수 있을 정도로 담이 큰 놈이 아닌 것 같은데……?'

순한 인상의 현어운에게서 벽력탄 냄새 외의 아무것도 느낄 수가 없자 혼란스러웠다. 그녀는 선천적으로 범인들보다 몇 배는 뛰어난 오감과 육감을 지니고 있었다. 자신의 집안에서 비밀리에 만들어지는 벽력탄의 독특한 냄새를, 그것도 거의 희미해진 냄새마저 맡을 수 있는 것도 모두 그것 때문이었다.

그녀가 말없이 현어운을 보고만 있자 전유림은 고개를 갸웃거렸다.

"이상한데? 여자가 어운을 보고 첫눈에 반할 리가 없잖아? 그건 그녀도 그랬다고."

"야, 내가 어때서……."

"양심에 손을 얹어봐라. 네 상판대기가 첫눈에 반할 얼굴인지."

"……."

"그나저나 일단 반했다면 이리로 와. 이야기나 해보라고."

그녀의 말에 역야정이 술병을 들고 자리에서 일어나더니 조팔구에게로 다가가는 것이었다. 그녀가 무어라 속삭이자 조팔구는 이내 고개를 끄덕이며 주방으로 들어가 숙수를 데리고 밖으로 나가 버렸다.

그제야 역야정은 두 사람이 있는 곳으로 걸어갔다. 비틀거리며 걸어

오는 그녀의 모습은 그야말로 상거지 중의 상거지 같았다. 몸에서는
술 냄새가 넘실거렸고 얼굴은 술로 범벅이 되어 지저분했다.

"야… 내가 남자였다면 저런 여자는 사양이다."

"으음."

그녀가 탁자에 앉자마자 술병을 탁 놓더니 말했다.

"누구지 넌? 왜 그 냄새가 나는 것이지?"

"무, 무슨 말이오, 소저?"

"야, 너 안 씻냐? 객잔에 머물 때마다 씻는다며?"

"씻어! 이 소저는 다른 냄새를 말하는 것 같은데?"

"벽력탄."

"……!"

그녀의 말에 두 사람은 아무 말 하지 않고 그녀를 유심히 살펴보기
시작했다. 특히 현어운은 무공도 익히지 않은 것 같은 여인이 자신의
몸에 배인 벽력탄의 냄새를 맡았다는 말에 놀라움을 금치 못하고 있었
다. 엄청난 수련을 통해 그런 감각을 얻는 것이 아니라면 분명 선천적
인 능력이기 때문이었다.

'선천적으로 감각이 뛰어난 것인가?'

"소저는 누구시길래 내 몸에서 그런 냄새가 난다는 말을 하는 것이
오?"

"하긴… 상관없지! 보아하니 신록회 놈들은 아닌 것 같군."

"……!"

그녀의 말에 두 사람은 무언가를 느끼고는 잠시 시선을 맞추었다.

"벽력탄과 관계있는 여자."

"그게 정보야? 우리도 벽력탄과 관계있는 남녀라고 말하면 되겠네.

그런 식으로 말하면 밑도 끝도 없잖아?”

전유림이 그렇게 쏘아댔지만 현어운이 먼저 자신들의 정체를 말해 주었다.

“우린 신록희가 벽력탄을 벽력신천문에게서 빼앗아간다는 정보를 얻고 이를 막기 위해 왔소.”

“무림제왕성? 벽력신천문이 있는 곳을 찾다니 제법인군. 그런데 어떻게 찾았지? 그놈도 운이 좋아서 본문을 찾았을 뿐인데…….”

그녀의 말에 두 사람은 이 여인이 벽력신천문의 사람임을 확신할 수 있었다.

“신록희가 아무리 비밀을 유지하려 한다 해도 한 번 흔적을 남긴 이상 무림제왕성 정도면 이곳을 찾는 건 시간문제일 뿐이오. 소저가 벽력신천문의 사람이 맞다면… 우리를 그곳으로 안내해 주시오. 신록희의 횡포가 어떤 이유로 일어나고 있는지는 모르지만 막아주겠소.”

“내가 너희들의 무엇을 보고 판단하지? 뭘 보고 우리 집으로 안내해 주어야 하냔 말이야.”

“뭐가 두려워서 벽력탄을 바치냐? 나 같으면 오는 놈들마다 벽력탄 한두 개씩 던져 맛을 보여주겠구만.”

전유림의 말에 역야정은 또다시 두 눈에서 빛을 뿌리며 씹어 먹을 듯한 표정으로 말했다.

“너희들 일이 아니라고 함부로 말하지 마라. 우리는 우리 나름대로 사정이 있는 것이니까. 천 년이 넘는 역사의 벽력신천문을 감히 너희들이 이래라저래라 할 수 있을 것 같으냐?”

“잘났군.”

벽력마군 앞에서도, 무제 앞에서도 그녀는 언제나 당당했는데 역야정의 역정에 약한 모습을 보일 리가 없었다.

"그럼 우리들과의 볼일은 끝난 것이오? 가르쳐 주기 싫다면… 우리가 알아서 벽력신천문을 찾으면 되니까. 그리고 우리의 임무도 우리가 알아서 하면 되니 상관은 없소."

현어운의 말에 역야정이 묘한 눈빛으로 그를 바라보았다. 그를 본 건 아주 잠깐이지만 그의 성격이 타 무림인들처럼 오만하거나 강하지 않고 오히려 약하고 우유부단할 것 같다는 판단을 내렸었다. 그런데 지금 그가 보이는 모습은 그녀의 예상을 완전히 벗어난 것이 아닌가?

"생각보다 괜찮군."

"…우리는 무림제왕성의 여의대요. 무슨 수를 써서라도 신록희가 벽력탄을 가져가는 걸 막아줄 것이오."

"여, 여의대? 그럼 당신이 비검귀영탈명인가요?"

여의대라는 말에 어느새 그녀의 말투가 바뀌어 있었다.

"그런 셈이오."

현어운이 떨떠름한 표정으로 시인하자 역야정은 고개를 돌려 전유림을 보았다.

"그럼 당신은 만위령?"

"날 그런 나이든 이상한 여자와 비교하지 마."

"환검이 없는 것을 보면 해동마녀는 아니니 그럼 투장괴녀겠군요."

"그래. 그런데 너는 누구지?"

"당신이 아무에게나 반말한다는 걸 들은 적이 있는데 정말이군요. 저는 벽력신천문의 소문주입니다."

그녀의 말에 두 사람은 놀란 눈으로 그녀의 전신을 새삼 훑어보았다. 본모습은 앳되고 아름다웠으나 술에 절은 모습은 아무리 잘 봐주어도 술주정뱅이 이상은 아니었기 때문이다.

"지금 모습을 보면 그쪽에 많은 문제가 있다는 걸 알 수 있겠네."

전유림의 말에 역야정은 자조적인 미소를 지으며 고개를 끄덕였다.

"후후… 어쨌든 실력 면에선 믿을 만하군요. 하지만 당신들이 과연 벽력탄을 가져가지 못하도록 지키러 온 것인지, 아니면 되레 가지러 온 것인지는 알 수 없네요. 전 후자 쪽으로 더욱 비중을 두고 싶은걸요?"

술에 절어 항상 초췌한 모습만을 보여주던 그녀가 지금 이 순간만큼은 혜지로 두 눈빛이 반짝이고 있었다.

"맞소. 여의대는 벽력탄을 가지러 온 것이오. 그러나 적어도 우리 두 사람은 누구도 벽력탄을 가지러 가지 못하도록 막으러 왔소."

"……."

역야정은 이들이 진심을 말하고 있음을 선천적인 육감으로 확신할 수 있었다. 그와 동시에 그녀는 자신이 삼 년간 줄곧 고민해 왔던 일과 연관하여 지금 이 순간 결정을 내려야 함을 알았다. 만약 실패한다면 큰 불행이 닥칠 것이고, 성공한다면 단 한 사람만 죽음으로써 모든 걸 원래대로 되돌릴 수 있을 터였다.

"삼 일 뒤에 신록회에서 벽력탄을 가지러 옵니다. 무서운 고수들이 오지만… 그것보다 이 구빙록에는 이백 명에 달하는 신록회의 무사들이 전역에 걸쳐 우리들을 감시하고 있죠. 만약 이상한 조짐이 보인다 싶으면 그들은 가차없이 구빙록의 모든 사람들을 죽이고 본문의 벽력탄 작업장을 폭발시킬 겁니다."

"……!"

"신록희주는 이곳을 아주 중요하게 여기고 있어요. 우리의 벽력탄은 무림제왕성의 무림 판도를 완전히 뒤바꾸어줄 수 있는 강력한 무기입니다. 지금까지 신록희가 가져간 것은 최근에 우리들이 생산하고 있는 벽력탄에 비하면 조족지혈의 것입니다. 생산량은 매우 적지만 그 하나 하나가 우리조차 예측하기 힘든 위력을 지니고 있기 때문에 신록희주가 매우 신경 쓰고 있을 거예요."

"우리가 지켜주겠소. 다만… 나는 벽력탄을 모두 제거할 생각이오. 그렇게 해야만 후에 다른 자들이 당신들을 이용할 생각을 하지 못할 것이기 때문이오. 이제 우리가 가지고 있던 말들을 모두 털어놓았으니 소저가 판단하여 우리에게 말할지 말지를 결정할 때요."

그의 말에 역야정은 말없이 술병째로 한 모금 들이켰다. 안주가 없자 자리에서 일어나 원래 있던 자리에 남아 있던 안주를 가져와 입에 털어 넣은 뒤에야 말했다.

"당신들… 만약 내가 다른 사람들보다 뛰어난 육감을 지니고 있지 않았다면 당신들의 말만으로는 아무것도 믿지 않았을 겁니다. 그러나 당신들은 지금 진심을 말하고 있군요. 무엇보다 여의대의 무공은 무림에 정평이 나 있을 정도니 믿을 만하죠. 그러나 당신들이 끝까지 벽력신천문을 도와줄 수 있을지는 모르겠군요."

"이번 일은… 내가 소중히 여기는 그 사람에게 떳떳해질 수 있냐 아니냐뿐만 아니라 그 사람을 위한 복수와도 관련이 있소. 반드시 끝까지 도와줄 것이오."

평범하지만 그래서 더욱 믿음이 가는 그의 말에 역야정은 고개를 끄덕였다. 이 정도 다짐이라면 충분했다. 게다가 그녀는 무엇보다 자신의 느낌을 믿었다.

"그럼 따라와요."

두 사람은 그녀를 따라 객잔의 뒷담을 넘어 사람들의 왕래가 적은 곳으로 향했다.

둘은 다른 대원들에게 자신들의 행적을 알리지 않았다는 것을 신경 쓰지 않았다. 예전의 현어운이었다면 그것 때문에 걱정했겠지만 지금 의 그는 벽력탄을 회수한다는 것 자체를 원하지 않았기 때문에 이번 일에서 그들을 배제하고 싶어했다.

"신록희에서 감시의 눈길은 여기저기에 깔려 있어요. 지금 우리가 가는 길은 내가 삼 년간 술을 마시면서 알아낸 감시를 피할 수 있는 몇 가지 길 중 하나죠. 이런 일을 대비한 것이에요."

그녀는 짙게 미소 지으며 그들에게 신뢰의 눈빛을 보였다. 그녀의 눈빛에 현어운과 전유림은 잠시 서로를 바라보더니 그녀를 향해 고개 를 끄덕였다.

"운명이란 정말 알 수 없군요. 생각은 굴뚝같았지만 가능성이 없어 그저 하루하루 술만 마시며 포기하고 있었는데 당신들이 이곳으로와 나와 만남으로써 이런 상황이 될 줄은 정말 몰랐어요. 처음 보는 당신 들이지만… 낙불과 패련도, 혈명강시를 죽여 금탁과의 전쟁에서 결정 적인 승리의 열쇠 역할을 한 비검귀영탈명과 괴장투녀라면 실력은 충 분히 믿을 만해요. 그리고 저의 느낌이 말해주는데… 당신들은 정말 믿을 만한 사람들이에요. 그렇기에 모든 것을 말해 드리죠."

한 번 믿음을 주면 모든 것을 맡길 수 있는 성정의 역야정이었기에 그들에게 벽력신천문의 사정을 모두 말하기로 한 것이다.

벽력신천문은 구빙록의 사람들이 알고 있는 것과 달리 이곳 구빙록 에서 천년의 유구한 역사를 지내온 문파로 평화적이고 무공을 모르는 일반 가문에 다름 아니었다. 그런 그들에게는 독특하고 뛰어난 능력이 하나 있었는데 바로 폭발물을 다룰 수 있는 능력이었다.

초창기였기에 그 능력이라 해봐 아주 미미했지만 그 시절로 치면 매우 혁신적인 무기를 개발한 것이나 다름없었다.

이 혁신적인 무기가 단 한 번 중원에 노출된 적이 있었는데 그것으로 인해 지금까지 벽력신천문의 존재가 끊이지 않고 전설처럼 전해져 내려오고 있었던 것이다.

"그러고 보면 벽력탄이란 것이 옛날에 한 번 나온 적이 있었다라는 말만 있지 정확한 건 아무도 모르더라. 대체 그때가 언제지?"

"제갈무후가 사용한 지뢰를 말하는 거예요. 잘 알려져 있지 않지만 제갈무후는 지뢰를 두 번 사용했다고 전해져 내려오죠. 한 번은 남만 정벌, 한 번은 사마의를 제거하기 위해. 하지만 정확히는 남만 정벌 시에만 우리의 벽력탄을 사용했었죠. 지뢰는 잘못 알려져 있는 것이에요. 제갈무후가 벽력신천문과 어떤 관계에 있는지는 모르지만 선조들께선 벽력탄을 그에게 제공했다고 하더군요. 그 이후로 알게 모르게 전설로 본문의 이름이 전설로 내려온 것입니다."

그 이후로 벽력신천문은 무림을, 그리고 중원 전체를 정복하려는 자들에 의해 끊임없이 추적당했고, 그로 인해 필연적으로 무공을 익혀가기 시작했다.

그렇지만 천성이 평화적이었던 그들은 자신들을 원하는 자들과의 결전을 벌이기보다는 철저히 숨어드는 것을 택했다. 그리하여 이곳 청해성 구빙록에 일반 백성처럼 위장하여 지냈으며, 벽력탄 작업장은 천연의 지형 조건을 이용해 근 천 년을 이어내려 왔다.

그들은 자신들을 보호하기 위해 무공뿐만 아니라 선조들로부터 쌓아 온 지식을 바탕으로 벽력탄을 꾸준히 개발해 왔으며 지금에 이르러서는 두 사람도 알고 있는 위력을 가진 벽력탄을 만들 수 있게 되었고, 가장 최근에는 그것을 능가하는 위력의 벽력탄마저 제조하게 된 것이다.

오 년 전 신록희주에게 자신들의 존재를 들키게 된 것은 아주 우연한 일이었고, 신록희주는 그 기회를 놓치지 않고 그들을 위협하였다. 역가장과 작업장 모두를 알게 된 신록희주는 천 년 동안 쌓아온 벽력신천문의 무공으로도 당해낼 수 없을 정도로 가공할 무공으로 완벽하게 그들의 덜미를 잡아버렸다.

"오 년 전 그는 저의 오라버니를 볼모로 데려갔어요. 오라버니는 그 이후로 생사조차 불투명해요. 그러나 아버지는 독자인 오라버니를 이대로 버릴 수 없는 데다 이곳의 죄없는 사람들이 죽는 것을 두고 볼 수만은 없었어요. 그래서 오 년 동안 줄곧 두 달에 열 개씩의 벽력탄을 받쳐 왔죠."

"신록희 이놈들은 무림제왕성 못지않게 남을 아프게 하는 능력이 뛰어나군."

전유림은 뚱한 표정으로 남의 일처럼 말했지만 주먹을 꽉 쥐고 있는 것을 현어운은 볼 수 있었다.

"남을 아프게 한 자는 그만큼 아프게 될 거야."

"인과응보? 하지만 난 인과응보대로 된 걸 본 적이 없어."

"사실 나도 그래. 하지만 우리보다 훨씬 오래 산… 노인장이 말씀하셨어."

"노인장? 섬수신의?"

"그래. 자신의 인생을 걸고 장담한다고 했지. 직접적인 증거는 대지 못해도… 인과응보는 정말 있으며 일어나고 있다고. 신록희는… 인과응보를 받을 거야."

"…대협 말대로 되었으면 좋겠군요."

역야정은 대화하면 할수록 느껴지는 그들의 순수함에 빠져드는 자신을 느끼며 말했다.

"신록희뿐만 아니라 인과응보의 위력이 미쳐야 할 곳이 많지."

전유림의 말에 현어운은 고개를 끄덕이며 쓰게 웃었다.

'그래, 무림제왕성 또한…….'

"원래 여의대의 임무는 무림제왕성 정보원을 통해 역가장의 위치를 파악한 뒤 모종의 방법을 써서 작업장의 위치도 파악, 그 다음에는 벽력탄을 탈취하려 했잖아?"

"그렇지."

"이제는 어떻게 할 거야? 우리는 벽력탄 탈취가 아니라 제거잖아? 어떤 복안이라도 있을 거 아냐?"

"원래는 벽력탄을 훔친 다음 없애 버리려 했지. 청해호까지 가 던져 버리는 방법으로 말이야."

"그런데 지금은?"

"나도 모르겠어."

"……."

전유림이 물끄러미 그를 쳐다보자 현어운은 손을 내저으며 말했다.

"아, 아니 사실은 역야정 소저를 보고 마음이 좀 흔들렸어. 그녀는 그녀 나름대로 자신들의 것을 지키기 위해 저렇게 마음 아파하며 애쓰고 있는데 내가 갑자기 끼어들어 그것을 없앤다고 생각하니 괜히 죄책감이 들더라구."

"그렇지만 없애지 않으면 신록희나 무림제왕성 어느 곳이든 언젠가는 이들을 이용하려 할 거야."

“······.”

“그리고 내 생각에는… 혈명강시 때와 똑같을 것 같아.”

“무슨 말이야, 그건?”

“토사구팽.”

“나를 죽일 것이란 건 이미 예상하고 있잖아.”

“넌 토사구팽이 아니지. 널 어디다 써먹었다고 죽인다는 것이야? 넌 그냥 죽이는 것이고… 토사구팽은 바로 벽력신천문을 말하는 것이다.”

“설마……?”

“설마가 사람 잡지.”

현어운은 그녀의 말을 곰곰이 되씹으며 역야정과 알게 된 자신들이 이제 어떻게 해야 할 것인지에 대해서 생각해 보았다.

“그럼 이렇게 하자.”

“생각이 있어?”

전유림이 놀란 눈으로 바라보자 어깨를 으쓱일 뿐이었다.

“나도 생각은 하고 산다니깐. 단지 다른 사람들 때문에 묻혔을 뿐이야.”

“영원히 묻혀라.”

현어운은 그녀의 농에 피식 웃으며 계획을 이야기하기 시작했다.

두 사람을 모종의 장소에 숨긴 뒤 방으로 돌아가던 역야정은 항상 그렇듯 자신의 방 앞에 서 있는 그를 볼 수 있었다. 겉모습은 자신의 친오빠인 척하지만 실제로는 역화군의 탈을 쓴 짐승 다름 아닌 사내.

그는 비릿하게 웃으며 그녀의 자태를 노골적으로 훑어보았으나 역야정은 익숙한 듯 무시하며 옆을 지나가려 했다.

“흠… 대체 어느 길로 온 것이지? 오늘은 평소 흐리멍덩하던 때와는 다른데? 예전처럼 지저분한 건 마찬가지이지만 왠지 오늘은 고결한 느낌도 든단 말이야, 화끈한 동생……?”

그의 색정 진득한 눈빛에, 더구나 자신의 친오빠 얼굴을 하고 그런 것에 소름이 끼쳤지만 그녀는 되레 야릇하게 웃으며 말했다.

“나랑 잘 생각이 있으면 나랑 대작이나 해보고 실천에 옮기든지 하자고. 그럴 생각이 없으면 그냥 방에 가서 그 더러운 흉물을 잡고 달래나 보든지.”

“……!”

그가 술을 마시지 못하는 것은 아니었지만 여태껏 그녀와 대작하여 이겨본 적이 없었기에 그녀가 그의 자존심을 은근히 건드린 것이었다. 분노로 이를 지그시 깨물던 그는 다시 원래대로 차가운 미소를 지으며 그녀의 얼굴을 톡톡 건드렸다.

“그렇게 팅기는 맛도 좋지. 언제까지 그렇게 가는지 두고 보자고. 하하하하!”

역화군이 떠나가라 웃으며 회랑을 벗어나 사라지자 역야정은 이를 지그시 깨물며 주먹을 움켜쥐었다. 언제나 당하는 희롱이었지만 도무지 적응되지 않는 것이었다. 친오빠의 얼굴을 한 자에게 그런 희롱은 아무리 그녀의 성격이 대범하고 화끈하다고 해도 참기 힘들었다.

‘조금만 견디자… 오늘은 반드시 아버지를 설득해야 한다. 아니, 설득하지 못하더라도 오라버니는 버려야 해! 그것이 우리 벽력신천문이 사는 길이다!’

그녀의 눈빛이 뜨겁게 타오르고 있었다.

"어머? 누가 보낸 거라고요?"

만위령은 점소이 두서가 건네준 서찰을 받으며 물었지만 두서도 고개를 저을 뿐이었다.

"저, 저도 잘 모르겠습니다. 차림을 보니 역가장 사람인 듯하기도 하고 아닌 것 같기도 하고……."

세 사람에게 목욕물을 주고 객잔으로 돌아가니 아무도 없어 어리둥절해하면서도 객잔을 치우고 있을 때 웬 사내 하나가 오는 것이었다. 손님인 줄 알고 맞이하려는 그에게 다짜고짜 서찰을 건네주며 지금 객잔에 묵고 있는 자들에게 주라고 하며 은자 한 냥을 주는 것이 아닌가?

그저 은자 한 냥을 벌었다는 기쁨에 정신이 팔린 그로서는 당연히 사내가 누군지 알 리가 없었다.

만위령은 고개를 갸웃거리며 서찰을 남궁명욱에게 주었다. 무림제왕성의 정보원이 보낸 것이겠지 생각하며 서찰을 읽어가던 그의 표정이 조금씩 굳어져 갔다.

"무슨 내용인가요?"

"…두 사람이 지금까지 오지 않는 이유를 알았군. 벌써 벽력신천문을 찾고 그곳에 잠입한 모양이오. 내 명령을 듣지도 않고 단독으로 임무를 시행하다니……."

조선영은 서찰을 건네받아 읽고는 고개를 내저었다.

"무모하군요. 벽력신천문이 가만히 있지 않을 겁니다."

조선영이 건네준 서찰을 받아 읽은 만위령은 한숨을 쉬며 말했다.

"그러고 보면 우리는 지금 이곳에 대한 어떤 정보도 없어요. 성에서 우리에게 준 정보 또한 매우 한정적이고요. 아무리 알아서 하라고는 했지만 벽력신천문의 소재지마저 알아낸 그들이 이곳에 대한 다른 정보 하나 없다는 것은 말도 되지 않죠. 대주님은 아마 그것을 알고도 말하지 않은 것이겠죠?"

"그렇소. 성에서의 지원은 그 이상은 얻기 힘들다 판단했기 때문이오. 그마나 이곳의 정보원을 붙여준다는 것으로도 감지덕지해야 할 정도로 성은 우리에 대해 철저한 방임을 고수하고 있소."

"일단 그에 대한 문제보다는… 현 동생이 마음대로 계략을 정해 갔다는 것이에요. 삼 일 뒤 벽력탄을 모두 훔쳐 달아날 때 역가장으로 와 그들의 추적을 지연시켜 달라고 했는데… 대주님은 어떻게 하실 생각인가요?"

"…평소에는 그렇지 않다가도 한 번 이런 모습을 보이면 막을 도리가 없소. 어쩔 수 없이 어운의 말대로 삼 일 뒤 역가장으로 가 그의 뒤를 막아주어야 하오."

"대주님의 말씀대로 그렇게 해야겠죠. 하지만 대주님은 현 동생의 됨됨이를 모르시나요?"

"무슨 의미요? 아!"

남궁명욱은 그녀가 말한 의도를 이내 깨달을 수 있었다. 조선영이 감았던 두 눈을 뜨며 이제야 알겠다는 듯 고개를 끄덕였다.

"그렇군요. 현 대협은 혈명강시 임무 때에도 혈명강시를 폭발시키려 했습니다. 비인간적이고 나타나서는 안 될 것에 대해서는 자신의 판단을 따르지 임무대로 하지 않아요. 이번에도 그는 벽력탄을 훔쳐 모두 제거하려 할 것 같군요."

"……"

"맞아요. 그런 의도가 아니었다면 굳이 이런 방법을 쓸 동생이 아니죠. 그가 이런 생각을 가지고 있고, 위험성을 내포하고 있음에도 무림제왕성이 현 동생을 이용하려는 것을 보면 분명 그를 제거할 방법을 강구했을 겁니다. 대주님은… 우리가 무엇을 해야 할지 결정하셔야 해요.”

현어운을 돕자면 무림제왕성의 의도와 임무를 역행해야 하고, 무림제왕성을 도우면 생사를 함께한 그를 버려야 하는 상황이었다.

“처음에 어운은 이리저리 휘둘리며 갈피를 잡지 못하는 사람 같았소. 그러나 지금의 그는 나름대로 올바른 길을 걸어왔다 자부하는 나보다 훨씬 나은 길을 걷고 있는 것 같소. 그는 자신이 옳다고 생각하는 것을 결정하면 결코 두려워하지 않고 헤쳐 나가는 모습을 보였소. 어운은 자랑스러운 여의대원이오.”

“…….”

두 사람이 고개를 끄덕이며 동의하자 남궁명욱은 마음을 결정한 듯 이전과 달리 편안한 표정으로 말했다.

“벽력탄은 전쟁에서 쓰여서는 안 될 위험한 것이오. 신록희가 이미 가져가 버린 것에 대해서는 어쩔 수 없지만 지금 만들어지고 있는 것들만큼은 그들이 가져가지 못하도록 해야 하지 않겠소. 어운이 그것을 훔쳐 어떻게 해결할 것인지는 모르나 우리는 최대한 그가 멀리 도망갈 수 있도록 도와주어야 할 것이오.”

“신록희와 무림제왕성에서 알면 그를 집요하게 추적할 것입니다.”

조선영의 말에 남궁명욱은 고개를 끄덕이며 그녀에게 물었다.

“만약 당신이라면 어떻게 하겠소?”

“만약 나라면… 이미 결정한 사항에 대해서 번복하지는 않을 겁니다. 이미 현 대협을 도와주기로 한 이상 그를 방해하는 자들은 제거 대상일 뿐입니다.”

“조 소저의 그런 극단적인 생각도 때로는 도움이 될 때가 있었소.

그들을 죽이는 것은 무리가 있지만 최대한 어운을 돕는 방법은 생각해 낼 수 있을 것이오. 일단 정보원을 불러 이곳의 사정을 알아낼 필요가 있소. 그러나 만 소저께서 따로 이곳의 사정을 알아보았으면 하오.”

“알겠어요.”

만위령은 남궁명욱의 결정에 매우 기꺼워하고 있었다. 어차피 무림 제왕성이 자신을 이용하기 위해 영입했다는 사실을 알게 된 이상 그들이 내린 임무를 순순히 따르고 싶지 않았다. 차라리 자신과 가깝고, 같은 대원인 현어운을 돕는 것이 나았다.

“이번 결정으로 어떻게 될 것인지에 대한 생각은 했습니까?”

“조 소저의 걱정만큼 큰일은 일어나지 않을 것이오. 우리는 은밀히 현어운을 도울 것이고, 무림제왕성은 심증만을 안고 이 임무를 끝낼 수밖에 없을 테니까. 단지 우리는 비사들의 뛰어난 무공을 조심해야만 할 것이오.”

“얌전한 고양이가 부뚜막에 먼저 올라간다는 격이 바로 지금이군요. 마치 이런 일이 일어날 것임을 대비한 사람처럼요.”

“글쎄, 난 어운이나 무림제왕성 어느 쪽도 다치길 원하지 않소.”

“바람일 뿐입니다.”

그녀의 말에 남궁명욱은 내심 인정할 수밖에 없었다.

‘초창기의 무림제왕성은 어디로 가고 승리를 위해 수단과 방법을 가리지 않는 치졸한 집단이 되어버렸는가! 우리 여의대는 그저 쓸 만한 도구로 사용된 후 사라질 운명인가? 광마를 이번 임무에서 뺐다는 것은 어쩌면 우리가 마지막이 될 수도 있다는 말이다. 부디 그런 일은 일어나지 않길…….’

第四章
혼란

　그런 다음 우리는 무황의 심리, 언행, 주변 인물들의 사소한 것들에 대해 다시 파악하기 시작했다. 그러는 와중에도 무황과 주변에 대한 정보는 끊임 없이 들어왔다. 그 모든 것을 바탕으로 우리는 암살을 위한 철저한 예행연습을 했다. 초선득은 말, 움직임, 표정, 호흡 등 어느 하나 빠지는 것 없이 정확함을 원했고 우리는 그것이 우리의 모든 것인 양 철저히 따라했다.

다음날 역야정은 실로 오랜만에 밖으로 나가지 않고 아침을 그녀의 아버지와 함께했다. 의외의 사태에 놀란 문주 역환후(力奐煦)는 그녀가 또다시 말도 안 되는 소리를 하려나 싶었다. 그러나 식사 내내 말이 없던 그녀는 식사가 끝나자 인사를 하고 나가 버렸다.

어리둥절도 잠시, 반 시진 뒤에 그녀가 자신을 보고자 한다는 말에 그는 역시나 하며 고개를 끄덕였다.

일 년 전부터 그녀는 벽력신천문이 살아남기 위해서는 과감히 그들을 공격해야 한다고 자신을 설득하곤 했었다. 그러나 벽력신천문의 유일한 후계자인 자신의 아들이 그들에게 볼모로 잡혀 있는 이상 절대로 그렇게 할 수 없는 노릇이었다.

그러나 그녀는 신록회의 행태를 보면 절대 그를 살려두지 않았을 것이며, 소용 가치가 다 떨어지면 반드시 자신들을 죽일 것이라 장담

했다.

그녀의 말은 역환후는 믿었다. 그는 그녀가 다른 사람들보다 몇십 배는 뛰어난 감을 지니고 있었기 때문에 그녀의 육감과 지혜가 함께 어우러진 판단이라면 십중십은 그럴 것이라는 걸 알았다.

그녀의 감각적인 능력이 얼마나 대단하냐 하면 신록희주마저 그녀의 능력을 탐내 제자로 데려가려 했을 정도였다. 그러나 그녀는 신록희주가 보는 앞에서 당당히 단전을 파괴시키며 스스로 무공을 폐해 버렸다. 그 의지를 보여줌으로서 그녀는 신록희주의 자신에 대한 관심을 끊을 수가 있었던 것이다.

그러나 그런 그녀의 능력을 알고서도 그는 그녀의 말대로 따를 수가 없었다. 구빙록의 수많은 죄없는 자들의 목숨과, 혹시나 아들이 살아 있을지도 모른다는 헛된 기대 때문이었다.

'미안하다 딸아! 이래 죽으나 저래 죽으나 똑같다면… 나는 차라리 죄없는 구빙록 사람들의 목숨만은 부지시켜 주고 싶구나! 그리고 혹시나 화군이 살아 있다면… 우리로 인해 억울하게 죽어야 할 그 아이를 생각하면 가슴이 찢어져서 결정을 할 수가 없단다!'

그는 두 눈을 감은 채 거짓 아들 행세를 하고 있는 자의 얼굴을 떠올렸다. 그래 봤자 본얼굴을 모르기 때문에 자신의 아들 얼굴을 떠올릴 수밖에 없었는데, 그 모순에 치를 떨었다. 그리워하기 위해 아들을 떠올리고, 증오하기 위해 아들을 떠올려야 하는 부모의 심정이 얼마나 아프겠는가?

'네놈만은 내가 반드시 처참히 죽여주마!'

"아버지."

문밖에 역야정의 목소리가 들려오자 상념에서 벗어난 그는 마음을 다잡으며 말했다.

"들어오너라."

문이 열리며 그녀가 들어오자 그는 깜짝 놀라고 말았다. 항상 술에 절어 살아 씻는 것 따위는 생각도 않고 살던 그녀가 오늘은 옷을 갈아입고 정갈한 모습을 한 채 들어오고 있었던 것이다.

그의 맞은편에 앉은 그녀는 그의 얼굴을 보자마자 강한 어조로 말했다.

"제가 이런 모습으로 나타난 것을 보셨으니 제가 얼마나 마음을 강하게 먹고 왔는지 짐작하시리라 믿어요."

"흠……!"

"저는 어제 강력한 협력자를 얻었어요. 어제 내내 이야기해 본 결과 그들의 성정, 무공, 신의 면에서 모두 믿을 만한 자라는 판단을 내렸습니다. 저는 그들과 함께… 제가 생각해 오던 바를 실행할까 해요."

"그들이 누구이길래 네가 그토록이나 믿는단 말이냐?"

"무림제왕성 소속의 여의대에 있는 비검탈명귀영과 괴장투녀입니다."

"비검탈명귀영?!"

비검탈명귀영은 무림에 대해 관심있는 자라면 이제는 한 번쯤은 들어봤을 만한 별호였다. 금탁과 무림제왕성의 싸움에서 불리하게 기울던 무림제왕성을 단숨에 승리로 이끈 입지전적인 인물이 아니던가? 낙불과 패련도, 야랑객, 금왕수 등 금탁의 기라성 같은 절대고수들을 무 자르듯 썰어버리며 죽인 것은 너무나 유명한 일화였다.

"그러나 그자들은 무림제왕성의 인물들이다. 무림제왕성 또한 결국 우리를 이용할 것이다. 그런 그들을 어찌 믿는단 말이냐."

"저는 이십 년 동안 저의 선천적인 육감을 철저히 믿고 살아왔어요. 그들은 믿을 만한 자이고… 여타 무림인들과 달리 순수함마저 지니고 있어요. 그들이라면… 벽력신천문이 신록희의 그늘에서 벗어날 수 있도록 해줄 겁니다."

"안 된다! 네 오라버니를 어찌하려고 그러는 것이냐? 성공해도 화군은 죽을 것이고 실패하면 화군뿐만 아니라 구빙록의 모든 사람들이 죽게 될 것이다! 너는 신록희주가 얼마나 무서운 사람인 줄 아직도 모른단 말이냐?!"

"그가 무서운 자라는 건 충분히 알아요. 그렇기 때문에 우리는 그에게서 벗어나야 해요. 그렇지 않으면 우리는 천년 역사의 벽력신천문으로서 자존심조차 지키지 못하고 죽을 겁니다. 그는 분명… 우리뿐만 아니라 모두를 죽일 거예요. 아버지는 구빙록 사람들의 핑계를 대고 있지만 사실은 오라버니의 생사에 집착하고 있는 것뿐이에요. 그동안 말은 안 했지만 직면한 현실을 똑바로 쳐다보셔야 해요, 아버지. 오라버니는 죽을 수밖에 없고, 우리는 최소한 벽력신천문의 명맥을 유지하며 훗날 복수를 기해야 해요! 대범하고 정의를 품고 계시며 매사에 화끈한 아버지는 어디로 가고 이렇게 소심하고 힘 앞에 나약하게 떠는 아버지만 남아 있는 것이죠?"

"이, 이 녀언!"

짝!

딸의 질책에 마음이 아프고 자존심이 크게 상한 역환후는 자신도 모르게 그녀의 뺨을 때렸다.

차분하게 고개를 덜리는 그녀의 두 눈에서 소리없이 눈물이 흘러내리기 시작했다. 그 눈물에 마음이 찢어질 듯 아픈 역환후 역시 서럽게 울었다.

"…내가 모자라 너희들에게 고생만 시키는구나! 흐흐흑… 아들은 생사를 알 수 없는 지경에 이르렀고, 귀하게 자라야 할 딸은 뛰어난 재능을 지니고서도 무공을 폐한 채 술에 절어 살아가야 하다니… 내가 죽일 놈이다! 흐흐흐흐……!"

"아버지……."

그녀는 처음 보는 그의 울음에 찢어지는 가슴을 주체하지 못하고 하염없이 눈물만 흘려 대었다.

"미안하구나! 미안하구나! 아들에 눈이 멀어 가까이 있는 딸의 마음을 애써 외면해야 했었어!"

그의 말에 역야정은 더욱 가슴이 아팠다. 그녀는 자리에서 일어나 아버지의 곁으로 가 그의 두 손을 말없이 쥐었다.

"아버지… 죄송해요. 아버지… 저 또한 이렇게 못나서 아버지를 아프게 합니다."

두 사람은 그렇게 말없이 두 손을 서로 꼭 쥐었다. 이렇게 가까이서 서로의 감정을 교류하는 게 얼마만이던가? 어미 없이 자란 그녀가 이토록이나 올바르고 장하게 커준 것이 자랑스러웠다.

"내가 그동안 너무나 나약했던 것 같구나. 신록희의 행태가 어떠한지 뻔히 아는 나는 지레 겁을 먹고 아들 걱정만 했어. 우리 벽력신천문은 대대로 평화를 사랑하면서도 누구에게도 무릎을 꿇지 않는 자랑스러운 가문이었다. 그러나 지금은 그 평화를 지키기 위해 맞서 싸워야 할 때인 것 같구나!"

"아버지!"

역야정은 그의 말에 기뻐하며 두 손을 더욱 세게 쥐었다.

“허허허! 무공은 잃었어도 힘만은 아비를 닮아 세구나! 야정아, 나는 너를 믿는다. 네가 생각해 둔 방법이 있다면 그 방법을 따르마.”

“그럼 잠시만 기다려 보세요.”

방을 나간 그녀는 얼마 뒤 두 사람을 데리고 그의 방 안으로 들어왔다. 역화군은 직감적으로 두 사람이 바로 비검귀영탈명과 괴장투녀임을 알 수 있었다.

“제가 말한 그 사람들이에요, 아버지.”

“무림을 뒤흔드는 무명을 들었으나 이토록 젊으신 분들인 줄 미처 몰랐소. 본인이 바로 벽력신천문의 문주 역환후라 하오.”

“저는 현어운이라 합니다.”

“전유림.”

서로 간의 소개가 끝나자 네 사람은 앞으로 할 일에 대해 의논하기 시작했다. 주로 현어운이 생각한 방법에 대해 이야기했는데 모든 벽력탄을 회수해 없애겠다는 말에서 역환후가 크게 망설일 수밖에 없었다.

그가 망설이는 모습을 보이자 현어운은 이해한다는 듯 고개를 끄덕이며 말을 이었다.

“제가 원하는 것은 벽력탄 자체를 없애는 것이 아니라 벽력신천문이 또다시 다른 문파에 이용당함으로서 벽력탄이 사용되지 않도록 하는 것입니다.”

“알겠네. 자네의 말대로 벽력탄의 대부분을 주겠네. 하나 무림제왕성과 신록희가 반드시 우리를 공격할 터이니 그에 대한 방어를 위해 몇 개는 가지고 있어야겠지.”

“물론입니다.”

현어운은 역환후가 자신의 아들이 죽게 될 것을 알고서도 이런 결정을 해야 한다는 사실에 동정심을 느꼈지만 내색하지는 않았다. 다만 반드시 자신이 계획한 대로 성공시키겠다는 의지를 되새길 뿐이었다.

두 사람이 나가고 다시 부녀가 남게 되었을 때 두 사람의 분위기는 다시 침울해졌다.

"아버지, 괜찮아요. 비검탈명귀영의 무공은 실로 대단해 벽력마군을 이긴 광마와 싸워도 전혀 밀리지 않는다고 하니 믿을 만해요."

"그래. 그런 건 걱정하지 않는다. 다만……."

"……."

"이번 일이 좋게 끝난다면… 벽력신천문의 향방을 어떻게 해야 할지 고민이란다. 그 일이 끝난다면 벽력신천문은 세상에 드러나게 될 것이고 우리는 또다시 숨어 들어가야 한단다. 그런 천연의 작업장을 어디서 찾을 수 있을 것이며 우리는 또 어떻게 다시 예전처럼 이 세상에 존재를 지운 채 살아갈 수 있을지 걱정이구나."

"…아버지……."

그녀의 안타까운 부름에 역환후는 이내 밝게 웃으며 대답했다.

"허허허! 어울리지 않게 왜 이렇게 죽을상이냐? 내 너의 술에 절었을 때의 모습을 다 알고 있는데 말이다! 다 커서 시집가야 할 처자가 어찌 그런 모습을 보인단 말이냐? 에잉, 동네 부끄러워 얼굴을 들 수 있어야 말이지."

"아버지도 참… 호호호!"

"허허! 걱정 말거라. 다 잘될 것이니."

다음날 오후, 현어운과 전유림은 역야정을 따라 사람들이 잘 다니지 않는 길을 통해 작업장으로 갔다. 두 사람의 계책이 성공하기 위해서

가장 유의해야 할 것은 신록희가 작업장을 폭발시키지 못하도록 하는 것이었다.

"구빙록의 작업장은 천 년 동안 그 누구에게도 들키지 않았을 정도로 은밀한 곳이지만… 신록희주의 협박으로 작업장 위치를 가르쳐 줄 수밖에 없었죠. 작업장은 천연으로 이루어진 장소에 선조들이 천 년 동안에 걸쳐 인공적으로 완성시킨 곳이에요. 구빙산 안에 위치한 작업장은 십 리나 되는 동굴로 되어 있는데 동굴의 끝에는 구빙산 깊은 지하에서 조금씩 솟아오르는 열화용암(熱火鎔岩)에 맞닿아 있습니다. 열화용암과 가문 비법의 폭발성 재진탄(災震炭)을 이용하여 벽력탄을 만드는 것이죠. 동굴 안에는 만약 우리들이 허튼 짓을 할 경우 곧바로 작업장을 폭파시키는 임무를 맡고 있는 열다섯 명의 고수들이 있어요. 아주 뛰어난 무공을 지닌 건 아니지만… 그들은 신록희에 대한 절대적인 충성을 가지고 있어 죽음도 불사하는 자들입니다. 만약 그들이 그 동굴을 폭파시킨다면 다량의 재진탄으로 인해 그 여파는 상상조차 하기 힘들 것이에요."

현어운은 역야정이 출발하기 전에 작업장에 대해 말하던 것을 떠올렸다.
'그들이 작업장을 폭발시킬 틈도 없도록 최대한 빨리, 은밀하게 그들을 죽여야 한다.'
그 다음 전유림이 이곳을 지키는 것이 그들의 계획이었다. 만약 또 다른 신록희의 고수가 올 수도 있기 때문이었다.
실제로 그들은 하루에 두 번 정도 다른 신록희 무사들과 연락을 취하고 있었기에 전유림이 그들을 처치해야 했다.

굴이 그것이 아니더라도 구빙객잔에서의 일 때문에 구빙록에 있는 신록희 고수들이 그녀를 주시하고 있을 게 분명했다.

"유림, 내일 최대한 빨리 갈 테니 잘 견뎌내야 해."

"내 걱정은 말고 너나 걱정해. 내일이면 신록희에서 오는 고수뿐만 아니라 비사들도 올 테니까."

그들의 계획은 그다지 복잡한 것이 아니었다. 계획의 중심은 벽력신천문도들의 안전이었다. 무림제왕성에서 벽력신천문을 제명시킬 것이라는 예상하에 보유하고 있는 벽력탄 모두를 현어운이 가지고 도망치는 것으로 보이도록 한다. 그러면 신록희의 고수들뿐만 아니라 어딘가에 있을 무림제왕성의 무사들 또한 현어운을 쫓는데 모든 신경을 쏟을 수밖에 없을 것이 분명했다.

조금이라도 지체해 현어운을 놓친다면 벽력탄이 모두 제거될 수 있기 때문이 그들은 어쩔 수 없이 현어운을 쫓을 수밖에 없다.

그러나 만약을 대비해 여의대원 세 사람을 내일 아침 일찍 오도록 서찰을 보내놓았다. 내용에는 벽력신천문의 추적을 최대한 늦추어달라고 했지만 실제로 그런 일은 없었다. 다만 신록희나 무림제왕성에서 혹시나 벽력신천문을 멸문시키기 위해 따로 무사들을 보낼지도 몰랐기에 그들을 필요로 했다.

그들이 과연 벽력신천문이 위험해졌을 때 도울지는 미지수였지만 현어운은 그들이 도울 수밖에 없도록 대비책을 생각해 놓은 상태였다.

벽력신천문의 안전을 보장한 뒤 자신은 최대한 빨리 청해호로 도망가 그곳에서 모든 벽력탄을 던져 제거해야 했다. 그전에 따라잡힐 가능성도 높았지만 뛰어난 고수가 오지 않는 이상 그런 일은 없을 것이다.

이 모든 일을 함에 있어서 가장 중요한 것은 바로 벽력신천문주의 허락이었는데 역야정의 끈질긴 설득으로 이미 허락을 받은 상태였다. 모든 벽력탄을 제거할 것임을, 그리고 이제 더 이상 아들인 역화군에 대한 미련을 버릴 것임을 그녀와 합의한 후였다.

"역 소저, 미안할 따름이오."
현어운은 그녀의 뒷모습을 향해 진심 어린 사과를 했다. 그들이 피 땀 흘려 이룩한 벽력탄들을 모두 없애야 한다는 사실 때문이었다.
"괜찮아요. 오히려 저희가 고마워요. 우리는… 당신들의 도움이 없다면 죽을 때까지 그들에게 벽력탄을 제공하다가 결국 그 비법마저 빼앗기고 죽임을 당했을 테니까요. 벽력신천문의 명맥을 이을 수 있다면 차라리 지금 모든 벽력탄을 없앤다 하더라도 충분히 감내할 수 있어요. 물론 오라버니의 목숨도……."
그녀는 역화군을 생각하니 가슴이 답답해졌지만 삼 년 동안 줄곧 생각해 오던 것이었기 때문에 깊고 조용한 한숨으로 답답함을 날려 버렸다.
산속을 일각여가량 더 걸어 산 중턱의 별다른 특징이 없는 장소에 도착하자 그녀는 걸음을 멈추었다.
"이곳이에요."
"대체 어디가 입구지?"
현어운은 이곳에 오고 나서야 아주 희미하게 이질적인 느낌이 나는 것을 느낄 수 있었다.
'이매망량의 본능으로도 지척에서야 간신히 느낄 수 있으니 다른 자들은 볼 것도 없겠군.'

"자연만합진(自然萬合陣)이라고 우리들이 이름 지었지만 실제로는 자연스럽게 이루어진 천연의 진일 뿐이에요. 당연히 누구도 발견할 수가 없어요. 우리 선조께서도 하늘의 인연인지 아주 우연히 발견했고, 이곳의 놀라운 기적과 조우할 수 있었죠."

그녀는 어느 나무 아래 가득히 솟아오른 풀을 가볍게 잡아당겼다. 그러자 사람 둘이 들어갈 만한 구멍이 나타나는 것이었다.

"들어가요."

두 사람이 먼저 사다리를 밟고 내려가자 역야정은 들고 있던 풀 더미를 원래의 구멍에 끼우면서 안으로 들어갔다. 아무렇게나 끼운 듯했지만 얼마 있지 않아 놀랍게도 이전과 같은 모습으로 완벽히 주변에 동화되었다.

"이곳에 그들의 대응이 없는 걸 보면 구빙객잔의 일을 이곳으로까지 연장시켜 생각하진 못했나 보군요. 하지만 곧 저를 찾을 겁니다. 그전에 그들을 제거해야 해요. 반 각 정도 가면 구유십오마(九幽十五魔) 중의 한 명이 나옵니다. 그 뒤로는 약 팔십 장마다 한 사람씩 대기하고 있습니다."

동굴 안은 땅속인데도 서늘했다. 활동하거나 지내는데 전혀 무리가 없을 정도로 쾌적한 온도에 두 사람은 신기해하며 주위를 살폈다.

"땅속임에도 이렇게 서늘한 이유는 확실하지는 않지만 아마 구빙산의 만년설이 산 내부에까지 그 냉기를 전하기 때문이 아닌가 해요."

직경 삼 장은 넉넉히 되는 큰 동굴은 구불구불 이어져 있었고, 일정 거리마다 그 비싸다는 야명주가 박혀 있어 전혀 어둡지 않았다.

"야… 저거 야명주 아냐?"

현어운이 넋을 놓고 바라보자 역야정이 피식 웃으며 말했다.

"당신 같은 분도 재물에 대한 욕심이 있나요? 하지만 저걸 빼면 어두워져 사고날 위험이 있으니 안 되요. 만약 이번 일이 잘된다면 감사의 표시로 야명주를 하나 드릴게요. 당신이 목숨을 걸고 우리를 위해 그런 일을 하는데 그 정도의 표시야 못할 것도 없죠."

"흠……."

"뭘 그리 고민해? 우린 물욕에 초월한 사람이 아니잖아? 줄 때 고맙게 받으면 되는 거야. 그리고 목숨 걸고 하는 일치고는 대가가 싼 거야."

그녀의 타박에 현어운은 어깨를 으쓱이며 고개를 저었다.

"아니, 내가 하고 싶어서 하는 일인데 대가를 바라진 않아. 지금의 나는 돈이 중요한 것이 아니라 이 순간에 충실하며 내가 옳다고 생각하는 걸 실천에 옮기는 것이야."

그의 말에 역야정은 내심 감탄하고 말았다. 요즘 같은 시대에 저런 말을 당당하게 할 수 있고 또 실천할 수 있는 무림인이 얼마나 있겠는가? 무림제왕성의 지배에 길들여진 무림인들은 그저 따라만 갈 뿐 예전의 진정한 정의 따위는 잊혀진 지 오래였다.

"조금만 더 가면 나와요."

그러자 현어운이 걸음을 멈추었다.

"왜?"

"유림 너는 역 소저와 함께 여기에 남아 있어. 만약 소란스럽게 죽였다가 혹시나 우리가 알지 못하는 방법으로 저들이 낌새를 눈치채면 큰일나니까."

"음… 괜찮겠냐? 자신있어?"

“내가 소리 소문 없이 죽이는 것이 특기잖아. 걱정 마.”

“…….”

현어운이 순식간에 사라져 버리자 역야정은 깜짝 놀라고 말았다. 그의 신출귀몰한 신법이 눈에 익었기 때문이다.

“그의 무공은 누구에게 사사 받은 것인가요?”

“글쎄? 섬수신의란 의원한테 받은 것 같기도 한데 확실하지는 않아.”

“전 그의 특이한 신법과 비슷한 걸 사용하는 자를 본 적이 있어요.”

“그래? 누구지? 어운 정도의 신법을 사용하는 자라면 무공이 엄청날 텐데.”

역야정은 무거운 눈빛으로 고개를 끄덕였다.

“같은 자일 리는 없겠지만… 그는 신록희주예요.”

“흠, 그 사람 정도면 저만한 신법을 쓸 수 있겠지.”

“그런 의미가 아니에요. 신법인지 아닌지도 모르지만… 저렇게 갑자기 사라져 버리는 괴이한 신법은 두 사람이 거의 동일해요.”

“신법이 극에 이르면 그럴 수도 있는 것 아냐? 그나저나 네가 사라진 것을 알면 신록희에서 심각한 문제로 생각할 것 아냐? 어차피 벌어진 일이긴 하지만…….”

“말 그대로예요. 이미 벌어진 일이니… 당신들을, 그리고 나 자신을 믿는 수밖에 없어요. 더 이상 벽력신천문이 남의 손에 이끌려 가면서 비참해지도록 만들 수는 없으니까요.”

두 사람은 잠시 시선을 마주 본 뒤 동굴 안으로 계속 들어갔다.

현어운은 구유십오마 중 열 명을 죽이고 순탄하게 나아가고 있었다.

강한 무공을 지니고 있는 것이 아니기 때문에 지금까지 별다른 어려움 없이 손쉽게 죽일 수 있었지만 이상하게도 지금 이 순간 그의 본능이 강한 거부감을 느끼는 중이었다.

'무엇 때문이지? 이매망량의 본능이 말한 것이 거짓인 적은 단 한 번도 없었다. 이제 상대할 자들이 강한 것인가? 아니면 내가 빠뜨린 무언가가 있단 말인가?

혹시나 하여 열 명을 죽일 때 목을 잘라 만약의 일이 없도록 완벽을 기해왔었다.

'조금만 더 느껴보자…….'

만약 조금이라도 잘못된다면 모든 계략이 실패할 수 있었기 때문에 신중할 필요가 있었다.

현어운은 두 눈을 감고 이매망량의 본능을 가만히 느끼기 시작했다. 시간이 없어 마음이 초조했지만 최대한 편안함을 유지하려 했다.

'우리는 지금 신록희에서 모르게 일을 진행시키고 있는 것이다. 만약 그들이 알아차린다면 이곳을 곧바로 폭발시키거나 벽력신천문을 공격할지도 몰라. 어쩌면 죄없는 구빙록의 선량한 백성들도 죽일지도 모른다. 죽일 놈들! 아?!'

그는 갑자기 떠오른 생각에 두 눈을 번쩍 떴다. 자신과 전유림 외에 이틀이면 행적이 드러날 만한 세 사람을 그제야 생각해 낸 것이다.

'세 사람이 그 객잔에 묶고 있으니 이틀이면 우리가 누구인지, 어떤 목적으로 왔는지, 그리고 우리 두 사람이 없어졌다는 것쯤은 신록희에 서 충분히 알 수 있는 정보야. 다시 말해… 그들은 우리가 벽력신천문 에 있을지도 모른다는 것을 예측할 수 있다는 것! 뒤를 조심해야 해!'

현어운은 급히 방향을 돌려 입구 쪽으로 몸을 날렸다. 자신들이 신록희 무사들의 시선을 피해 이곳에 왔다고 해서 그들이 모른다는 보장을 할 수 없는데 자신들은 어리석게도 그런 생각을 하고 있었던 것이다.

'이미 우리의 존재가 노출되었다면 벽력신천문도 위험할지 몰라!'

그나마 역환후가 아들의 생사를 도외시하고 그들에게 대항할 것이라는 생각에 안심이 되었다.

'그럼 우리는 무조건 이곳의 안전을 확보해야 한다! 만약 이곳이 폭발하면 구빙산 자체가 흔들리고… 어쩌면 용암이 터져 버리는 대재앙이 일어날지도 모른다고 했으니……'

현어운의 신형은 올 때보다 더욱 빠르게 입구 쪽으로 향했다. 이쪽과 저쪽의 경계에 선 그는 급한 마음에 저쪽의 경계로 넘어가고 싶은 마음이 굴뚝같았지만 간신히 참아내고 있었다.

'젠장! 유혹 따윈 사라져라! 지금의 속도로도 충분하단 말이다!'

드디어 그의 시야에 두 여인이 들어왔다. 모습을 드러낸 현어운은 급히 두 사람에게로 다가가 말했다.

"유림, 역 소저! 지금 당장 입구 쪽으로 가야 합니다."

"왜? 무슨 일인데?"

"우리는 다른 세 사람을 잠시 잊고 있었어. 신록희에서는 그들을 통해 여의대가 이미 이곳으로 왔다는 것을 알고 있단 말이야. 다시 말해 우리가 그들과 함께 있지 않다는 걸 알 테고, 우리가 벽력신천문에 있다고 예측할 수도 있다는 말이야. 역화군으로 위장한 자 또한 신록희의 사람이라고 했잖아? 역 소저의 행방이 불분명하다는 걸 알아차렸다면 곧바로 이곳을 폭발시키기 위해 오고 있을지도 몰라!"

그의 말에 두 사람의 안색이 굳어졌다.

"내가 먼저 갈 테니 너는 역 소저를 데리고 빨리 와! 난 최대한 빨리
그곳으로 갈 테니!"

그의 신형이 사라지자 전유림은 굳은 얼굴로 그녀를 바라보았다. 그
녀 또한 걱정이 깊은지 어두운 안색이었다.

"그런데 벽력신천문을 공격하면 어떡하지? 아무리 벽력탄이 있다
하더라도 함부로 던질 수도 없는 노릇이잖아?"

전유림은 역야정의 대답을 듣지 않고 곧바로 그녀의 허리를 감싸며
몸을 날렸다.

"본문에는 벽진뇌굉(霹震雷轟)이라는 네 사람의 호문사위(護門四衛)
가 있어요. 그 외에도 오십 명 정도의 무공 고수들이 있기 마을에 포진
해 있기 괜찮겠지만… 이곳에 있는 신록희 고수들 중 신록본당의 비밀
당주라는 자가 있어서 어떻게 될지는 알 수 없어요."

"비밀당주? 처음 듣는 이름인데?"

"이곳을 담당하기 위해 급조된 직책일 거예요. 그렇지만 그의 무공
은 실로 놀라워 신록본당 서열 십 위 이상의 무공을 지니고 있다고 들
었어요."

"좋은 일 한번 하려는데 되게 힘드네. 어운이 어서 빨리 이곳의 일
을 끝내고 돌아가야 되겠군."

이매망량의 최대 특징이라면 누구에게도 뒤지지 않는 빠른 신법과
은신능력이라 할 수 있었다. 얼마 가지 않아 현어운은 입구 쪽에 도착
할 수 있었고, 멀지 않은 곳에 일단의 무리들이 다가오고 있음을 느꼈
다.

몸을 날려 입구를 뚫고 솟아오른 현어운의 시야에 스무 명 정도의

무사들이 빠르게 이곳으로 접근하는 것이 보였다. 그들은 아무도 없는데 입구가 갑자기 뚫리는 것을 보고 깜짝 놀란 모습이었지만 이내 천천히 접근해 왔다.

안에서 아무런 반응이 없자 이들의 수장된 듯한 자가 외쳤다.

"아무래도 무슨 변고가 생긴 듯하다. 명령대로 벽력탄을 던져라. 그것을 던져 폭발시키면 곧바로 구유십오마들이 목숨을 바쳐 이곳을 폭발시킬 것이다."

그의 말에 두 사내가 품속에서 무언가를 꺼내는 것이었다. 하지만 채 꺼내들기도 전에 두 사람의 목과 사지가 순식간에 잘렸다.

"……?!"

"뭐, 뭐야?! 귀신이야!"

"비검귀영탈명이다! 다른 자가 던져라!"

다시 두 사람이 벽력탄을 꺼내었지만 던지지도 못하고 목과 팔이 함께 날아가 버렸다. 네 개의 벽력탄이 순식간에 어디론가 사라지자 남은 자들은 두려움에 뒷걸음을 치고 있었다.

"뭐 하느냐?! 어서 우리의 임무를 마쳐야 한다! 다른 자들이라도 던져라!"

"어, 없습니다. 우리가 지니고 있던 건 모두 네 개뿐입니다!"

"크악!"

그 말이 끝나자마자 다른 무사들이 하나하나 죽어가고 있었다. 그것도 모자라 이제는 죽어버린 자들이 지니고 있던 무기들이 공중으로 뜨자마자 회전하며 사람을 베면서 동시에 사라져 버리기까지 했다.

"도, 도망가라!"

수장의 말 한 마디에 남은 다섯 사람은 급히 몸을 돌려 도망가기 시

작했다. 하지만 그들은 자신들의 뒤를 따라 날아오는 무기들을 볼 수
가 없었다.

"크억!"

"……!"

도망가던 다섯 사람이 한순간에 목이 잘리며 자리에 쓰러지자 현어
운의 몸이 그제야 나타났다. 그와 동시에 입구에서 두 사람이 솟아올
랐다.

"정말이었군요……!"

"시간이 없어. 유림은 역 소저와 함께 이곳에서 이차로 오는 자들을
상대해 줘. 그들은 벽력탄을 터뜨려 구유십오마가 진동을 느끼도록 하
는 방식으로 명령을 전달하는 것 같아. 폭발에 의한 진동을 느끼면 구
유십오마가 곧바로 자신들이 지니고 있는 벽력탄을 터뜨리겠지."

지금 그의 품속에는 모두 열네 개의 벽력탄이 있었다. 얼마 있지 않
아 그의 수중에는 이보다 더 많은 벽력탄이 들어올 것이다.

현어운은 그녀의 대답을 듣지도 않고 입구 쪽으로 사라졌다.

"젠장… 그냥 가면 어떡하나! 만약 저놈들이 동굴 밖에서 터뜨리면
어떡하지? 그래도 진동은 느낄 수 있을 거 아냐?"

"아니요. 그런 걱정은 안 해도 되요. 동굴 안은 워낙 견고하게 이루
어져 있어 밖에서 벽력탄이 터져도 안에는 어떤 느낌도 받을 수 없어
요. 몇 년 전에 신록희에서 이에 관한 실험을 실제로 해본 것으로 알고
있어요."

"그럼 이곳으로 오는 놈들만 해결하면 되겠군."

그녀는 역야정의 말에 한결 편안한 표정으로 주변을 살피기 시작했
다.

"이상하군요. 마을 밖의 분위기가 묘해요."

만위령이 바깥으로 정보를 모으러 갔다 오자마자 남궁명욱에게 한 말이었다.

"아직 어운이 약속한 날짜가 아니지 않소?"

"그렇긴 한데… 사람들이 평소와 달리 거의 돌아다니지 않아요. 마치 두려운 자들을 피하는 듯 집 안으로 숨어들어 간 것처럼요."

"만 소저의 판단은 어떠하오?"

"현 동생이 예상치 못한 일이 발생했을 것 같군요. 마을의 분위기를 보면 그들이 잘 모르는 무림제왕성보다는… 정보원 말대로 이곳에 숨어 지내고 있는 신록희 무사들이 움직이고 있는 것일지도 몰라요."

"…그럼 만약을 대비하기 위함이니 역가장으로 가봅시다. 그쪽의 동태를 살필 겸 가보면서 무슨 일이 일어나는지 알아보는 것이오. 만약 어운의 예상과 달리 일이 빨리 터졌다면 우리들이 도와주어야 하지 않겠소?"

말이 끝나자마자 그와 조선영은 자리에서 곧바로 일어났다.

밖으로 나가 지붕 위로 경공술을 펼쳐 이동하면서 두 사람은 만위령의 말대로 마을의 분위기가 어제와는 많이 다르다는 것을 알 수 있었다. 활기가 죽고 침묵이 거리를 한껏 차지하고 있었던 것이다.

역가장으로 가는 길을 미리 익혀두었기에 거침없이 나아가던 남궁명욱은 건물 아래쪽에서 느껴지는 미세한 기운에 급히 몸을 뒤틀어 뒤로 이동했다.

쾅!

지붕이 박살나며 빛나는 검이 한 인영과 함께 하늘로 숫아올랐다.

그와 동시에 주변에서 열 사람이 지붕 위로 뛰어오르는 것이었다.

"여의대의 남궁명욱이 그렇게나 대단하다던데 오늘 견식 한번 해보는군."

'강자다!'

나타난 사람은 청의 장삼을 입은 이십대 중반의 사내로 얼굴 선이 여자처럼 가늘었지만 이목구비만큼은 남자다운 느낌을 여실히 풍기는 절세미남이었다. 새하얀 피부에 잘생긴 얼굴은 강함과는 거리가 있어 보이는 모습이었지만 남궁명욱은 단번에 상대가 만만치 않은 고수임을 알았다.

"우리가 무슨 목적을 가지고 있는지도 알고 있는가?"

"물론이지. 그런데 이건 모를 거야. 벽력탄을 가지러 오기 위한 임무단이 내일이 아니라 벌써 도착해 있다는 것을."

"……!"

"비검귀영탈명이 벽력탄을 제 나름대로는 가질 수 있을 것이라 생각했겠지만… 계획했던 것들이 뒤바뀌고, 작업장이 폭발한다는 것을 알면 자신의 부족함을 뼈저리게 느낄 것이다."

신록희가 작업장을 폭발시키고 이곳의 사람들을 모두 죽이겠다는 협박으로 벽력신천문의 목줄을 쥐고 있다는 사정을 정보원으로부터 들어 알고 있었다.

"신록희가 그나마 금탁과는 달리 힘을 사용하는 법을 잘 아는 곳이라 생각했는데 나의 생각이 틀렸구나! 너희들 또한 금탁의 잡졸들과 다를 바 없는 마의 집단일 뿐이다!"

남궁명욱은 검을 꺼내며 내공을 운용했다. 그의 전신에서 전에 없이 강렬한 기운이 뿜어져 나오자 여인처럼 생긴 사내를 제외한 다른 자들은 기운을 이기지 못하고 뒤로 물러나고 말았다.

"난 여의대주 남궁명욱이라 한다. 너의 이름은 무엇인가?!"

내공을 실은 외침은 건물을 울릴 정도로 강렬했지만 사내는 아무렇지도 않은 모습이었다.

"역시 전 창기대주다운 기개와 힘이군. 나는 이곳에 거주하는 신록회의 무사들을 책임지고 있는 신록본당에서도 비밀당의 당주인 검룡(劍龍). 어디 한번 어울려 볼까?"

"만 소저, 만 소저는 싸움일 일어나면 적당히 어우르는 척하다 이곳을 빠져나가 역가장으로 가보시오. 그곳에서 무엇이 일어나는지를 확인하고 어운을 도울 방법이 있으면 도와주시오."

남궁명욱의 전음에 만위령은 무겁게 고개를 끄덕였다. 이들이 이렇게 갑자기 나타나는 것으로 대부분의 상황을 판단할 수 있었다.

'우리들이 노출될 것은 알았지만 이렇게 빨리 노출되다니. 그런데 이들의 대응이 너무 과잉된 듯해. 무슨 일이지? 마치 현 동생이 벽력탄을 제거할 것이라는 것을 아는 것처럼……. 하지만 그럴 리가 없으니 또 다른 이유가 있는 것인가?

만위령의 상념은 남궁명욱과 검화가 서로의 검을 부딪치는 광경을 보고 끝이 났다. 그녀는 품속에서 날카로운 단검을 몇 개를 꺼내 들어 소맷자락 속에 감추었다. 그녀의 두 눈에서 서서히 살기가 피어오르고 있었다.

"대체 무슨 일이오?! 우리는 항상 당신들에게 벽력탄을 바쳐 왔고 의심 갈 만한 짓도 하지 않았지 않소?"

역가장 안은 순식간에 들이닥친 무사들로 인해 엉망이 되어 있었다.

한순간에 역가장의 식솔들이 대청 앞에 강제로 모여들었고, 역환후 또한 내일의 일에 대해 생각하며 마음을 다잡고 있다가 이들에게 끌려나가는 봉변을 당하고 말았다.

그러나 그보다 놀라운 것은 내일이면 도착하는 것으로 알고 있었던 임무단이 벌써 도착해 있다는 사실이었다. 항상 임무단의 단주로 오는 신록본당 서열 십 위 섬혈잔지(殲血殘指) 용악구가 자신을 노려보며 싸늘하게 웃고 있는 모습에 가슴이 서늘해지는 그였다.

남보다 유난히 길고 하얀 손가락이 눈의 띄는 사십대 중반의 그는 날카로운 눈매와 일그러진 입매가 성정을 고스란히 보여주고 있었다.

그의 섬뜩한 눈빛을 보니 어쩌면 모두 알고 온 것 같다는 느낌이 들었다.

"네 딸년이 사라졌다는군. 여의대의 비검탈명귀영이란 놈과 괴장투녀가 딸년과 함께 있는 것 맞지? 비밀당주와 함께 과연 그 세 놈이 어딜 갔을까 생각해 보았는데… 작업장 외에는 달리 갈 데가 없더군. 세 연놈이 눈이 맞아 도피행각을 벌인 것이 아니라면 말이야. 흥!"

그의 말에 심장이 덜컥했지만 역환후는 어리둥절한 표정으로 태연히 말을 받았다.

"도무지 무슨 말인지 모르겠소. 술에 절어 사는 내 딸을 포기한 지 이미 몇 년이 지났는데 그녀가 무얼 하는지 내가 알 리가 없소. 식솔들을 죽이는 행동은 하지 마시오!"

"그럼 어디 한번 두고 보자. 네가 모른다고 하지만 구빙산이 폭발한다면 네 딸년이 허튼수작을 하고 있었다는 증거가 되니까. 만약 그렇다면 이곳에 있는 모두가 죽을 줄 알아라. 희주님의 특별 명령까지 내려온 상태이니 자비 따윈 바라지도 말거라."

“……!”

“그리고… 아무 일 없이 끝난다면 이번에 새로 개발한 벽력탄을 다음 달 말까지 여섯 개를 만들어 바쳐라.”

“……! 그건 무리요! 신형 벽력탄은 석 달에 겨우 세 개를 만들 수 있는데 한 달만에 그 두 배인 여섯 개를 만들라니…….”

“그래서? 안 된다는 말인가, 늙은이? 지금까지 우리는 그쪽의 사정에 맞추어 벽력탄을 받아왔지 않은가? 그런데 이번에 처음으로 우리 신록회의 사정에 맞추어달라는데, 그것이 힘들단 말인가?”

“…그건……!”

“흥! 조용히 해! 이건 희주님의 지엄하신 명령이다. 너희들의 사정은 알 바가 아니니 무슨 수를 써서라도 여섯 개를 만들어라. 그렇지 않으면 어떤 결과를 가져올지는 네놈이 상상하기 나름일 것이다.”

“으음……!”

역환후는 이들이 무림제왕성과 전쟁을 벌이려는 것임을 알 수 있었다. 그렇지 않고서야 그 짧은 시간에 그렇게 많은 벽력탄을 달라는 무리한 요구를 할 리가 없었다.

“비밀당주가 여의대원 나머지를 잡아오기 전에 결정해야 할 것이다. 어떻게든 만들어줄 것인지 아니면… 이대로 모든 것을 끝낼 것이다. 물론 네 딸년이 허튼수작을 하지 않았다는 게 확인된 후여야겠지만!”

장내는 한동안 침묵으로 뒤덮였다. 용악구는 잠시 주변을 돌아보며 사람들을 살폈다. 모두들 두려움에 떨고 있었지만 그들의 눈빛 속에는 아직도 신록회에 대한 반감이 깊게 박혀 있는 것을 그는 알 수 있었다.

‘흥! 역야정이 그곳에서 무슨 일을 벌이려 한다는 걸 나는 확신하고 있지! 곧 있으면 모두 살려달라는 애원을 해야 할 것이다.’

그때 역가장 내부를 샅샅이 뒤지러 간 수하들이 돌아왔다.

"안에는 아무도 없었습니다."

"벽력탄은?"

"없었습니다."

"……?!"

그 말에 놀란 것은 오히려 역환후였다. 분명 자신의 방 모처에 내일 현어운에게 주려 했던 여분의 벽력탄과 신형 벽력탄이 있는 청동갑 두 개를 놔두었었다. 그런데 없었다고 한 것은 그들이 아직 찾지를 못했거나 아니면 없어졌다는 말이 되었다.

'그럼……?!'

"늙은이! 벽력탄은 어디에 있지? 우리에게 넘길 신형 벽력탄 말이다!"

"수하들이 아직 찾지 못한 것이 아닌가 싶소. 내 방의 탁상을 보면 구분하기 힘들 정도로 바닥과 연결이 되어 있소. 그것을 좌측으로 세 번, 우측으로 두 번 돌리면 탁상을 들 수 있을 것이오. 거기에 벽력탄이 있소이다."

그때 보고를 올린 수하가 용악구에게 작게 이야기하자 용악구는 눈살을 찌푸리며 소리쳤다.

"거짓말을 할 테냐?! 내 수하들이 그런 단순한 기관장치 하나 못 찾을 것이라 생각했느냐? 그곳은 이미 살펴보았고 아무 것도 없음을 확인했다!"

"그럴 리가……? 분명 조금 전만 해도 확인했었는데……?"

역환후는 자신의 생각이 맞자 안도의 한숨을 쉬며 능청스런 연기를 했다.

“벽력탄… 고맙게 받겠다.”

“……!”

“누구냐?!”

어디선가 갑자기 들려온 소리에 용악구는 대경하며 외쳤다.

“너의 뒤다.”

“하앗!”

자신의 지척에서 누군가의 목소리가 들려오자 용악구는 볼 것 없이 곧바로 몸을 돌려 상대를 향해 섬혈지를 시전했다.

피피핑—!

양손에서 뻗어나간 적색 지강 다섯 개가 강렬히 회전하며 아무도 없는 허공을 스친다.

“크아악!”

그와 몇 장 떨어져 있던 세 명의 수하들이 처참한 비명을 지르며 자리에서 쓰러졌다. 모두 가슴에는 날카로운 무언가에 찔린 상처가 나 있었다.

“…누구냐?!”

“여기다.”

좌측에서 들려오는 목소리에 용악구는 천천히 몸을 돌렸다. 그곳에는 피 묻은 단검을 들고 있는 현어운이 서 있었다.

“신록희도 겨우 이 정도인가? 내가 역야정과 같이 있다는 헛소리는 대체 누구의 작품이지?”

현어운은 구빙산의 작업장에서 눈부실 정도로 빠르게 구유십오마를 죽인 뒤 밖으로 나왔다. 하지만 늦었을 것 같은 느낌에 어쩔 수 없이 저쪽의 경계로 넘어가고야 말았다. 덕분에 이토록이나 빨리 올 수 있었지만 앞으로 몇 번 남지 않았다는 예감에 마음은 찜찜할 수밖에 없었다.

"비검귀영탈명… 네놈이 이곳에 있었다니! 대체……!"

"여의대의 능력을 잘못 파악한 것 같군. 너희들이 이런 식으로 나올 것이란 것쯤은 충분히 파악하고 있었다. 덕분에 쉽게 벽력탄을 회수할 수 있어서 다행이군."

현어운은 비릿하게 웃으며 품속에 있는 청동갑을 꺼내 보였다.

"그럼 다음에 보자."

현어운의 신형이 솟아오르자 용악구가 곧바로 섬혈지를 시전했다. 쌍수에서 나간 다섯 개의 지강이 현어운의 뒤를 쫓았지만 순식간에 그의 신형이 공중에서 사라져 버리자 지강은 애꿏은 벽에 구멍만 낼 뿐이었다.

"흥! 네놈이 스스로 무덤을 파는구나. 벽력탄을 담은 목갑에는 특수 제작된 천리향이 묻어 있지. 그리고 네놈에게는 불행하게도, 이곳에 있는 모두가 천리향의 냄새를 맡을 수 있도록 훈련 받은 자들이다. 일대와 이대는 그들을 쫓아라! 삼대는 이곳에 남아 이들을 감시한다!"

수십 명에 이르는 무사들이 역가장 담을 뛰어넘어 현어운을 쫓으러 가자 용악구는 역환후를 돌아보며 말했다.

"어떻게 될지는 모르지만… 내가 한 말을 기억해라. 일단 모두 죽일 일은 없어서 우리도 수고는 덜었군. 흥!"

날카로운 코웃음과 함께 용악구는 부단주인 서열 삼십팔 위 적화검(赤火劍)에게 이곳을 맡기고 현어운의 뒤를 쫓아갔다. 삼대와 적화검을 남긴 이유는 무림제왕성에서 역가장의 씨를 말릴 것에 대비하기 위해서였다. 그동안 보아온 무제라면 충분히 그럴 만했다.

‘부디 당신의 목표를 이루시오. 그럼으로써 역가장과 구빙록이 안전할 수 있다면… 이미 생사를 알 수 없는 아들의 목숨 하나를 포기하는데 미련은 없지 않겠소!’

역환후는 자신의 아픔을 드러내지 않기 위해 두 눈을 감아버렸다.

밖으로 나와 한참 구빙산으로 향하던 현어운은 여의대의 세 사람에게 지금의 사태를 알리지 못한 것을 알고 다시 방향을 바꾸었다.

‘어차피 그들을 유인해야 했는데 잘됐군!’

현어운은 이매망량을 유지한 채 거침없이 건물의 지붕 위를 가로질렀다. 한참을 돌아가던 현어운은 어느 순간 멀리서 수십 명의 기척이 느껴지자 고개를 끄덕였다. 곧바로 방향을 바꾸어 그들을 향해 접근하던 그는 이상한 점을 발견했다.

‘내가 있는 쪽으로 정확히 오고 있잖아?’

우연치고는 그 방향이 너무나 정확해 순간 저들이 자신의 기척을 느낄 수 있는 초고수들이 아닌가 착각했을 정도였다. 하지만 움직임이나 기운 등으로 느끼건데 그 정도로 강한 자들은 아니었다.

‘그럼 대체 뭐지?’

그는 일단 자리에 가만히 서 있기로 했다. 그러자 얼마 있지 않아 역가장에 있던 신록희의 무사들이 나타나더니 정확히 자신을 바라보며 주위를 둘러싸는 것이 아닌가? 어떤 영문인지는 몰랐지만 현어운은 차라리 잘된 것이라 바꿔 생각했다.

‘어쩌면 이 청동갑 때문에 날 알아차리고 있는 것일지도 모른다. 덕분에 굳이 내가 너희들을 유인할 필요는 없겠구나. 능력껏 날 따라오너라. 일단 수를 줄여 너희들 모두의 병력이 나를 따라오도록 만들겠다!’

현어운의 단검과 도끼가 그의 몸에서 벗어났다. 모습을 감춘 채 맹렬히 회전하며 날아간 두 무기는 순식간에 두 사람의 목을 갈라 버리고 회선하여 다른 두 사람을 또 갈라 버렸다.

"……!"

현어운의 몸이 순식간에 포위를 벗어나자 잠시 넋이 나갔던 무사들은 어느새 다가온 용악구의 호통에 정신을 되찾을 수 있었다.

"뭣들 하느냐?! 냄새를 통해 위치를 파악할 수 있다면 아무것도 아닌 놈이다! 어서 쫓아라!"

수하들이 일제히 장내를 빠져나가자 용악구는 눈살을 찌푸리며 죽은 수하들의 시체를 살펴보았다.

"음……."

절세의 보검을 사용한 건 아닌가 생각될 정도로 잘린 단면이 너무나 말끔했다. 이 정도라면 절대고수의 반열이라 해도 전혀 무리가 없는 무공이었다.

"이제 겨우 스물 중반이라는 놈이 이 정도의 무공을 지니고 있다니……."

그러나 용악우는 현어운이 비록 낙불과 패련도를 죽였을 정도로 무공이 뛰어나다 하더라도 그것은 어디까지나 보이지 않는 괴이한 은신술 때문이라 생각하고 있었다.

"흐흥! 네놈이 알량한 무공을 믿고 재주를 부리나 본데… 과연 이곳에 포진해 있는 이백에 가까운 자들을 상대할 수 있을 것 같으냐? 더구나… 조금만 더 있으면 그분께서 오실 터이니……."

묘한 여운을 남긴 채 용악구는 그곳에서 사라졌다. 불길한 바람이 불어오고 있었다.

남궁명욱은 예상보다 훨씬 강한 검룡의 무공에 크게 고전하고 있었다. 나이가 아직 삼십이 채 되지 않은 자가 무공은 이미 절대고수의 반열에 들었으니 진정 놀라운 일이 아닐 수 없었다. 꼭 나이에 따라 무공이 높아야 된다는 건 아니었지만 특이한 경우인 것은 분명했다.

'마치 어운이나 유림의 경우 같군!'

남궁명욱은 재차 창궁무한검을 시전하여 검룡의 거칠고 빠른 공격을 막아내었다.

카카캉!

검룡은 검강을 휘두르며 일정한 초식없는 무초식의 검을 펼쳐 낸다. 남궁명욱의 검법에는 결코 허점이 없었지만 검룡은 강제적으로라도 허점을 만들어 그곳에 살초를 찔러 넣었다. 철저한 실전 위주의 검법을 익힌 셈이었다.

'상대하기가 까다로운 자다! 결국 절초를……'

역가장에 무슨 일이 생겼는지, 또 현어운과 전유림에게 무슨 일이 생겼는지 알기 위해서는 이들을 빨리 물리치고 가봐야 했다. 결국 절초를 펼치기로 마음먹은 남궁명욱은 강력한 한 수로 검룡의 밀려나게 했다.

"이제야 본 실력을 보여주는 것인가?"

"조심하시오. 난 아직 눈이 달린 검을 사용하지 못하니 목숨을 보장할 수 없소."

쉬이익!

바람을 찢어발기는 듯한 소리를 내며 창궁형충(蒼穹炯衝)의 살초가 뻗어나간다. 푸른 빛이 눈부시게 사위를 비추고, 이 척이 넘는 검강이 무엇이든 꿰뚫을 것같이 날카롭다.

카아이아앙─!

빠르고 강력한 한 수가 검룡의 검강에 막히자마자 남궁명욱은 반탄력에 뒤로 물러날 수밖에 없었다. 그러나 몸을 추스르기도 전에, 검룡의 검이 열 개로 늘어나며 그의 전신을 찔러갔다. 환검으로서는 그다지 화려하지 않지만 검 하나하나에 강력한 힘이 실려 있음을 그는 알 수 있었다.

"창궁풍멸환!"

남궁명욱이 내공을 급히 끌어올려 창궁풍멸환을 시전했다. 수십 위를 순식간에 점한 검에서는 상상도 하지 못할 무시무시한 검풍이 검강과 함께 일어났다.

한순간에 자신의 전신을 휘감은 검풍에 깜짝 놀란 검룡이었지만 그는 막을 생각도 없는지 내뻗던 검초를 바꾸어 남궁명욱의 배를 가른다. 단순한 횡소천군의 일식이었지만 너무나 시기적절했다.

"크윽!"

"으음……!"

창궁풍멸환은 고난도 초식으로 검이 신화경에 이르지 않은 이상 한 번 펼치면 회수하기가 매우 어려웠다. 그에 반해 시기적절히 시전한 횡소천군은 공격하고 빠지는 수가 매우 빠르기 때문에 그 찰나의 순간에 검룡은 공격을 하고 몸을 빼낼 수 있었다.

덕분에 이번의 부딪침으로 남궁명욱이 큰 손해를 볼 수밖에 없었다. 검룡의 전신에 핏물이 베였지만 상처는 깊지 않은 듯했다. 이에 반해 남궁명욱의 배에서는 피가 뭉클뭉클 솟아오르고 있었다.

'과연, 겸성무보다 더욱 강하구나! 검의 이점과 초식의 장단에 대해

모두 꿰뚫고 있다. 이번 수로 내가 검룡보다 못하다는 것이 확연해졌
구나!'

패배는 수치스럽지 않았지만 지금 처한 상황에서의 패배는 큰 문제
가 있기에 절로 마음이 조급할 수밖에 없었다.

"대주! 제가 있으니 마음을 가라앉히세요! 아직은 시간이 있습니
다!"

다른 자들과 힘겹게 싸우고 있던 조선영은 남궁명욱의 패배를 보고
놀랐지만 이내 그의 마음을 읽고 외쳤다. 그러자 남궁명욱은 배가 갈
라진 고통의 외중에도 마음이 가라앉는 것을 느꼈다.

'그래, 아직 시간은 있고… 승패는 가려지지 않았다!'

그는 가물가물한 의식을 다잡으며 두 눈을 부릅떴다. 그의 눈에서
줄기줄기 뻗어나오는 무시무시한 투기에 검룡은 피식 웃을 뿐이었다.

"투지는 좋지만 몸은 끝났어."

그의 검이 번개처럼 남궁명욱의 검을 든 팔을 향했다. 배에 힘이 들
어가지 않을 때 가장 운신이 힘든 곳 중의 하나가 팔이었기 때문에 아
주 적절한 공격이었다.

"……!"

조선영은 몸을 빼내 그를 도와주고 싶었지만 열 명의 무공 또한 만
만치 않아 그럴 수가 없었다. 하나하나라면 충분히 이겼겠지만 열이
모이니 그녀로서도 쉽게 상대하지 못하고 있었던 것이다. 만위령이라
도 있었으면 좋았겠지만 그녀는 이미 몸을 빼내 역가장으로 간 후였다.

콰콰쾅!!

"우악!"

이매망량을 풀고 조금은 편한 마음으로 몸을 날리던 현어운은 어디선가 강력한 기의 흔들림이 일어난 것을 느낄 수 있었다. 그냥 모른 척 지나칠 수도 있었지만 지금은 조금이라도 이상한 상황이 일어나면 알아볼 필요가 있다 생각한 그는 이매망량의 상태가 되어 빠르게 몸을 날렸다.

'아니?! 대주!!'

순식간에 장내에 도달한 그는 이내 놀라운 장면을 목격할 수 있었다. 배가 피로 흠뻑 젖어 있는 남궁명욱을 향해 오 척은 족히 넘는 검강을 뿜어내며 공격하는 사내를 본 것이다.

그러나 더욱 놀라운 것은 검강이 지척까지 다가갔을 때 남궁명욱의 검이 너무나 빠르게 솟아올라 사내의 검강과 부딪친 것이다.

폭음이 울리고, 사내는 비명을 지르며 뒤로 멀리 밀려나고 말았다. 입가에서는 피까지 흘리고 있어 남궁명욱의 일격이 보통 강한 것이 아님을 알 수 있었다.

'내가 사용할 수 있는 초섬유성수보다 더 빠르잖아?! 대체 저건……?!'

"천뢰섬검(天雷閃劍)……!"

검룡은 자신이 당한 것이 수치스러운 듯 이를 꽉 깨물며 남궁명욱을 노려보았다. 설마 그가 그 순간에 남궁세가의 알려져 있는 절기 중 가장 강하다는 천뢰섬검을 시전할 수 있을 줄은 꿈에도 몰랐다.

하나 이번의 일격으로 남궁명욱은 더 이상 싸울 수 없는 지경에 이른 듯했다. 그의 복부에서는 피가 주르륵 흘러내리고 있었고 입에서도 내상으로 피를 게워내고 있는 것이었다.

"이 정도면 잘 싸웠다. 이제는 완전히 끝내주지."

입가의 피를 닦으며 검룡은 검에서 다시 검강을 뽑아내었다. 짙푸른 검강이 진동을 일으키며 솟아올랐고, 검룡은 누가 쫓아오기라도 하듯 재빨리 그에게로 날아갔다. 지붕을 밟아 몸을 도약하여 움직이지 못하는 남궁명욱을 향해 최후의 일격을 가하려는 순간, 그는 뒤늦게 코를 간질이는 희미하면서도 익숙한 냄새를 맡을 수 있었다.

'천리향! 아뿔싸!'

생각은 순간이었지만 이미 벌어진 비극적인 결말은 피할 수가 없었다. 그의 검강이 반으로 뚝 갈라지면서 소멸되고 뒤이어 그의 팔이, 그리고 목이 잘리며 바닥에 쓰러진 것이다.

"……!"

남궁명욱은 갑자기 일어난 놀라운 사태에 두 눈을 크게 뜨며 주변을 돌아보았다. 그때는 이미 조선영을 공격하던 열 사람들이 하나하나 죽어가고 있었다.

"어운……!"

조선영 또한 이 놀라운 상황에 주변을 두리번거릴 때 열 사람의 생명이 순식간에 사라지며 현어운이 모습을 드러내었다.

"현 대협이었군요."

실제로 그의 무공을 겪은 건 이번이 처음이었기에 그녀의 담담한 말투 속에는 놀라움이 담겨 있었다.

"대주 괜찮습니까?!"

배에 입은 검상이 심각해 이대로 놔두었다가는 큰 부상을 입을 것 같았다. 그제야 자리에 주저앉은 남궁명욱은 배가 접히자 더 고통스러워 아예 드러누워 버렸다.

"윽……! 나보다 강한 자는 너무나 많구나……. 배울 점이 많은 싸움이었어. 어운, 더 이상 도와주지 못할 것 같아서 미안하다.”

“말을 많이 하지 마세요!”

그때 조선영이 급히 다가오더니 내상약을 꺼내 그에게 먹였다. 급히 혈을 눌러 지혈하는 것을 보고 그제야 현어운은 자신도 그를 위해 치료를 해야 한다는 생각을 했다.

“검상이 너무 깊어요. 이대로 놔두었다가는 죽을지도 몰라요. 어서 의원의 치료를 받아야 합니다.”

“음……!”

강인한 성정에 강한 무공을 지니고 있던 남궁명욱이 한순간에 이렇게 된 사실이 믿기지 않았지만 현어운은 그가 지금 매우 위중한 상태라는 걸 인정해야만 했다.

“괜찮아… 어서 어운 자네가 옳다고 믿는 일을 하게……. 벽력탄을 어서… 없애게…….”

“……!”

현어운은 자신의 생각을 이미 알고 있는 남궁명욱의 말을 듣고 놀라면서도 한편으로는 미안한 감정이 들었다. 자신은 이들을 속이고 일을 하려 했는데 이들은 그런 자신을 탓하지 않고 오히려 그 마음을 이해하고 도와주려 한 것이다.

“조 소저, 나를 따라오시오.”

현어운은 조심스럽게 남궁명욱을 두 팔로 안아 올린 뒤 묶고 있던 객잔으로 몸을 날렸다.

객잔에 도착한 현어운은 조선영에게 물어 만위령의 방으로 간 뒤 맡겨두었던 자신의 짐을 뒤졌다. 무림에 처음 나왔을 당시에는 항상 품속에 들고 다니던 상처 봉합을 위한 도구들을 꺼낸 그는 침상 위에 누워 있는 남궁명욱의 옷을 단검으로 잘랐다.

"젠장… 조 소저는 지금 객잔으로 가서 독한 술을 가져다 주시오."

"알겠어요."

그가 치료하려는 것임을 안 그녀는 급히 객잔으로 갔다. 그녀의 뒷모습을 잠시 바라본 그는 문득 이상한 생각이 들었다. 바로 조선영이 남궁명욱을 마음에 두고 있는 것일지도 모른다는 것.

그러고 보면 항상은 아니더라도 조선영은 남궁명욱과 같이 있는 시간이 많았다. 그를 싫어하는 듯한 말을 꽤 많이 하기도 했지만 그것은 오히려 관심의 또 다른 표현이라 해석할 수도 있었다.

'미쳤군, 정과 사의 서로 다른 길을 걷는 남녀가 좋아하는 마음이 있을 리가 없잖아. 더구나 대주님은 결혼을 한 몸이야.'

자신의 어처구니없는 상상력을 뒤로 접으며 그는 이내 자신을 뒤쫓아올 그들을 걱정하기 시작했다. 그래도 그의 손은 쉬지 않고 남궁명욱의 옷을 벗기고 있었다.

"여기 있어요."

조선영이 재빨리 뛰어와 네 병을 건네주자 현어운은 한 병을 상처 부위에 조심스럽게 부었다. 피가 굳어 옷과 붙은 부분이 소독이 되면서 동시에 떨어져 나갔고, 한 병을 다 붓고 나서야 옷 조각을 완전히 떼어낼 수 있었다.

현어운은 긴장된 가슴을 가라앉히며 조선영에게 말했다.

"조 소저, 곧 있으면 나를 추적하던 신록회의 무사들이 올 것이오. 상처 봉합술이 얼마나 오래 걸릴지 모르니 그들이 이곳으로 쳐들어오는 것을 막아주셨으면 하오."

“알겠어요.”

“신록본당의 서열 십 위 섬혈잔지라는 자가 그들의 수장이니 조심해야 하오.”

그는 말을 마치자마자 곧바로 상처 봉합을 위해 실을 묶은 바늘을 가지고 조심스럽게 그의 상처에 끼우기 시작했다.

그 모습을 지켜보던 조선영은 평소에 바보 같고 순진하던 그가 의술에서 최고의 경지로 치는 상처 봉합술을 하는 모습에 불안하면서도 놀라움을 금치 못했다.

‘부디 좋은 결과를 얻기를……’

진심으로 바라며 그녀는 환검을 뽑아 검집을 버리고 건물의 지붕 위로 올라갔다. 멀리서 지붕 위로 이동하는 일단의 무리들이 보이자 그녀는 검을 하늘 위로 쳐들어 시선을 집중시켰다. 그러자 무리들이 일제히 그녀를 향해 다가왔고 그녀는 검을 내밀어 두 눈을 가만히 감았다.

‘이제는… 그것을 쓸 수 있다.’

그녀는 치료를 하는 현어운과 의식을 잃은 남궁명욱을 지켜줄 자신이 있었다.

현어운은 간혹 초섬유성수로 상처 봉합술을 시술하는 것을 상상하곤 했었다. 어디까지나 상상만으로 끝나 버렸지만 내심 잘할 수 있을 것이라 자신했지만 막상 해보니 보통 힘든 것이 아니었다. 초섬유성수는커녕 제대로 봉합을 하고 있는 것인지도 의문이 갔다.

‘아니다! 지금은 나약한 소리를 하지 말자. 목숨을 살리는 일에 주저함이 없어서는 안되지. 섬수신의가 시술하던 장면을 떠올려 봐라,

어운!'

귓전을 간지럽히는 병장기 소리를 애써 지우며 그는 바늘을 든 손을 분주히 놀렸다. 반 정도 봉합했지만 지금이 더욱 중요했다.

"상처 봉합술을 할 때 결코 떨거나 스스로에 대한 의구심을 가져서는 안 된다. 그런 생각을 가지는 순간 이미 상처 봉합은 제대로 되지 않지. 간단한 상처를 봉합하는 것은 크게 문제가 되지 않겠지만… 큰 상처를 봉합할 때 제 대로 봉합하지 않으면 상처가 덧나고 오히려 큰 병을 얻을 수가 있다. 과감함 과 정확성, 신속성이 중요하다. 하긴… 네놈이 뭘 알겠느냐. 쯧쯧……."

현어운은 섬수신의의 놀랍도록 빠르고 정확한 손놀림을 분명히 기 억하고 있었다. 대부분 작은 상처들이었지만 그 손놀림에는 과감함과 정확성이 깃들어 있음을 알았다. 그의 손놀림을 떠올리면 떠올릴수록 그의 손도 점차 빨라졌다.

우우우우웅!!

건물 전체가 흔들릴 정도로 강력한 힘이 소용돌이치며 그의 집중을 방해했지만 지금 이 순간만큼은 그 어떤 것도 그를 막지 못했다.

쿠쿠쿵!

"크아아악!"

조선영의 환검에서 푸른 빛이 명멸하며 검강이 사방으로 뻗어나갔 다. 마치 화살이 먹이를 노리는 것처럼 주위가 그녀의 검강으로 뒤덮 여 있었다.

"피해라!"

퍼퍼퍼펑!

그녀의 몸이 돌고 돌며 끊임없이 원을 그린다. 그녀의 검에서 방출되는 검강들이 회오리치며 주변을 휩쓸어 버릴 듯이 거칠다.

그녀의 검강이 화려하게 불을 뿜으며 뻗어나가면 나갈수록 그녀의 얼굴에서는 땀이 비오듯 쏟아지고 있었지만 무공을 결코 그만둘 생각이 없어 보였다.

지금 객잔의 지붕 주위에는 오십여 명의 무사들이 남아 있었는데 이미 삼십 명이 넘는 자들이 그녀의 검에 목숨을 잃고 쓰러져 있었다.

그녀는 그것으로도 부족한지 그들의 한가운데로 몸을 날려 재차 검강을 뿜어내었다. 하지만 그녀의 검강이 채 뻗어나가기도 전에 어디선가 강렬한 지강 몇 줄기가 날아와 그녀의 전신을 노렸다.

"……!"

이미 위험을 감지한 그녀는 재차 몸을 회전시켜 원래대로 돌아오는 원심력을 이용해 지강을 갈라 버렸다.

콰콰쾅!!

지강과 부딪치자 그녀는 큰 충격을 받으며 뒤로 물러날 수밖에 없었다. 그때 또다시 조선영을 향해 지강 다섯 줄기가 뻗어나가자 그녀는 몸을 회전시키며 다시 검을 휘둘렀다.

카카캉!

"으윽!"

그렇지 않아도 과도한 내공을 소모하여 내상을 입고 있던 그녀는 이번의 일격으로 입에서 피를 토하고 말았다. 모습도 보이지 않는 자의 지강에 당한 것이 자존심 상했지만 아마 그가 바로 현어운이 말했던 섬혈잔지일 것이라 생각하며 허리를 꼿꼿이 폈다. 신록희 따위에게 지고 싶지 않았다.

"흥! 제법이군. 해동마녀의 무공이 잘 알려져 있지 않았는데 이제
보니 상당했구나."

그녀의 앞에 모습을 드러낸 용악구는 그녀의 아래에 비검귀영탈명
이 있는 것을 알고 수하들에게 지시를 내렸다.

"아래로 내려가 잡아오너라."

그저 그런 무공을 지니고 있는 그들이 현어운을 잡을 수 있을 리 만
무했지만 용악구는 전혀 신경 쓰지 않고 그런 명령을 내렸다. 그는 그
런 자였다.

"마지막 공격할 기회를 주마. 어디 할 수 있는 만큼 다 토해내 보아
라."

용악구의 오만한 말에 조선영은 싸늘히 웃으며 늘어뜨렸던 검을 고
쳐 잡았다.

"싸움에 임하는데 있어서 그런 자세만큼 어리석은 것도 없습니다.
각오하십시오."

"흥! 이런 자신감도 자격이 있어서 가능한 것임을 모르느냐? 네년
따위의 무공으로는 날 어찌할 수 없다."

"……."

지독한 모욕에도 조선영은 흔들리지 않았다. 그저 검을 내밀어 검
끝을 그의 인중에 맞추어 들을 뿐이었다.

해동참(海東斬). 만상의 진리를 베어낼 수 있을 때에야 진정한 해동
참을 시전했다 할 수 있지만 그녀는 아직까지 그 정도는 되지 않았다.
하지만 여의대에 들어오기 전까지는 시전조차 하지 못했는데 이제는
그 흉내라도 낼 수 있으니 장족의 발전이라 할 수 있었다.

'이제는 할 수 있다. 세상의 모든 것을 베어라.'

검에서 엄청난 기운이 뿜어져 나와 정확히 용악구의 인중을 노린다. 그리고 그 기운이 가면 갈수록 강해지자 용악구의 안색이 점점 굳어져 갔다.

용악구는 그녀의 일격이 심상치 않을 것임을 느끼고는 검지와 중지에 기운을 모았다. 그저 팔을 축 늘어뜨린 채 아무렇지도 않은 자세로 기를 모으고 있었지만 그 대상이 되고 있는 조선영은 자신의 기운이 흐트러지는 것을 느낄 수 있었다.

"……!"

그녀는 입술을 깨물고 그의 기운에 대항에 더욱 내공을 끌어올린다. 그렇게 되자 서로 간에 기 대결로 이어지게 되었다.

"크아악!"

"아악!"

그때 건물 안으로 들어갔던 수하들의 처참한 비명 소리가 들려왔고 그와 동시에 두 사람의 공격이 이루어졌다.

고오오오—!

그녀의 검이 인중에서 회음으로 정확히 그어지며 가공할 기의 파도를 일으켰고, 용악구의 두 손가락에서 붉은 빛이 반짝인다.

우우우웅!!

엄청난 진동음이 공기마저 뒤흔드는 것 같았다. 그와 동시에 용악구는 순간 자신의 전신이 절반으로 갈라졌다는 착각을 일으켰다.

"크으으으!!"

지독한 공포와 함께 그는 자신도 모르게 비명을 지르며 뒤로 물러났다. 자신이 움직이고서야 상상이 착각이었음을 안 용악구는 수치스런 마음을 이기지 못해 얼굴을 일그러뜨리며 조선영을 바라보았다.

“음······!”

그녀의 검은 부서져 있었고 왼팔은 지강에 파헤쳐진 듯 살이 벗겨져 나가 뼈가 드러나 보일 정도로 심한 부상을 입은 상태였다. 입가에서 흘러내리는 피는 이내 줄기가 되어 울컥울컥 쏟아졌다.

“이년··· 죽여 버리겠다!”

‘아직··· 베지 못했어······.’

그녀는 검을 쥐고 있던 자세 그대로 검을 놓쳐 버리고 땅에 주저앉아 버렸다. 더 이상 서 있을 힘이 없었던 것이다.

용악구는 분노하며 그녀를 향해 다섯 줄기의 지강을 시전했다. 적색 지강이 호선을 그리며 그녀의 목숨을 취하려 할 때, 놀라운 상황이 일어났다. 구슬만한 지강들이 돌연 무언가에 의해 한꺼번에 반으로 갈라지며 소멸되어 버린 것이다.

“아니?!”

그러나 그는 그 이상의 말을 꺼낼 수가 없었다. 이미 그의 목이 땅에 떨어졌기 때문이다.

그의 뒤에 나타난 현어운은 손에 쥐고 있던 단검을 뒤로 아무렇게나 던져 버렸다. 뒤이어 그것은 맹렬히 회전하며 남아 있는 무사들을 향해 날아갔다.

“피해라!”

“도망가!”

현어운은 조선영에게로 다가가 내상약을 꺼내 입에 넣어주었다.

“이동해야 할 것 같은데 조금만 더 견딜 수 있소?”

“······.”

조선영은 곧바로 고개를 끄덕였다. 현어운은 그녀가 움직이기 힘든 것을 알면서도 어쩔 수 없이 자리에서 일어났다. 지금 도망가지 않으면 남궁명욱과 조선영을 보호하기 힘들었기 때문이다.

아래로 내려간 현어운은 남궁명욱을 안고 나와 그녀와 함께 어딘가로 사라져 버렸다. 여전히 회전하며 무사들을 위협하던 무기는 그가 사라지고 나서야 바닥에 떨어졌다.

第五章
믿을 수 없는 죽음

　우리는 이 자객행에서 죽을 수도 있음을 알고 있었다. 특히 나를 제외한 다른 네 사람은 사실상 죽으러 가는 것이나 마찬가지였다. 그러나 그들은 항상 밝았고, 나 역시 그들에게 슬픔을 주기 싫어 애써 웃었다. 그들은 죽는 것을 알고 있었으면서도 어떻게 그렇게 밝은 모습으로 모든 것을 준비할 수 있었을까? 그것은 아직도 이해할 수 없다. 단지… 그들은 자신들이 할 일이 있다는 것에 만족했다는 것만 이해할 뿐이다.

南궁명욱과 조선영이 크게 다친 상태이기 때문에 현어운과 조선영의 이동은 더딜 수밖에 없었다. 거친 숨을 몰아쉬며 그의 뒤를 따르던 조선영은 자신들이 가는 방향에 의문을 가지며 물었다.

"어디로 가는 것이죠?"

"구빙산에 있는 벽력신천문의 작업장으로 가는 것이오. 그곳에 유림이 있는데… 신록희가 작업장을 폭발시키려는 걸 막고 있소. 혼자서는 힘겨울 터이니 내가 가서 도와주려 하오. 그리고 두 사람도 작업장의 동굴에서 상처를 돌보아야 하지 않겠소."

현어운은 신록희뿐만 아니라 무림제왕성에서도 자신의 의도를 알아채고 공격해 올 것을 저어했다. 때문에 쉴 새 없이 주변의 기척을 느끼며 앞으로 나아가고 있었다.

어쩌다 모든 이들의 공격을 받는 처지가 되었는지는 모르지만 이 순간을 결코 피할 생각은 없었다. 자신과 가까운 자들을 버리고 홀로 도망쳐 나올 수는 없었다. 그것만큼 단리채빈에게 부끄러운 일이 어디 있을까?

'죽음을 불사하고서라도… 내가 옳다는 것에 최선을 다할 것이다! 전쟁을 느끼면서 그녀 또한 다른 사람들처럼 두려움을 느끼고 포기할 수도 있음을 알고자 한 것이 처음의 의도였다면 이제는 그녀에게 부끄럼없는 사람이 되는 것이 지금의 내가 있는 이유이니까.'

현어운은 순간 누군가 자신을 이대로 죽여주었으면 하는 생각도 들었다. 그렇게 된다면 차라리 자신이 사랑하는 여인의 곁으로 갈 수 있기 때문이었다.

그런 마음 약한 생각도 잠시, 현어운은 주변을 감싸는 강렬한 기운을 느낄 수 있었다. 자신을 향해 노골적으로 드러내고 있는 살기.

현어운은 곧바로 자리에서 멈춰 서며 말했다.

"모습을 드러내라. 그렇지 않으면 내가 먼저 공격할 것이다."

그는 남궁명욱의 몸을 조심스럽게 바닥에 뉘이고는 말했다.

"얼마나 될지는 모르지만 조 소저도 잠시 쉬시오. 무슨 일이 있어도 지켜줄 것이오."

"믿겠어요."

그녀는 그의 말을 믿고 곧바로 자리에 주저앉아 운기조식에 들어갔다.

"음……?!"

현어운의 시선이 잠시 그녀를 향했다 원래대로 돌아오는 순간, 어느새 그의 삼 장 앞에 홍의를 입은 사내가 자리에 서 있자 깜짝 놀라고 말았다.

"너는 누구냐?"

홍의 무복을 입고 있는 사내는 여인처럼 아름다운 얼굴을 하고 있었고, 입가의 점은 미인점인 양 매혹적이다. 아무것도 담겨 있지 않은 텅 빈 눈을 한 그는 현어운의 질문에 간단히 대답했다.

"혈사주(血士主)."

"……!"

현어운은 새로운 고수의 등장에 가슴이 무거울 수밖에 없었다. 무림 제왕성에서 자신을 반드시 죽이려 하는 의지를 새삼 알게 되었기 때문이다.

"혈사주라니?! 혈사는 몇십 년 전에 폐지된 것으로 알고 있는데……?!"

"겉으로만 그랬던 것이다."

조선영의 놀라움에 마치 남의 일인 양 말한 혈사주는 현어운에게 다가갔다. 현어운은 순식간에 자신의 몸을 감싸는 기의 그물에 대경하며 몸을 빠져나오려 했지만 그보다 먼저 기의 그물이 다시 사라져 버리는 것이었다.

현어운은 혈사주가 뒤로 물러서자 의아했지만 이내 멀지 않은 곳에서 신록회 무사들의 움직임이 느껴지자 그 이유를 알 수 있었다.

"잠시 후에 다시 보지."

나타날 때와 마찬가지로 빠르게 사라지자 조선영은 좀처럼 드러내지 않는 안도의 한숨을 쉬었다.

"혈사주는 아주 위험한 사람입니다. 무황통치의 초창기, 그러니까 명천성과 암천성의 체계가 자리잡기 전에 무황에게 절대복종하던 비밀 집단으로 살인을 너무 많이 저지르고 또한 놔두기에는 너무나 많이 알려져 있어 공식적으로 없어졌었습니다. 혈사주의 무공은 그 당시만 해도 무황과 벽력마군에 버금갔다고 했으니…….”

“그럼 그 젊은 자가 사실은 나이가 많단 말이오?”

“이전에 들었던 혈사주에 대한 외양과 흡사하더군요. 여인처럼 아름답고 백치인 양 묘한 느낌의 사내라 했는데 그 모습 그대로였으니…….”

현어운은 일단 남궁명욱을 들쳐 업은 뒤 걸음을 재촉했다. 신록희 무사들이 점점 더 가까워지고 있었지만 일단 갈 수 있는 데만큼은 가야 했다.

병장기 소리가 하늘을 충천하고 역가장의 안을 뒤흔들고 있었다. 역가장의 식솔들이 임무단의 눈먼 칼에 죽기도 했지만 임무단의 삼대 무사들이 다른 자들의 칼에 더 많이 죽어나갔다.

시작은 문을 열고 들어온 네 명의 사내에 의해서였다. 사십대로 보이는 중년인들은 들어오자마자 다짜고짜 임무단을 공격하기 시작했고, 뒤이어 임무단의 삼대 서른 명은 일제히 그를 공격하기 시작했다. 하지만 그들의 의외로 강한 무공에 다섯 명이 다시 죽자 부단주인 적화검이 나서서 그들에게 맞서갔다.

네 사람과 적화검의 대결이 막상막하를 이루자, 임무단들은 기다렸다는 듯이 역가장의 식솔들을 죽이기 시작했다. 그때 거의 동시에 역가장의 정문이 거칠게 열리며 스무 명의 무기를 찬 자들이 들어왔고, 한 여인이 담을 비조처럼 뛰어넘었다. 정문으로 들어온 자들은 벽력신천문이 가지고 있는 무공을 사용할 줄 아는 자들이었고, 여인은 상황을 지켜보고 있던 만위령이었다.

만위령은 검룡과의 싸움에서 벗어나 얼마 있지 않아 이곳에 도착할수 있었다. 그녀가 도착했을 때 이미 용악구는 현어운을 뒤쫓아간 상태였고, 아무것도 모르는 그녀는 현어운과 남궁명욱이 오기를 기다리는 중이었다. 그러는 와중에 이런 일이 생기자 그녀는 참지 못하고 모습을 드러낸 것이다.

벽력신천문주는 구빙산이 폭발하는 소리가 들리지 않자 딸과 두 사람이 일을 제대로 진행시키고 있다는 것을 알 수 있었고, 곧바로 이곳을 몰래 지켜보고 있던 호문사위들에게 은밀한 신호를 보내었다.

하지만 호문사위가 적화검 단 한 명에게 발이 묶이고, 임무단이 식솔들을 공격하자 비상용으로 가지고 있던 벽력탄을 사용하려 했다. 그때 뒤늦게나마 구빙록 전체에 퍼져 살던 스무 명의 벽력신천문 무사들이 들이닥치고, 정체를 알 수 없는 여자가 나타나 호문사위와 함께 적화검을 상대하자 전세는 순식간에 뒤바뀌었다.

여인의 무공은 놀랍도록 뛰어났는데 그녀의 비검이 날아갈 때마다적화검이 날리는 검기가 갈라졌고, 적절하게 찔러주는 기습은 그의 신경을 분산시켜 놓았다. 덕분에 얼마 지나지 않아 호문사위가 적화검을처참히 죽일 수 있었고, 사기가 크게 떨어진 임무단들 또한 식솔의 죽음으로 분노한 무사들에게 모두 죽임을 당했다.

일사천리로 장내의 상황을 정리하도록 지시한 역환후는 자신에게로오는 만위령을 향해 다가가 예의를 취했다.

"소저의 도움으로 우리의 장원이 위험에서 벗어날 수 있었소. 어떻게 감사의 말씀을 드려야 할지……."

"그것보단… 문주께서는 현어운을 아는가요?"

"……!"

역환후는 자신을 부르는 호칭에서 그녀가 자신에 대해 알고 있는 자이며, 현어운의 동료인 여의대원임을 알 수 있었다.

"무슨 이유에서 그자의 행방을 묻는 것이오?"

"어딜 갔죠? 현 동생은 우리에게 작전은 내일 시행된다고 했는데… 지금 상황은 그것이 아닌 듯하군요."

"현 대협은 지금 벽력탄을 가지고 신록희로부터 도주하고 있소."

"……."

예상은 했지만 현어운이 모두의 시선을 자신에게로 돌리려는 것을 확인하자 마음이 무거워졌다. 아무리 그의 무공이 강하다고는 하지만 신록희뿐만 아니라 무림제왕성에서도 그를 노리고 있지 않은가?

'이제 어떻게 해야 하지? 대주님을 기다려야 하는가? 아니, 대주님을 도우러 가야겠구나.'

그녀는 역환후에게 이곳을 나간다고 알리려 했지만 갑자기 들려온 소리에 그럴 수가 없었다.

"으아아악!"

"커헉!"

"…뭐지?!"

만위령은 역환후와 시선을 마주친 후 급히 소리가 들려온 쪽으로 달려갔다. 비명 소리를 듣는 순간 불길한 생각을 떠올렸지만 애써 아니길 바랐다.

"비사……!"

그녀의 생각대로 장내에서는 수십 명의 비사들이 거침없이 무기를 휘두르며 역가장의 식솔들을 죽이고 있었다. 대부분 일을 하는 하인들이었지만 그들 모두 이곳이 벽력신천문임을 알고 그 자부심 하나로 살아가는 식구였다. 그들의 죽음에 역환후가 분노하지 않을 수 없었다.

"네 이놈들!"

굳이 그가 명령을 내리지 않아도 호문사위와 무사들이 일제히 그들을 공격하기 시작했다. 하지만 비사들의 무공은 호문사위와 무사들이 상대할 수 있는 성질의 것이 아니었다.

눈곱만큼의 자비도 없는 잔인한 손속과 빠른 움직임, 그리고 수많은 훈련을 했음을 보여주는 조직적인 이동 등은 무림제왕성이 이들을 기르는 데 얼마나 많은 신경을 썼는지 알 만했다.

순식간에 무사들 열 명이 죽음을 맞이했고 호문사위가 부상을 입고 뒤로 물러나고 말았다. 그런 비사들의 뒤에는 열 명의 홍포를 입은 자들이 있었는데 만위령은 그들의 기도를 보고 섬뜩한 기분이 들었다.

'하나하나가 대주님보다 강한 자들이야!'

이들은 벽력탄의 회수도 회수겠지만 벽력신천문의 존재 자체를 지워 버리는 것 또한 목적이었다. 현어운이 벽력탄을 가지고 도망갔으니 이제 더 이상 이들을 살려둘 필요가 없다는 것이 이제야 생각난 그녀였다.

'그렇다고 이렇게 시기적절하게 오다니! 모든 상황을 지켜보고 있는 것처럼!'

그녀는 다급한 표정으로 역환후에게 말했다.

"문주님, 저들을 이길 수는 없어요. 지금 당장 도망가지 않으면 멸문을 피할 수 없을 겁니다."

"으음!"

역환후는 그녀의 말에 무거운 표정으로 정신없이 물러나는 무사들을 보았다.

‘결국 벽력탄을… 내 대에서 쓰지 말라는 금기뿐만 아니라 외부로까지 유출시키다니…….’

그가 어떤 결정을 내리려는 것을 안 그녀는 다시 장내로 시선을 돌렸다. 그런데 비사들의 싸움을 보고만 있던 홍포괴인들의 모습이 보이지 않는 것이었다.

“……?!”

그녀는 어떤 불길한 생각에 급히 몸을 옆으로 날리며 외쳤다.

“피해요!”

“크으윽!”

하지만 역환후의 두 팔이 통째로 잘리며 쓰러지는 것이었다. 동시에 만위령이 있던 자리를 두 자루의 검이 스쳐 지나갔다.

“……?!”

만위령은 그들이 왜 역환후의 두 팔을 잘랐는지 순간 이해가 되지 않았지만 그가 벽력탄을 만드는 벽력신천문의 문주임을 떠올리고는 이해가 갔다.

‘무림제왕성… 문주의 목숨만 살려놓고 모두 죽일 생각이야! 결국 벽력탄을 버릴 생각이 없었어!’

그들의 잔인한 행각에 소름이 끼쳤지만 이대로 가만히 있을 생각은 없었다. 한때나마 자신이 사랑했던 사람이 살던 곳이었다.

“하앗!”

그녀의 소매에서 비검 다섯 자루가 시간차로 날아갔다. 그들이 역환후의 팔을 자르고 앞으로 채 나서기도 전에 가한 기습이었다.

“……!”

카앙!

검면을 맞은 한 자루는 막을 수 있었지만 시간차로 곧바로 온 검이 그대로 검을 꿰뚫고 홍포 입은 사내의 목을 꿰뚫었다.

"……!"

다른 세 자루는 가까이 있는 다른 세 사람을 향해 날아간 것이라 도와주지도 못한 채 동료가 죽는 것을 지켜볼 수밖에 없었다. 방금의 기습은 그녀의 뛰어난 머리와 오랜 경험에서 나오는 순간적인 상황 판단이 없었다면 결코 이룰 수 없는 것이었다.

너무나 어이없게 동료 하나를 잃자 아홉 중 다섯이 나서서 그녀를 향해 공격을 가했다. 날카로운 검강이 그녀의 전신을 헤집으려 했다.

"윽!"

거칠고 강력한 공격에 그녀는 기습을 가하기는커녕 정신없이 뒤로 물러나다 검강에 허리와 팔을 베이고 말았다.

급히 몸을 띄워 지붕 위로 올라간 그녀는 비사들이 이미 식솔들 대부분을 죽인 것을 보고 치를 떨었지만 자신을 뒤따라오는 홍포 사내들을 보고 급히 몸을 날렸다. 하지만 어느새 다른 네 사내가 빙 둘러 자신의 앞으로 다가오자 곧바로 방향을 바꾸었다.

우우웅!

그때 홍포의 사내들, 즉 혈사들 중 한 사람의 검이 강하게 요동치는가 싶더니 검과 함께 빛살처럼 날아왔다. 강렬한 회전이 일어나며 폭풍처럼 다가오자 그녀는 숨이 막힐 지경이었다.

'신검합일(身劍合一)!'

그녀는 그 와중에도 소매를 떨쳐 다른 자들을 향해 비검을 날렸다. 특수한 약을 발라 거의 보이지 않는 검으로 독까지 발라져 있어 스치기만 해도 목숨이 위중해지는 비검이었다.

‘혈검(血劍)을……!’

그와 동시에 그녀는 그를 향해 한 자루의 붉은 검을 날렸다.

콰쾅!

그녀의 내공이 가득 실린 혈검이 혈사의 검과 부딪치자 폭발하며 잔해들이 혈사를 향해 뿌려지게 되었다.

“크흑!”

미처 피하지도 못하고 쇳가루를 마시게 된 혈사는 폐부에서 이는 지독한 고통으로 신음 소리를 내면서 피를 토해냈다. 그러나 만위령 또한 큰 반력을 받고 피를 토하며 자리에 쓰러지고 말았다.

그러자 곧이어 두 사람이 재차 신검합일을 펼치며 그녀의 전신을 짓이기려 했다. 검에서 뿜어져 나오는 검강의 살기가 매우 짙었다.

‘피할 수 없어 그렇지만 피하지 않아! 날 이용한 자들에게 자존심을 굽힐 수는 없어!’

그녀는 두려웠지만 결코 두 눈을 감지 않고 검을 노려보았다. 순식간에 검강이 두 눈으로 확대되며 자신의 얼굴과 배를 가르려는 순간, 커다란 두 손이 옆에서 튀어나와 검을 그대로 잡아버리는 것이었다.

“……?!”

더욱 놀라운 것은 날카로운 검이 그 손을 가르지 못하고 두 사람은 두 손의 힘에 의해 공중에 뜬 채로 움직이지 못한 상태였다.

“광마……?!”

그녀는 임무에서 제외된 것뿐만 아니라 스스로도 오지 않겠다고 한 광마가 자신의 지척에 존재하자 믿을 수 없으면서도 한편으로는 기뻤다.

“잘난 척하더니 겨우 이런 데서 죽으려 했단 말이냐? 크크크……!”

광마는 두 손을 하늘 위로 치켜들었고 이에 딸려 올라가던 두 사람은 어쩔 수 없이 검을 놓고 뒤로 피할 수밖에 없었다. 하지만 광마가 두 검을 그들에게 던지자마자 등 뒤에 메고 있던 검을 뽑아 거세게 휘둘러 버렸다. 자신들에게 날아오는 검을 막을 새도 없이, 두 사람은 광마의 거검에 그대로 얻어맞고 말았다.

퍼퍽!

"크아악!"

"크헉!"

칠공에서 피가 분수처럼 터지며 바닥에 쓰러지자마자 광마는 거침없이 나머지 혈사들을 향해 달려갔다.

"큭큭큭! 네놈들의 더러운 피를 내게 바쳐라!"

여섯이 남은 혈사들은 광마가 등장하자 조금 놀란 얼굴이었지만 곧장 그와 상대해 갔다.

콰콰콰쾅!

광마의 검은 거침없는 야생마와 같았고, 웅장한 산맥의 분노와도 같았다. 그의 검에 부딪히면 그 힘을 이기지 못하고 뒤로 팅겨 나갔고, 설령 막는다 하더라도 뒤이어 날아오는 주먹과 다리 공격에 피를 뿜으며 쓰러졌다.

그의 몸에 검강이 부딪쳐 봤자 공격자만 되려 팅겨날 뿐이고 장력을 시전하면 역시 공격자만이 반력으로 내상을 입었다.

그의 몸은 무적이었고, 그의 공격을 막을 수 있는 자는 아무도 없었다.

'이전보다 더욱 강해진 것 같아! 정말 강자와 싸우면 싸울수록 강해질 수 있다는 건가?'

그가 강해지는 것이 무엇 때문인지는 말해주지 않은 이상 아무도 모를 것이다.

일단 의문을 접은 그녀는 쓰러져 의식을 잃어가는 역환후에게로 다가갔다. 식솔들 대부분도 이미 죽은 상태였고 벽진뢰굉의 호문사위는 비사들의 집중적인 공격에 자리를 뜨지 못하고 있었다.

"문주님!"

"으… 소… 저……."

곧바로 혈을 집어 출혈을 막았지만 이미 얼굴은 창백하고 두 눈은 생명력이 꺼져 가는 듯 빛이 사그라지고 있었다.

"내 딸을… 구해주시… 그리고… 내 아들… 미안하다고… 으윽!"

"……!"

"내 품에… 벽력… 꺼내어… 딸에게……."

역환후는 서서히 잠이 들듯 의식을 잃어갔다. 그렇게 숨이 끊어지자 만위령은 기이한 기분에 휩싸였다. 결혼까지 이야기하며 그렇게나 사랑했던 남자의 아버지가 자신의 앞에서 죽어간 것이다. 아무렇게나 받아들일 정도로 그녀는 감정이 메마른 여인이 아니었다.

"편히 가시길……."

복잡한 마음을 애써 지우며 그녀는 품을 뒤져 벽력탄 세 개가 담긴 주머니를 찾을 수 있었다. 수백 명을 단숨에 죽일 수 있는 무기가 자신의 손에 들려 있자 마음이 은은히 떨려왔다. 이 세 개만으로도 하나의 세력을 멸문시키기란 식은 죽 먹기라는 생각에 괜히 마음이 서늘해진다.

'그가 나에게서 떠난 이유는… 이것들을 지키기 위함이었나?'

그녀는 말도 안 되는 소리라 중얼거리며 주머니를 품속에 넣었다.

어느새 광마는 혈사들 모두를 죽이고 비사들마저 죽이고 있었다. 비사들은 광마의 압도적인 무공에도 불구하고 절대 물러나지 않았다. 철저히 공격 위주의 광마와 비사는 마치 싸움만이 인생의 모든 것인 양 질펀하게 부대끼며 서로의 피를 갈구했다.

"……!"

광마는 과연 싸움의 화신이라 할 수 있었다. 눈 깜짝할 사이에 강하고 수도 많던 혈사와 비사를 모조리 죽여 버린 것이다.

"현 동생이 위험해요. 벽력탄을 가지고 도주하는 중인데… 신록회의 무사들이 뒤쫓고 있을 거예요. 무림제왕성도 그를 뒤쫓을지도 모르죠."

"그런 것들에게 죽는 놈이라면 내가 오지도 않았지. 크크크!"

"일단 대주님을 도와주러 가야 해요. 신록본당의 비밀당주란 자를 상대하고 있을 거예요."

"흐흐흐! 대주가 죽든 말든 그건 그놈이 알아서 할 일이다. 난 그 애송이 놈이 나에게 아니라 다른 놈에게 죽는 것을 막아야 된다!"

광마가 성큼성큼 걸어나가자 그녀는 급히 외쳤다.

"당신! 어운이 어디에 있는지 아나요?"

"이곳에 없다면… 그놈의 냄새를 뒤쫓아가면 되겠지."

그의 뒤를 따라가려던 그녀는 안 되겠는지 고개를 저었다. 대주와 조선영을 그냥 두고 그를 따를 수는 없었다.

"그럼 어디로 가는지 흔적은 남겨주세요! 그 정도는 같은 대원으로서 할 수 있겠죠?"

"생각해 보지."

"흥, 자존심 세우는 건 다른 남자랑 똑같군."

그녀는 피식 거리며 비웃고는 몸을 솟구쳐 지붕 위로 올라갔다. 아직 살아 있는 호위사문과 식솔들은 처참한 광경에 넋을 잃은 채 주저앉아 있을 뿐이었다.

현어운은 지금 더디게 경공술을 시전하며 산을 오르고 있었다. 곳으로 오면서 거의 백오십 명에 달하는 신록회의 무사들에게 공격을 받았는데 현어운이 비록 강하다고는 하나 이곳저곳에서 산발적으로 공격해오는 그들로 인해 조선영을 온전히 보호하지 못했고, 덕분에 조선영은 또다시 여기저기에 상처를 얻을 수밖에 없었다.

계속 걸을 수는 있다고 하지만 그랬다가는 내상이 심화되어 무공을 잃을 것 같았기에 결국 현어운은 수혈을 집고 두 사람을 각각 한쪽 팔에 끼고 이동하는 것이었다.

이매망량인 상태였기에 두 사람이 공중에 누운 채로 빠르게 날아가는 모습이 희극적이기까지 하다. 그러나 당사자인 현어운은 두 사람을 안고 가는 것에 서서히 무리가 가기 시작한 모양인지 얼굴에 땀이 흐르고 있었다.

하지만 두 사람 모두 운신이 불가능한 상태에서 공격을 받는다면 이들을 지켜줄 수가 없었다. 안전을 위해서라면 무리해서라도 벽력신천문의 작업장에서 신록회를 상대해야 했다. 입구가 하나인데다 좁아 동굴 안에서 이들을 쉽게 보호할 수 있기 때문이었다.

"……!"

현어운은 어느 순간 기이한 느낌을 받고 급히 몸을 옆으로 날렸다.

팍!

하지만 자신이 있던 자리에서 누군가가 곧바로 발을 굴려 먼지를 일으키더니 자신에게로 다가오자 몸을 솟구쳤다. 뒤이은 그의 행동은 실로 눈부실 정도로 빨랐다.

곧바로 남궁명욱을 내공을 실어 높이 던지더니 허리춤의 도끼를 꺼내 그에게 날린 것이다. 하지만 그의 움직임은 놀라울 정도로 빨랐다.

'이매망량일 때의 나의 속도에 뒤지지 않는다!'

하지만 조선영마저 지금 던질 수는 없었다. 공중에 뜬 채 가라앉던 현어운의 몸이 공중에서 그대로 미끄러지듯 뒤로 물러난다. 하지만 상대는 조선영 때문에 현어운의 움직임을 모두 알 수 있었기 때문인지 곧바로 그를 향해 나아갔다. 실로 놀라운 빠르기요, 신법이었다.

"……!"

하지만 현어운은 이미 생각해 둔 바가 있었기 때문에 입술을 꽉 깨물고 그가 다가오는 것을 보며 최대한 움직여 피하는 척했다. 그러나 결국 상대는 현어운의 지척까지 다가와 수중의 검을 찔렀고, 현어운은 그 순간 오히려 그의 검을 향해 앞으로 나아갔다.

"……!"

검이 현어운의 우측 배에 깊이 박히자마자 현어운의 자유로운 팔이 상대의 얼굴에 작렬했다.

쾌쾌쾅!

현어운의 초섬유성수에 그대로 적중당한 얼굴에서 피가 분수처럼 튀며 뒤로 튕겨났지만 놀랍게도 상대는 그 순간에 찌른 검을 위로 올려 부상을 더욱 깊게 만들었다.

피가 물처럼 흘러내렸지만 현어운은 신음 소리 한 번 내지 않고 떨어져 내리는 남궁명욱의 몸을 받아 다시 몸을 날렸다. 상대의 생사를 확인하는 것보다는 최대한 빨리 작업장에 도착하는 것이 옳다 판단했기 때문이다.

잠시 쓰러져 있던 기습자, 혈사주는 자리에서 천천히 일어나 바닥에 떨어진 자신의 피묻은 검을 주웠다. 여인보다 아름다웠던 얼굴이 크게 일그러져 있었고 피로 범벅이 되었지만 호흡 하나 흐트러지지 않았다. 입에서 피를 한 움큼 뱉어낸 그는 현어운이 사라진 방향을 쳐다보며 태연하게 말했다.

"좋군. 싸움에 대해 아주 잘 안다, 그는."

그의 신형이 다시 사라졌다.

"헉헉……!"

현어운은 간신히 작업장에 도착할 수 있었다. 무리하여 경공을 시전했기 때문에 다행히 신록회의 공격을 도중에 받는 일은 없었다. 문제는 자신에게 큰 상처를 입힌 혈사주였다.

'그도 역시 지금 회복을 하며 기회를 보고 있으리라. 태극탈명비동주와 비슷한 무공을 구사하는 자다. 나와 같은 자객의 수련을 받은 것은 아니지만… 무서운 자임은 틀림없다.'

작업장의 입구에는 전유림이 나와 나무에 기대어 있었다. 편한 자세였지만 주변을 감시하는 기색만은 매우 날카로워 보였다.

현어운은 그녀의 모습이 왠지 웃겨 피식 웃으며 이매망량에서 벗어나 그녀에게 다가갔다.

"어운!"

전유림은 피로 범벅된 현어운의 배를 보고 깜짝 놀라 그에게 다가갔다. 현어운은 조선영을 건네주며 말했다.

"역 소저는?"

"안에 있어. 너 왜 배 그래? 그리고 이 두 사람은?"

"일단 안으로 들어가자. 조금 있으면 신록희와 무림제왕성의 고수들이 이곳으로 올 거야."

두 사람은 급히 동굴 안으로 들어가 의식이 없는 두 사람을 뉘었다.

"대주님은 큰 고비를 넘겼지만 조 소저는 아직 알 수 없어. 일단 깨워서 운기조식을 하라고 해."

그때 동굴 안쪽에서 역야정이 모습을 드러내었다.

"괜찮나요?"

"괜찮소."

"저기… 역가장은 어떤가요?"

"지금은 나를 쫓느라 신경을 쓰지 않겠지만 나중에는 알 수 없소. 그러나 역가장에 여의대원이 있으니 크게 걱정은 하지 않아도 되오."

그러나 비사가 나타나면 만위령도 위험하다는 것을 그는 알고 있었지만 굳이 이런 상황에서 사실대로 말하고 싶진 않았다.

"반드시 여길 지켜야 하오. 유림, 어떤 일이 있어도 너는 여기를 떠나지 마. 내 예상이 맞다면… 광마는 이곳으로 올 거야. 그때까지 견뎌야 해."

"그게 무슨 말이야? 광마는 임무에서 제외되었고, 자신도 할 일이 있어 오지 않는다고 했잖아."

"글쎄… 나도 단지 느낌일 뿐이야. 그리고 나도 완전히 이해는 못했지만 광마는 싸우기 위해서 살아가는 자이잖아? 아마 더욱 강한 자를 만나기 위해서 올 거야."

"……."

"나를 죽일지도 모르는 자를."

"뭐라고 말한 거야? 똑바로 말해봐."

현어운의 중얼거림을 듣지 못한 그녀가 쏘아댔지만 현어운은 그저 웃으며 고개를 저을 뿐이었다.

조선영을 잠에서 깨우자마자 그녀는 곧바로 운기조식으로 들어갔고, 그걸 본 현어운은 밖으로 나가려 했다.

"너는 이곳에서 그녀를 지켜줘."

"웃기지 마. 그녀를 지켜보는 건 저 여자만으로도 충분해."

"…마음대로 해. 역 소저는 수고스럽지만 이곳을 지켜주시오. 그런데 만약을 대비해 작업장에 있는 사람들을 모두 이곳으로 불렀으면 좋겠는데……."

"지금 작업장에서 하던 작업을 종료하고 이곳으로 오고 있는 중이에요."

그녀의 빠른 대처에 그는 고개를 끄덕이며 밖으로 나갔다.

"너를 죽일지도 모르는 자라는 거… 무슨 말이지?"

"응? 들었던 거야? 못 들은 척했구나?"

"말 돌리려 하지 말고 진실을 말해봐."

"말 그대로야. 광마가 나보고 여기서 죽을지도 모른대."

"그놈이 무슨 예지자냐? 그놈이 예지자면 나는 공주다."

"…본능이란 건 참 무서워. 쓰면 쓸수록 발달하고… 닳지도 않거든? 광마의 본능은 인위적인 나보다 더욱 뛰어난 점이 있어."

"…그래서 네가 죽는다는 거야?"

"아니, 난 죽지 않아. 이 세상에서 날 죽일 수 있는 자는 아무도 없어."

그의 몸이 갑자기 사라진다. 이매망량의 상태에서 부상을 회복하기 위해서였다.

“…왜 갑자기 사라지냐? 어디야?”

“옆이야. 배에서 피가 너무 많이 나서 어지러워.”

“괜찮겠어? 많은 자들이 널 죽이려고, 벽력탄을 빼앗으려고 하고 있잖아. 왜 네가 자초하는 거야?”

“지금은… 굳이 그런 이유를 찾을 필요가 없어. 내가 할 수 있는 일이기에 하는 것뿐이야. 신록희에게 복수도 하고, 무림제왕성에게도 따끔한 맛을 보여주고, 일석이조잖아?”

그때 사방에서 수풀 소리가 은은히 들려왔다.

“왔군.”

그녀의 말과 동시에 백 명이 넘는 신록희 무사들이 수풀을 헤치고 모습을 드러내었다. 아무도 말없이 전유림을 노려보고 있기만 하자 그녀는 피식 웃었다.

“내가 무서워서 안 오는 거야? 어서 덤벼.”

“유, 유림! 어서 안으로 들어가!”

갑자기 들려온 현어운의 다급한 목소리에 그녀는 목소리가 들려온 쪽으로 고개를 돌렸다.

“어서!”

이매망량이라 볼 수 없었지만 지금 그의 얼굴은 그 어느 때보다 창백하게 질려 있었다. 단 한 번도 어떤 일에 닥쳤을 때 두려워한 적이 없던 그가 지금 이렇게 두려워하고 있는 것이다.

“왜 그러는 거야?!”

“어서 들어가. 내가 저들을 유인할 테니까 너는 들어가서 이 안으로 들어오려는 자들을 무조건 죽여. 저들은 지금 벽력탄이 없으니까 이곳을 폭발시키지도 못할 거야. 그래도 조심해서 동굴 안을 지켜. 이곳은 이제 너무 위험해!"

현어운은 멀리서 느껴지는 무시무시한 기운에 두 다리가 후들거릴 지경이었다. 만약 단순히 그렇게 강하기만 했다면 결코 두려워하지 않았을 것이다. 그가 이토록이나 두려워하고 있는 것은 단 하나, 같은 류의 느낌을 받았기 때문이다.

'이런 느낌을 줄 수 있는 자는 나와 같은 이매망량의 존재일 뿐이야! 대체 누가 이토록이나 강렬한 동류의 느낌을 줄 수 있는 것이지? 그는 나를 알고 있다!'

하지만 전유림은 고개를 저으며 말했다.

"뭐 때문인지는 모르지만 나도 저들이랑 싸울 거야. 네가 이래라저래라할 건 아냐."

"어서 들어가라니깐!!"

현어운이 크게 소리 지르며 화를 내자 전유림은 두 눈을 크게 뜨며 그가 있을 빈 공간을 바라보았다. 그녀의 놀란 모습에 현어운은 미안한 감정이 순간 들었지만 애써 지웠다.

"…알았어. 죽지 마라."

"걱정 마……."

"안 보이는 놈이랑 이야기하니 꼭 귀신과 놀아난 것 같군."

전유림은 그렇게 중얼거리며 동굴 아래로 내려가 버렸다. 그러나 현어운이 가늘게 다리를 떨고 있는 걸 보았다면 그렇게 쉽게 내려가지 못했으리라. 현어운은 지금 생전 처음으로 알 수 없는 공포를 느끼고 있었던 것이다.

'설마… 그럴 리가 없을 거야. 하지만 이 정도로 대단한 기운을 낼

수 있는 사람은… 더구나 나와 비슷한 류의 자라면…….'

이제 도망가야 했다. 그들이 이곳을 공격하지 않는다는 보장은 없었지만 최소한 벽력탄을 훔쳐 달아나는 데 작업장에다 모든 신경을 쓰지는 않을 것이다. 전유림이라면 광마가 올 때까지 충분히 견딜 수 있을 것이다.

'그자가 오기 전에 도망가야 해! 하지만…….'

그자가 대체 누구인지 확인하고 싶은 마음도 있었다.

'그 사람일 리가 없어! 그는 나를 올바르게 길러준 자이고… 나를 위해 죽었어!'

이상하게도 자신을 둘러싼 무사들은 무슨 이유에서인지 공격할 의지가 없어 보였다.

'그를 기다리고 있다! 혹시 신록회주인가?! 이 정도라면 벽력마군은 물론이거니와… 광마도 이길 수 없을지도…….'

이런저런 생각을 하고 있는 사이 결국 그자가 근처에까지 왔고, 이에 맞추어 신록회의 무사들이 일제히 바닥에 오체복지를 하며 한 목소리로 외쳤다.

"신록회주 현세 천하앙복!"

"이매망량, 후후후! 드디어 모든 기억을 떠올렸군."

"… 으으……!"

현어운은 자신의 머릿속으로 파고드는 사내의 목소리를 듣고 믿을 수 없다는 표정으로 뒷걸음질쳤다.

"초… 초선득……?"

"너만은 다른 아이들과 달리 나를 절대 스승이라 부르지 않았다. 상관은 없었지만… 새삼 그때가 떠오르는군."

"그, 그, 그럴 리가 없어!"

현어운은 고개를 세차게 저으며 주먹을 세게 쥐었다. 머릿속에서 떠오르는 온갖 생각들을 지우기 위해서였다. 이매망량이 되기 위해 죽는 것은 아닌가 생각될 정도로 해왔던 수련들. 그 훈련의 주축에는 항상 초선득이 존재하고 있었다. 자신들의 인생에 스승이자 무공의 스승, 이매망량의 사부이며 엄한 아버지이기도 했다.

'그런데… 그런데… 그가 어째서……!'

신록희주 초선득이 그의 십 장 앞에서 나타났다. 뿌연 운무에 휩싸여 보이진 않았지만 초선득의 느낌은 그때나 지금이나 변함이 없었다. 당장이라도 자신에게 큰 화를 낼 것 같았고, 지금이라도 바로 자신을 향해 자상한 웃음을 지을 것 같았다.

"절연세운기는 모두 완성시켰느냐?"

"……."

"왜? 내가 살아 있어서 놀랐느냐? 후후후! 너무 놀랄 필요는 없다. 나중에 더욱 놀랄 일이 많으니까 말이야."

"정말… 초선득입니까……?"

"그래, 나는 초선득이다. 너의 스승이자 전대 이매망량. 그리고 신록희주."

"…당신의 나이는 대체 몇 살입니까? 후후!"

"글쎄… 이미 나이는 잊은 지 오래다."

초선득이 한 걸음 다가오자 현어운은 두 걸음을 물러났다. 옛날과 변함없는 그였지만 현어운은 애써 그에게서 이질감을 느끼려 했다.

"품에 있는 것을 내게 주는 게 어떻겠느냐."

"… 신록희가 내게 큰 상처를 준 것을 압니까?"

초선득이 아무 말 없자 현어운은 비릿하게 웃으며 말했다.

"당신은 내게 많은 것을 가르쳐 주었지만… 세상을 살아가는 법을 가르쳐 주지는 않았더군요. 사람을 죽이는 법만 가르쳐 주었습니다. 저는… 기억을 잃은 뒤 세상을 사는 법을 배우려 애썼고, 무림에 나와서… 세상을 살아가는 법을 터득했습니다."

"그 법이 어떤 것이더냐?"

"약육강식."

"당연한 것이지만 늦게나마 깨달았구나."

"내 소중한 사람들을 헤친 것에 대한 대가를 받아야 할 것입니다."

"힘이 된다면 가능할 것이다. 그러나… 절연세운기 이상의 능력을 익히지 못한다면 날 이길 수는 없다."

"하하하하하!!"

현어운은 억지로 크게 웃으며 운무로 보이지 않는 초선득을 노려보았다.

"기억하십시오! 당신은… 귀영무흔오살을 죽인 자이며, 나를 죽인 자이며, 내 소중한 자들을 죽인 자입니다!"

"난 너의 소중한 사람들을 죽인 적이 없다. 귀영무흔오살은 능력이 부족하여 죽은 것이며, 너를 죽인 적이 없다. 그 사람들은 죽이고 나서야 너의 소중한 사람들임을 알았을 뿐이다."

"언제 그렇게 변명이나 하고 사셨습니까? 당신은 언제나 자신이 옳다고 믿었고 당신이 한 일에 대해서는 결코 뒤돌아보지 않았습니다."

"그랬지. 그래서… 이번에도 그럴 것이다. 너의 품속에 있는 벽력탄을 내게 넘겨라. 그렇지 않으면 이번에야말로 정말 너의 소중한 사람들을 모두 죽이겠다."

"그러십시오. 난 당신이 소중히 여기는 것을 죽이면 되니까요."

현어운은 품속에서 조심스럽게 청동갑을 꺼내 벽력탄 하나를 꺼냈다.

"……! 벽력탄을 꺼낸 것인가? 그리고 많이 달라졌군. 예전의 정에 약하고 우유부단하던 네가 아니구나."

"내게 소중한 사람들을 잃는 한이 있더라도, 신록회만큼은 없앨 것입니다. 무림에 와서 쌓고쌓고 또 쌓아오며 생각했던 것입니다. 그 어떤 희생을 감수하고서라도!"

현어운은 흥분을 가라앉히며 몇 걸음 뒤로 물러났다. 그러자 이번에는 초선득이 몇 걸음 앞으로 다가왔다.

"날 꺾으려면 강해져라."

"난 지금도 강하고… 그 누구도 날 죽일 수 없습니다."

"그러나 날 이길 수는 없다. 너의 마음속에 있는 나에 대한 본능적인 두려움, 경외감을 이겨내고 무공에서도 나를 능가해야 할 것이다."

"나를… 잘 아는군요. 그러나 이건 모를 겁니다."

"……."

"나는 정말로 채빈을 사랑했고, 그녀를 죽인 당신들을 무슨 수를 써서라도 죽이고 싶다는 걸."

현어운은 그 말을 끝내자마자 수중의 벽력탄을 던졌다. 내공이 실려 그 속도는 초선득마저도 예측하지 못할 정도였다. 하지만 초선득은 현어운이 생각했던 것보다 훨씬 더 강한 자였다. 그의 손이 벽력탄을 향해 내뻗는가 싶더니 그것이 채 날아오기도 전에 도중에 폭발해 버린 것이다.

콰콰콰콰쾅!

오체복지하고 있는 자세를 풀지 않았던 그들은 우습게도 벽력탄의 폭발에 대비한 자세가 되고 말아 여파에 상처를 입은 자는 거의 없었다.

가만히 서 있던 초선득은 폭연이 가라앉고 분노한 대기가 진정할 때쯤이 되어서야 입을 열었다.

"그에게서 천리향의 냄새가 날 것이다. 쫓아라. 그가 지옥으로 간다면 지옥으로라도 가야 한다."

"존명!!"

절대복종의 외침이 우렁차게 울리고, 신록회의 무사들이 일제히 장내를 떠나갔다. 그들의 전신에서는 타오르는 불에라도 뛰어들듯 비장함이 서려 있었다. 그만큼 이들에 대해 초선득의 존재가 절대적이다는 의미이리라.

모두가 자리를 떠나자 한순간 정적이 찾아왔지만 이내 초선득에 의해 깨졌다.

"너는 거기 서라."

"……!"

"무황이 기른 자인가 보군."

그의 좌측 삼십 장 거리의 수풀이 갑자기 무언가에 산산조각이 났다.

"……!"

그곳에 숨어 있던 자는 다름 아닌 혈사주였다. 신록희주가 직접 나타난 것에 삼십 장이면 족할 줄 알았는데 그렇지 않은 모양이다.

혈사주 정도나 되는 자가 이 정도의 거리에서도 기척을 들켰으니 초선득의 경지가 얼마나 깊은지는 추측조차 힘들었다.

혈사주의 시퍼렇게 일그러진 얼굴에는 경악의 빛이 진득했다. 수풀이 갈라지는 것에 피한다고 했는데 어느새 자신의 왼팔이 통째로 잘린 것이다.

"지금은 나의 시간이다. 너 따위가 개입해서는 안 되는 것이지."

운무 속에서 검 한 자루가 천천히 빠져나와 혈사주를 향해 날아갔다. 답답할 정도로 느리게 날아가던 검을 긴장한 혈사주가 똑바로 지켜보고 있었음에도 놀라운 일이 벌어졌다. 어느새 검이 그의 미간을 갈라 버렸기 때문이다. 피를 뭉클뭉클 뿜어내던 혈사주는 검을 노려보던 눈빛 그대로 앞으로 쓰러지고 말았다.

검을 회수하여 작업장의 입구를 바라보던 초선득은 멀리서 느껴지는 폭풍 같은 기운에 놀라 시선을 돌렸다. 멀리서 느껴지던 것은 이내 강렬한 우레가 되어 그를 덮쳤다.

거검이 스스로 회전하며 돌풍을 일으키는 장면은 실로 놀라웠다. 패도적인 힘이 여실히 느껴지는 검을 향해 초선득은 수중의 검을 아무렇게나 찔러갔다.

쿠쿠쿠쿵—!

그의 일수에 광마의 거검은 폭발을 자아내고 뒤로 날아가 땅에 떨어지고 말았다.

"애송이 같은 느낌의 녀석이 또 있다니 재미있군. 크크크… 너는 누구지?"

수풀을 헤치며 거대한 체구의 광마가 모습을 드러내었다.

"신록희주, 광마는 이번 임무에서 빠졌다고 들었는데 아니었군. 이곳에는 무슨 볼일로 왔는가?"

"너였군, 애송이를 죽일 만한 능력이 되는 자가."

"지금은 죽일 생각이 없다. 후후후!"

"그럼 지금 나에게 죽으면 되겠군. 크크크큭!"

광마의 전신에서 이전에는 볼 수 없던 엄청난 기운이 솟아오르기 시작했다. 전신이 먹물을 묻힌 듯 시커멓게 변하고, 눈동자마저 흰자위가 사라지고 검게 되었다.

"괴물이군. 그게 바로 거강류의 금지된 비전술 흡혈검묵체강(吸血劍墨體罡)이겠지."

"……! 호호호… 꽤나 유식하군. 같은 독패삼류조차 모르는 것을 너는 알고 있다니…….."

광마의 전신에서 살기가 줄기줄기 뿜어져 나왔고, 그 살기에 두려운 듯 주위의 나무들이 심하게 떨리기 시작했다. 그러나 초선득은 시종일관 여유로운 모습이었다.

"천외천을 보여주마, 광마."

구빙산 위로 올라가던 현어운은 멀리서 느껴지는 가공할 기운에 자신도 모르게 뒤로 돌아보았다. 광폭하고 살기 넘치는 그 기운은 아주 익숙한 것이었다.

'광마……!'

하지만 그마저도 어쩌면 초선득을 이길 수 없을지 몰랐다. 문제는 그가 얼마나 버티느냐는 것이었다. 그전에 무슨 일이 있더라도 벽력탄을 없애야 했다.

신록희주가 초선득인 것을 안 이상 누구를 구하려 한들 아무 소용이 없음을 알고 있기 때문에 현어운은 그를 막을 수 있는 유일한 방법인 벽력탄을 모두 없애는 데 온 신경을 쏟고 있는 것이다.

'초선득은 몇 년만 지나면 무적이 된다고 했었다. 그 무적이 되기 전에 다섯 사람에게 죽은 줄 알았지. 그러나 그 다섯은 초선득과 함께 이매망량의 수업을 같이 받은 자들이었어! 우리는 모두 속았던 거야!'

현어운은 서러운 심정을 억누르고 더욱 빠르게 신법을 놀려 그의 두를 따라오는 자들과 순식간에 십 장 거리를 더 벌려놓았다.

하지만 얼마 지나지 않아 산 아래에서 일던 가공할 기운이 씻은 듯이 사라지는 것이었다. 깜짝 놀란 현어운은 다시 뒤를 돌아보았다. 광마가 뿜어내던 기운이 죽은 듯 고요해졌음을 안 그는 섬뜩한 가슴을 진정시켜야 했다.

'그 강한 광마를… 단숨에 물리쳤어……!'

예상보다 더욱 강했다. 현어운은 더욱 신법을 시전했고 그의 신형은 한줄기 바람이 되어 세상을 노닌다.

우우우웅!!

하지만 초선득이 엄청난 속도로 거리를 좁혀오는 것이 느껴졌고, 그와 동시에 멀리서 아주 짧게 빛이 명멸했다. 현어운은 그 빛을 보지 못했지만 불길한 무언가가 다가옴을 느끼며 본능적으로 몸을 옆으로 틀었다.

"아악!"

피가 솟으며 오른팔이 심하게 갈라져 버렸다. 하지만 고통에 힘겨워할 겨를도 없이 길게 뻗어나간 검이 회선하는 것을 보고 급히 품속에 두었던 여분의 단검을 꺼내 날렸다.

피피피핑―!

날카로운 소리와 함께 절연세운기가 시전되어 초선득의 검과 부딪쳤다. 현어운의 절연세운기는 초선득의 검에도 통하는지 검이 반으로 갈라져 버렸다. 하지만 놀랍게도 두 개로 나누어진 검은 힘을 잃지 않고 그대로 현어운을 향해 날아오는 것이었다.

"핫!"

현어운은 몸을 날려 검을 피함과 동시에 회수한 단검을 초선득의 검을 향해 보냈다. 혈사주에게 입었던 상처가 무리한 움직임으로 다시 터졌지만 내색하지 않았다.

쨍!

더욱 정교하게 움직이던 타원형 단검은 초선득의 검을 수 조각으로 나누어 버렸고, 그제야 초선득이 내뿜는 기의 영향을 받지 못할 정도가 되었는지 바닥에 떨어졌다.

하지만 또 다른 검이 자신을 향해 날아오자 안색을 굳힐 수밖에 없었다. 초선득의 무공은 이미 인간의 범주를 벗어난 듯 검이 이백 장 이상 떨어져 있음에도 그의 조종을 받으며 엄청난 위력을 내고 있었다.

'인간의 무공이 아니다!'

현어운은 단순한 이매망량으로는 더 이상 도주할 수 없다는 것을 느꼈다. 그의 몸이 저쪽 경계를 너머 들어가자 무시무시한 흡입력과 함께 온몸이 부서질 것만 같은 고통을 느꼈다. 그러나 한순간의 고통을 이겨내자 현어운은 이전과 다르게 더욱 몸이 가벼워진 것을 알 수 있었다.

그의 움직임은 이전보다 배나 빨라졌지만 경계에 있을 때만큼의 자유로움은 느낄 수가 없었다. 오히려 몇 번 남지 않았다는 두려움이 엄습할 뿐이었다.

'어서 가자… 이 산을 넘고 돌아 청해호로 가야 해!'

　전유림은 바깥에서 사람들의 기척이 전혀 느껴지지 않자 의아해할 수밖에 없었다. 분명 조금 전까지만 해도 두 사람의 놀라운 기의 충돌이 있었는데 순식간에 사라져 버린 것이다.

　"이상하네. 화끈하게 한 방 싸움이었나?"

　현어운의 말대로 광마가 오기 전까지 기다려야 했지만 바깥에는 아무리 기를 쓰고 기척을 느껴보려 해도 느껴지지 않자 나가고 싶었다.

　"화도 내고… 무림에 나와서 참 많이 변했군, 너는. 나는 그대로인데……. 세상은 너처럼 순수한 사람을 가만두지 않나 보다. 난 그대로인 걸 보면 순수한 여자는 아니었다는 말이 되겠네."

　보이지는 않지만 내심 미안해하는 표정이 역력했을 현어운을 떠올리며 그녀는 조심스럽게 입구로 올라갔다. 흙덩이를 위로 올려 급히 밖으로 빠져나온 그녀는 장내에 커다란 체구의 사내가 쓰러져 있는 것을 보고 깜짝 놀랄 수밖에 없었다.

　"과, 광마……?!"

　그녀는 급히 그에게 다가가 맥문을 쥐었다. 아직 세차고 안정적으로 뛰고 있는 것을 보면 죽은 건 아닌 모양이었다.

　"그럼 아까의 격돌은 광마와 누군가였단 말이군. 대체 얼마나 괴물 같은 놈이길래 광마를 단번에 이 지경으로 만든 거야? 무제? 그럴 리는 없는데?"

　그녀는 광마의 몸을 뒤집었다. 그의 배에 한 치 정도의 구멍이 난 것을 본 그녀는 고개를 끄덕이며 수긍했다.

　"이놈의 강철 같은 몸에 구멍을 냈으니 엄청난 놈은 분명하군."

　그녀는 광마를 끌어내릴까 말까 고민하는데 광마가 돌연 두 눈을 번쩍 뜨며 벌떡 일어나는 것이었다.

"뭐야, 이 괴물··· 놀랐잖아?!"

"호호호호··· 신록회주! 날 죽이지 않은 걸 후회하게 될 것이다!"

"신록회주?! 그럼 너와 싸운 놈이··· 어운이 피하라고 한 이유가 그 놈 때문이었던 거야?!"

"큭큭큭!"

광마는 잔인하게 웃으며 자리에 일어나 땅에 꽂혀 있던 거검을 뽑았다. 그가 산 위로 올라가기 시작하자 전유림 또한 입술을 깨물며 고민했다.

'놓칠 수 없다, 신록회주! 소중한 이들을 깬 대가는 반드시 받아야 해!'

전유림은 입구 아래에다 고개를 내밀어 소리쳤다.

"나갔다 올 테니 이제는 네가 지키고 있어. 이제는 더 이상 누군가가 오지 않을 것 같지만 혹시나 모르니 일이 끝날 때까지 경계하고 있어!"

흙덩이를 원래대로 덮은 그녀는 막 수풀 속으로 모습을 감춘 광마의 뒤를 따라갔다.

'죽는 한이 있더라도 나의 의지를 보여주마, 신록희!'

현어운은 자신의 몸 전체가 바람에 꿰뚫리는 것은 아닌가 싶을 정도로 빠르게 산 위로 향했다. 하지만 초선득 또한 자신처럼 저쪽의 경계로 넘어간 것은 아닌가 생각될 정도로 빠르게 이동하며 점점 거리를 좁혀가고 있었다.

이런 지루한 추격전이 계속되다 보니 현어운은 익숙하지 못한 저쪽 세계로 넘어간 이매망량을 지속하느라 그런지 조금씩 지쳐 가는 것을 느꼈다.

우우웅!

그때 또다시 가공할 기의 흔들림이 생겼지만 그는 이를 무시하고 계속 경공을 시전하기만 했다. 그러나 결국 신체보다 가벼워 더욱 빠를 수밖에 없는 검이 그의 등을 꿰뚫었다.

현어운의 잔상만을 뚫은 검은 생명이 달린 듯 방향을 꺾어 우측으로 이동한 그를 향해 날아갔다.

"핫!"

몸을 재차 꺾어 피한 그는 곧바로 땅을 박차고 앞으로 나아갔다. 하지만 얼마 가지 못하고 다시 검에게 진행이 막히고 말았다. 더 이상 피하기만 해서는 안 되겠다는 생각에 자신에게로 날아오는 검을 향해 초섬유성수를 시전했다.

콰쾅!

"…큭!"

현어운은 단단한 철벽에 부딪힌 것 같은 느낌에 뒤로 물러날 수밖에 없었다. 뒤로 물러난 검은 잠시 흔들렸지만 곧바로 현어운을 찌르기 위해 맹수처럼 달려들었고, 현어운은 우수에 들고 있던 검을 절연세운기로 휘둘렀다. 초섬유성수와 절연세운기의 조합으로 초선득의 검이 순식간에 조각나 버렸다.

하지만 덕분에 두 사람의 거리는 더욱 가까워져 삼십 장까지 접근한 상태였다. 현어운은 그가 이대로 다가오게 만들 수 없는지라 검을 아무렇게나 집어 던졌다. 위태하게 날아가던 검은 갑자기 거세게 회전하며 타원형 검기를 이루어 초선득의 전신을 갈랐다. 하지만 너무나 자연스럽게 피하며 속도를 줄이지 않고 자신을 향해 다가오자 현어운은 급히 검을 회선시켰다.

우웅!

이대로 가다간 현어운의 검에 맞을 수밖에 없는지라 초선득은 곧바로 신형을 회전시키며 장력을 시전했다. 거대한 기의 물결이 허공을 뒤덮었지만 타원형 강기는 기의 물결을 반으로 갈라 버렸다. 검이 자신의 팔을 가르려 하자 초선득은 기묘한 움직임을 보이며 그대로 검을 잡는 것이었다. 분명 팔이 잘려야 정상인데도 초선득은 전혀 그렇지가 않고 다만 많은 피가 흘러내릴 뿐이었다.

현어운의 검이 회전을 멈춰 버렸지만 세차게 흔들리며 그의 손을 가르려 했고, 초선득의 팔은 그것을 막기 위해 부들부들 떨리고 있었다.

"……!"

현어운은 그에게 다가가 공격을 하고 싶었지만 왠지 가까이 다가가기가 두려웠다. 가까이 갔다가는 다시는 돌아오지 못할 것 같은 불길한 예감이 들었던 것이다.

쨍!

단검이 그의 힘을 이기지 못하고 부서져 버리자 현어운은 급히 몸을 날렸다.

"이제 너도 검이 없고 나도 검이 없으니… 검을 만들 수 있는 자가 유리하겠지."

"크악!"

현어운의 왼팔이 어떤 힘에 의해 처참히 짓이겨지며 피가 튄다. 현어운은 그런 외중에도 몸을 날렸지만 무언가가 자신의 배를 뚫는 끔찍한 고통에 바닥으로 떨어져 내렸다. 오늘 입은 상처로 현어운의 몸은 지금 엉망진창이 되어 있었다.

그러나 그는 초선득에게 철저한 자객훈련을 받은 자였다. 비록 상처의 고통이 심하다고는 하나 참는 것 정도는 그에게 어렵지 않은 일이었다. 이를 반증하듯 현어운은 곧바로 자리에서 벌떡 일어나더니 서서히 뒷걸음질쳤다.

"역시 자객 훈련을 받아서 그런지 상처의 고통 따위는 아무렇지도 않은 모양이군. 오 년이란 세월이 흘렀어도… 최고의 실력자였던 너의 흔적은 여전하구나."

현어운은 말없이 작업장 쪽에서 벽력탄을 꺼낼 때 미리 꺼내두었던 벽력탄을 꺼내자마자 그를 향해 날렸다. 곧바로 그가 수풀 속으로 몸을 날린 순간 벽력탄은 초선득의 어떤 힘에 의해 날아오는 도중 그대로 폭발했다.

콰콰콰쾅!!

사방이 불길에 휩싸이며 돌풍이 휘몰아친다. 거대한 폭풍의 압력이 초선득을 덮쳤지만 초선득은 오히려 불길의 폭풍 속으로 뛰어들었다. 그가 움직이는 길 쪽으로 불길이 갈라지며 길이 만들어졌다.

"헉헉……!"

현어운은 아픈 몸을 이끌고 계속 신법을 펼쳤다. 몸은 극도로 지쳤지만 그래도 그는 이매망량이 되어 자유를 누비려 했다. 어차피 초선득이 나타났을 때부터 자신이 쉽게 도망치지 못할 것임은 알고 있었으니 지금의 모습은 당연한 것일지도 몰랐다. 그나마 이렇게 움직일 수 있다는 것도 대단한 일이었다.

'날 죽일 수 있는 자는 없는데… 지금의 나는…….'

현어운은 자조적인 미소를 지으며 지친 몸을 움직이도록 계속 종용한다.

얼마를 움직였을까? 그의 앞에 언제부터인가 초선득이 서 있었다. 수풀 사이에 가려져 보지 못했던 현어운은 깜짝 놀라며 급히 방향을 바꾸었지만 그의 움직임은 이제 예전같이 빠르지 못했다.

그저 이매망량을 유지한 채 가만히 있으면서 내상을 회복하는 것이 최선의 방법이겠지만 지금의 상황은 그럴 수가 없었다.

"지금 움직이면 네가 원하는 걸 이룰 수 없을 것이다. 너의 부족함을 느꼈겠지?"

"당신이… 아니라면… 그 누구도 날 이길 수 없습니다."

"그래, 하지만 너 또한 이길 수 없지. 그리고 중요한 건 그들이 아니라 내가 아닌가?"

"그렇군요."

현어운은 피식 웃으며 자신의 멍청함을 탓했다.

"그리고 네가 이길 수 없는 자들이 있다."

"……."

"무제, 자연류의 계승자, 허무객의 후예, 그리고 사람은 아니라 무공이지만… 승룡회주만이 익힐 수 있다는 공공회룡도(空空回龍刀). 언젠가 승룡회주가 이걸 익힌다면 지금의 너는 이길 수 있겠지. 그런데… 이들 중 제일 강한 자가 누구인지 아는가?"

"…초선득 당신이겠죠."

"틀렸다. 허무객의 후예다. 그가 어디에 있는지 몰라 일면식도 가지지 못했지만 언젠가는 나와 겨루어야 할 자이지."

"그런 걸 말해주는 이유가 무엇입니까?"

"너는… 이토록 기라성같이 존재하는 강자들을 이기고 싶은 마음이 들지 않느냐?"

그의 말에 현어운은 피식 웃으며 고개를 저었다.

"초선득… 당신이 사십 살, 내가 일곱 살 때 우리는 만났습니다. 그 첫만남에서… 당신은 나의 무엇을 보았습니까?"

"너의 선천적인 은신 능력. 너는 그야말로 이매망량을 위해 태어난 자였지. 이매망량에 있어서만큼은 나보다 뛰어난 너이다."

"그 외에는?"

"…후후! 그러고 보면 그것 외의 너는 너무나 보잘것이 없었어. 무공에 대한 자질, 성정, 그 외의 능력, 어느 것 하나 뛰어난 것이 없었지. 아, 단지 너는 절연세운기를 익힐 정도로 선천적으로 뛰어난 집념과 세심함이 있었다. 하지만 그것만으로도 너는 대단한 아이였어."

"난… 애초에 무림인이 될 사람이 아니었습니다. 당신을 만나게 됨으로써 이렇듯 폭풍 속으로 온 것뿐이죠."

현어운은 천천히 뒤로 물러났다. 하지만 초선득은 그런 그를 경계하지 않았다. 이미 이빨을 잃은 사자마냥 지금의 현어운은 마음만 먹으면 언제든지 잡을 수 있는 그런 존재였기 때문이다.

"그런 내가… 어찌 사람을 죽이는 데 즐거움을 느낄 수 있으며, 어찌 강자를 보며 호승심을 느끼겠습니까? 난… 내가 사랑하는 사람과 행복한 삶을 살아가는 걸 꿈꾸는 평범한 남자일 뿐이었습니다."

그의 눈에서 눈물이 흘러내린다. 죽고 없는 단리채빈이 지금 이 순간만큼 그리웠던 적이 없었다.

"…내가 잘못 봤단 말인가? 사람은 환경에 지배를 받는다. 유난히 정이 많고 착했던 너라도… 사람을 죽이고, 험난한 삶을 살며, 무림의 바람을 맞는다면 변할 줄 알았다. 너 또한 다른 무림인들처럼 명예에 죽고, 부귀를 원하며, 강자를 보면 뜨거운 호승심을 느끼게 될 줄 알았

다. 특히 너와 나처럼 강한 자라면 강자에 대한 갈망은 남보다 더욱 심
할 줄 알았다.”

“난… 난 너처럼 더러운 무림인이 아니야! 날! 날 함부로 사람을 죽
이는 무림인으로 보지 말란 말이야!”

현어운은 발작적으로 외치며 수풀 안으로 몸을 날렸다. 그 모습을
가만히 보고만 있던 초선득은 가만히 한숨을 쉬며 조용히 중얼거렸다.

“네가 그랬다면… 내가 잘못 본 것이겠지. 그렇다면 너를 더 이상
살려둘 필요가 없다. 필요없는 자는… 죽는 것이 무림이다. 그때 다섯
아이처럼 너도 이제는 필요가 없게 되었다. 너의 절연세운기가 나의
투지를 끊게 만들 줄 알았지만 지금의 내게는 아무런 감흥도 없게 되
어버렸다. 아쉽지만 널 죽이겠다.”

이미 지척까지 자신의 수하들이 와 있었다. 이제는 몰이사냥을 할
때가 온 것이다.

“쫓아라! 궁지로 몰아 절망을 느끼게 하라. 그를 죽이는 자에게는
내 무공의 일부를 사사할 것이다.”

“존명!!”

우렁찬 외침과 함께 숨어 있던 무사들이 일제히 현어운이 간 쪽으로
움직이기 시작했다.

“이대로… 죽지 않아!”

죽음에 가까워질수록 자객의 본능이 일깨워지고 있었다. 눈빛은 무
심해지고 표정은 굳어져 갔다. 그만큼 정신이 몸에 대한 제약을 벗어
나는 것을 느끼며 현어운은 이제 어떻게 해야 할지를 결정해야 했다.

‘이제 그 방법뿐이다!’

쉬지 않고 뛰어가던 그는 수풀을 걷어내고 나타난 곳이 절벽 쪽임을 알고 아차했다. 절벽까지 이어져 있는 공터는 이십 장은 족히 넘을 정도로 넓었다. 급히 뒤돌아가려던 그는 멈칫하며 다시 절벽 공터를 바라보았다.

"차라리 잘되었을지도……."

그는 비장한 품속에 있는 청동갑을 열어 열일곱 개의 벽력탄을 모두 꺼내었다. 이것이라면 아마 무림제왕성조차 초토화시킬 수 있는 엄청난 화력을 낼 정도이리라.

청동갑을 절벽 쪽으로 집어 던지려던 그는 문득 초선득이 자신이 던진 벽력탄을 도중에 터뜨리는 것이 떠올랐다.

"……."

현어운은 두 개의 청동갑에 벽력탄 두 개씩을 넣어 하나는 절벽으로 이어진 공터 가운데쯤 땅속에 얕게 묻고, 나머지는 수풀 속에 놔두었다.

그가 수풀 속에 두고 허리를 들었을 때 멀리서 그들이 오는 것을 느낄 수 있었다. 그리고 얼마 지나지 않아 무사들이 일제히 몰려와 그를 포위했고, 현어운은 지친 기색으로 서서히 뒤로 물러났다. 그들이 수풀 쪽으로 다가올 때까지 유인하려는 것이었다.

하지만 수풀 쪽으로 다가왔을 때쯤 초선득의 나지막한 웃음소리가 들려왔고, 뒤이어 무사들 중 하나가 돌연 청동갑이 있는 쪽으로 달려가더니 청동갑을 정확히 찾아내는 것이었다. 그리고는 어느새 나타난 초선득에게 공손히 건네주었다.

"……!"

"신형 벽력탄 두 개뿐이군. 애초에 우리가 이번 달에 받으려 했던 신형 벽력탄은 세 개이지만 네가 쓴 것은 아마 벽력신천문이 몰래 숨겨두었던 여분의 벽력탄이겠지. 나머지는 어디 갔느냐?”

현어운은 그제야 청동갑에서 나는 향기로 자신을 추적할 수 있었음을 알 수 있었다.

‘그럼 땅에 묻은 건 괜찮을지도 몰라!’

“이제 굳이 그것을 주지 않아도 된다. 신형 벽력탄 두 개만으로도 무림제왕성과의 전쟁에서는 아주 유용하지. 더구나 지난 몇 년간 비축해 둔 벽력탄만 해도 백 개가 넘는다.”

“……”

“너에게서 나의 바람을 이루기 힘들다는 것을 알았기 때문에… 너를 죽이겠다.”

초선득의 손이 앞으로 나가자 현어운의 지척에서 무형의 날카로운 기운이 생성되어 그를 둘러싼다.

누구도 모르겠지만 초선득이 시전하고 있는 것은 무형검살강기(無形劍殺罡氣)로 심상검(心像劍)에 버금가는 엄청난 경지의 무공이었다. 전설에서나 나오는 심상검, 심검이란 경지를 실제로 이룬 것이니 실로 천의무봉한 능력이 아닐 수 없었다.

“핫!”

현어운은 이매망량으로 돌아가 급히 주변의 무형검살강기를 향해 초섬유성수를 시전했다. 하지만 그의 기운은 무형의 기운에 허무하게 사라졌고, 뒤이어 무형검살강기가 현어운의 전신을 잔인하게 헤집는다.

“으으윽!”

현어운은 뼛속까지 아려오는 차가운 고통에 무릎을 꿇고 말았다.

“마지막이다. 무공을 더욱 익혀 강해질 생각이 있느냐? 그리하여 날 만족시켜 준다면… 살려줄 수도 있다.”

“그런 인생 따위… 너 따위에 지배당하며 인생을 살 바에야 차라리 죽겠다. 크크……!”

현어운은 두 다리를 부르르 떨면서 자리에서 일어나려 했다. 곧바로 이매망량으로 돌아간 그는 아주 조금이나마 힘이 회복되는 것을 느꼈다. 그런 다음 그는 본능적으로 잠력을 끌어올렸다.

“크아악!”

콰콰쾅!

그때 뒤쪽에서 엄청난 폭음이 터지며 비명이 울려왔다.

“크하하하! 신록회주! 날 죽이지 않은 것을 후회하게 될 것이다!”

광마가 사방으로 검을 휘두르며 난폭한 학살자의 역할을 하고 있었다. 눈 깜짝할 사이에 그의 검에 스무 명이 죽자 초선득도 더 이상 보고 있을 수만은 없었다.

“거강류답군. 설마 이토록이나 빨리 회복할 줄은 몰랐는데…….”

초선득은 이번에는 광마를 죽이겠다 생각하며 이매망량으로 돌아가 그를 향해 다가갔다. 현어운은 초선득이 벽력탄을 묻어둔 곳으로 오지 않아 아쉬웠지만 지금 이 순간 자신이 할 수 있는 것을 하기로 했다.

그때 멀리서 전유림이 나무 위로 재빠르게 올라가는 것을 그는 볼 수 있었다.

“유림……!”

“어디 있는 거야! 모습을 드러내, 이 바보 자식아!”

“…….”

그녀의 말에 현어운은 씨익 웃으며 모습을 드러냈다. 그를 본 전유림은 곧바로 전음을 보냈다.

"나와 약속해, 죽지 않을 거라고."

"그래, 죽지 않을게."

현어운은 슬프게 미소 지으며 고개를 끄덕였다. 그의 고갯짓을 본 전유림은 두 손으로 크게 원을 그린다.

"장풍을 써! 장풍을! 모든 구결을 한 번에 떠올리면서… 모든 잠력을 끌어올려! 너의 장풍이라면… 모든 것을 종식시킬 수 있을지도 몰라!"

"그렇지 않아도 그걸 쓸 참이었어. 지금의 내가 할 수 있는 모든 것이거든."

현어운은 그녀의 말에 곧바로 몸을 움직이기 시작했다. 천천히 움직이기 시작하는 현어운의 몸은 이매망량으로 들어가 곧 이 세상에서 사라져 버렸다.

두 발이 원을 그리며 회전하고, 두 손은 끊임없이 원을 그린다. 두 눈이 감기며 저절로 손발 짓에 정신이 집중되었고, 그의 머릿속으로 구결이 한 번에 떠오른다.

우우우웅―!!

얼마 지나지 않아 현어운은 자신의 전신에서 잠력이 불타오르는 솟아나는 걸 느낄 수 있었다. 이전에는 단 한 번도 느껴보지 못했던 미증유의 힘! 그는 자신의 잠력이 이토록이나 거대한 것에 놀랐고, 여지껏 한 번도 느껴보지 못했을 정도로 꽁꽁 숨은 것에 심술이 났다.

좀 더 빨리 잠력의 발현을 보고 싶은 욕심 때문일까? 그의 움직임이 더욱 빨라지면서 대기를 울리는 위대한 진동은 더욱 심해지고 있었다.

"……!"

초선득은 광마가 쓰러지기 전보다 더욱 강해진 것을 알고 흥미를 가지며 대결을 벌이고 있었다. 그런데 문득 뒤쪽에서 가슴이 서늘해질 만한 놀라운 기운이 느껴지자 강력한 공격으로 광마를 뒤로 밀어내고 시선을 돌렸다.

그 기운의 진원지는 보이지 않지만 느껴지는 현어운이 분명했다. 무엇을 하고 있는지는 모르지만 어떤 움직임을 통해 힘이 솟아나는 듯했다.

'내공이 거의 바닥났을 텐데 아직도 그런 힘이 남아 있단 말인가?'

"큭큭큭큭! 이제 볼만한 것이 나오겠군! 크앗!"

광마의 전신이 묵염으로 불타오르더니 거검으로 옮겨 붙는다. 검이 보이지 않을 정도로 빠르게 휘둘렀지만 초선득은 고개를 돌리지도 않고 맨손으로 그의 검을 모두 막아버렸다. 묵염이 허공으로 흩어지더니 이내 전신이 날카로운 실에 베인 것처럼 수많은 상처를 남기며 피를 뿜어내었다. 초선득은 방어를 하면서 동시에 무형검살강기로 공격을 가한 것이다.

"크흑!"

"이번에는 살려두지 않겠다. 너는 흥미의 대상이 될 수 없기 때문이지."

잠력의 폭풍에 의한 진동은 실로 믿을 수 없으리만치 놀라워 절벽의 공터 전체가 심하게 흔들리고 있었다.

"이건……!"

초선득은 단순한 힘의 울림만으로도 자신의 본능을 위협하는 걸 느낄 수 있었다.

"현어운을 공격하라!"

기의 폭풍이 한곳을 중심으로 사방으로 뻗어나가고 있어 무사들이 현어운을 찾는 건 어렵지 않았다.

공터가 떨어져 나갈 듯이 거세게 흔들리고 있었고 수풀과 나무들이 두려워한다. 현어운의 춤사위는 절정에 달했다. 그의 머릿속에는 당호관 뒤뜰에서 보았던 춤사위가 떠올랐다. 그의 움직임 그대로 그의 몸은 움직인다.

'세상이 돌고, 나 자신도 돌고, 구결이 내 몸을 감싸고, 슬도, 분노도 돌고……!'

모든 것을 잊은 현어운의 얼굴은 어느 때보다 밝아 보였다. 입가에 맺힌 맑은 미소는 지금 그의 심정을 대변해 주고 있었다.

하지만 기의 폭풍을 견뎌내며 그의 지척으로 다가간 열 명의 무사들이 현어운이 있을 만한 곳을 향해 공격을 가했다. 병장기의 살기가 허공을 가르며 현어운의 춤사위를 막으려 했다.

"크흑!"

"악!"

그때 현어운의 우측 십 장 떨어진 곳에서 열 자루의 비검이 빛나더니 순식간에 열 명의 목숨을 빼앗아 버린다. 뒤이어 오고 있던 다섯 명의 무사들에게도 비검이 날아가고 있었다.

"그래, 좋아! 다가가지 못하게 해, 노처녀!"

나무 위로 올라오려는 무사들을 장풍으로 쳐내며 고전하던 전유림은 위기의 순간 만위령이 나타나자 환호성을 질렀다.

현어운은 이 모든 것을 듣고 자신의 위험도 느낄 수 있었지만 무아지경에 빠진 이상 자신의 움직임을 멈출 수가 없었다. 아니, 멈추기 싫었다.

"피해, 덩치!"

전유림은 그렇게 외치며 나무 꼭대기로 올라가 도망가기 시작했다.

전웅의 움직임이 그의 뇌리에 떠오르며 그의 움직임과 겹쳐진다. 잠력의 절정, 춤사위의 절정, 그 절정에서 현어운은 전웅이 바위를 향해 손을 내지르는 것을 보았다. 그리고 자신의 손도 그를 따라 앞으로 빠르게 나아갔다.

"……!"

그와 동시에 주위를 울리던 진동은 거짓말처럼 씻은 듯이 사라졌다. 하지만 마치 폭풍전야처럼 숨 막힌 적막감이 잠시 흐른 후, 엄청난 일이 벌어지기 시작했다.

위이이잉—!! 콰콰콰쾅!!

현어운의 일 장 앞에서부터 엄청난 폭풍이 일어나더니 초선득과 신록희의 무사들이 있는 쪽을 향해 세차게 몰아쳤다.

"크아아악!!"

어느새 수풀 쪽으로 날아간 폭풍은 주변의 나무와 돌, 사람을 가리지 않고 휩쓸어 올리고 있었다. 기의 폭풍은 진짜 폭풍이 되어 날아가는 기적을 보이고 있는 것이었다.

우우우웅!!

수십 명이 솟아올라 가는 것을 본 자들을 공포에 젖은 채 온 힘을 다해 도망치기 시작했다.

"……!"

초선득은 그 폭풍을 바라만 보고 있다 직접 맞닥뜨리게 되자 온 힘을 다해 천근추를 시전하여 견디기 시작했다.

"큭큭큭큭! 크하하하!!"

광마는 기의 폭풍을 이기지 못하고 휘날려 올라가고 있음에도 뭐가 그리 좋은지 괴이한 웃음을 지었다. 그의 전신이 폭풍의 날카로움과 거친 힘에 충격을 받아 피로 범벅이 되었다.

그것은 초선득도 마찬가지였는지 그를 휘감던 운무는 사라진 지 오래였고, 사십 중반의 중년인이 인상을 찌푸리며 폭풍에 견디고 있는 것을 볼 수 있었다. 얼굴뿐만 아니라 전신이 폭풍의 날카로움에 베어 피로 범벅이었지만 초선득의 입가에는 어느새 짙은 미소가 맺혀 있었다.

"하하하하!! 현어운! 내가 너를 이 거친 폭풍 속으로 인도한 보람이 있었도다! 크하하하!!"

어느 순간 그의 전신에서 아지랑이 같은 기운이 솟아올랐고, 초선득은 두 발로 땅을 굴렀다. 아직도 가시지 않는 거센 폭풍의 힘을 빌려, 그는 하늘로 솟아올라 저 멀리 숲속으로 날아가는 것이었다.

그때 놀라운 일이 벌어졌다. 땅에 얕게 묻어놓았던 청동갑이 폭풍 때문에 밖으로 튀어나오더니 앞으로 계속 굴러가다가 힘을 이기지 못해 뚜껑이 열린 것이다. 땅으로 굴러 떨어진 두 개의 벽력탄은 폭풍에 휩쓸려 오르기도 전에 폭발을 일으키고 말았다.

콰콰콰콰쾅!!

"안 돼!!"

현어운의 우측 십 장 떨어진 나무쪽에서 이 놀라운 기적을 넋 놓고 지켜보던 만위령은 벽력탄이 폭발하며 절벽과 인접한 공터가 흔들리는 것을 볼 수 있었다.

"헉헉……!"

현어운은 지축이 흔들리며 서서히 기울고 있었지만 모든 잠력을 소진해 버려 일어설 힘조차 없는지 가쁜 숨만 몰아쉬는 중이었다.

"하하… 하하… 유림 이 녀석… 이렇게 된다고 진작에 말해주지. 좋았어! 좋았어! 하하하하!"

현어운은 자리에서 일어날 생각조차 하지 않았다. 절벽 위에 드넓게 뻗어 있던 공터가 벽력탄에 의해 갈라지며 아래로 떨어지고 있었다. 지진이 일어난 마냥 거대한 흔들림이 일어났지만 현어운은 그저 호쾌하게 웃을 뿐이었다. 그의 두 눈가에 맺힌 눈물은 기쁨일까, 슬픔일까?

"동생! 어서 피하지 않고 뭐 하는 거야!"

만위령은 흔들리는 땅 위를 이리저리 건너뛰며 현어운에게 가까스로 다가갈 수 있었다.

"아, 누님! 봤습니까? 하하하하! 저의 장풍이 초선득을 몰아냈어요! 하하하하! 이제… 그녀에게 부끄럽지 않게 다가갈 수 있을 것 같아요. 하하하!"

그의 웃음은 어찌 보면 광기에 젖어 있는 것 같았다. 그런 그를 노려보던 만위령은 사정없이 그의 뺨을 갈겼다.

쫙!

"누, 누님……?!"

"네가 사랑하는 사람을 위해서 살아남아! 이대로 죽는다면… 넌 그녀에게 죄를 짓는 거야! 사랑하는 사람이 죽는 걸 원하는 사람도 있니……?"

"……!"

지반은 이제 완전히 갈라져 심하게 기울고 있었다.

"누님! 어서 가세요! 저는 이제 힘이 다 빠져나갈 수가 없어요! 어서!"

"네가 날 살려주었듯이… 나도 널 살려줄 거야."

그녀는 그의 몸을 힘겹게 안아 등에 업었다. 그리고는 재빠른 몸놀림으로 경사진 지축을 밝고 달려 올라가기 시작했다.

쩌저저적!

그녀는 떨어져 내리는 돌들을 맞으면서도 묵묵히 경공을 시전해 오르고 또 올랐다. 거석들이 갈라지며 만장애(萬丈崖)의 무저갱으로 떨어지고 있었지만, 사람의 생에 대한 의지란 얼마나 대단한 것인지 그녀의 신형은 이제 거의 땅 끝까지 올라온 상태였다.

"안 돼……!"

몇 걸음 남지 않은 상황에서 내공이 거의 소진된 그녀는 정신력으로 버텨내려 했으나, 그녀가 밟고 있던 돌마저 곧바로 절벽으로 떨어져 내리자 그녀는 그만 헛발을 집고 말았다.

"하앗!"

그때 그녀의 등에 있던 현어운의 신형이 사라지는가 싶더니 그녀의 몸을 타고 배 밑으로 이동했다. 그녀의 배를 세게 밀어버리자 그녀는 가까스로 절벽 끝으로 올라갈 수 있었지만 현어운은 그러지 못했다.

"동생!!"

만위령의 손이 불쑥 나타나 현어운의 팔을 잡았지만 내공이 바닥난 그녀의 팔은 눈에 띄게 후들거리고 있었다. 이매망량에서 다시 원래대로 돌아온 현어운의 입가에는 무리한 움직임으로 인해 피가 쏟아졌다.

"혀, 현 동생……!"

"누님, 고맙습니다."

그의 입가에 환한 미소가 맺혔다. 그 순간 만위령은 그 미소가 그토록이나 아름답지 않을 수 없다 생각했다. 생의 모든 것을 바쳐 타인의 생명을 구한 자는 이토록이나 아름다운 것이다. 그의 모습이 빛나는 듯했다.

"히, 힘을 줘! 아……!"

그녀의 손과 현어운의 손이 서서히 미끌리고 있었다.

"금탁의 싸움 기억나죠? 그때 같이 울어준 것이 얼마나 고마웠는지 모릅니다. 그때 누님이 아니었다면… 전 도망갔을지도 몰라요. 이제 그녀에게 정녕 부끄럽지 않습니다. 모두… 행복하길……."

"……!"

현어운이 씨익 웃으며 그녀의 손을 놔버리자 그는 끝이 보이지 않는 절벽 아래로 한없이 소멸해 갔다.

"동생! 흑… 흑흑……! 동생―!!"

그녀는 바닥에 얼굴을 묻고 오열하는 것 외에는 아무것도 할 수가 없었다. 찬바람이 그녀의 몸을 더욱 떨게 했다.

第六章
파멸

사호와 오호가 명천성주와 암천성주의 의식을 빼앗고 그들로 변한다. 이호가 하인 동칠을 죽이고 그로 변한다. 삼호가 하녀 주양을 죽이고 그녀로 변한다. 육호가 무황이 거주하는 집을 관리하는 거장 유막을 죽이고 그로 변한다. 그리고… 나는 하인 칠구를 죽이고 그로 변한다. 무황이 십 년간 해온 텃밭 일구는 일을 끝낼 때쯤 하녀 주양이 동칠에게로 와 다정한 미소를 지으며 동칠에게 수건과 물을 건넨다. 무황이 다가오면 어색하게 인사를 하고, 그와 함께 들어간다. 그는 성격상 남의 뒤를 따라 걷는 걸 싫어하기 때문에 두 사람을 앞지를 것이다.

그때 명천성주와 암천성주가 급히 그의 앞에 나타난다. 예전에 신록희가 복건성을 일주일 만에 차지했을 때 이런 적이 있었기 때문에 큰 무리는 없었다. 위급을 알리는 그때 대기하던 유막도 같이 나타난다. 그때쯤이면 무황은 이상함을 느낄 것이고 그와 동시에 주양이 공격한다. 그녀는 죽고 명천성주와 암천성주가 그 다음 공격을 하면서 동칠이 움직이는 것을 보지 못하게 한다. 두 사람이 무황의 공격을 받는 그때 암살에 가장 뛰어난 육호, 유막이 그를 공격한다. 그러나 실패할 것이다. 그는 죽기 전에 입에서 연막탄을 뱉어낸다. 그와 동시에 이매망량이 된 동칠이 그를 공격한다. 최대한 오래, 끈질기게 그가 제일 강한 자인 듯, 그리고 마지막 자객인 듯한 인상을 주어야 한다. 그리고 마지막으로 죽은 척을 한다.

무황이 사태를 수습하기 위해 돌아갈 때, 내가 소란에 놀란 척하며 무황에게로 간다. 무황의 성격상 불문곡지하고 죽일 것이고, 나는 죽는 척한다. 죽은 척한 동칠이 다시 그의 신경을 빼앗는 순간, 이매망량이 된 나는 금강불괴의 몸인 그의 심장을 절연세운기로 도려낼 것이다.

“……”

“무얼 그리 생각하느냐?”

“아, 사부님.”

단리채빈은 끝이 보이지 않는 절벽 위를 바라보고 있다 섬수신의의 부름이 가볍게 웃으며 예를 취했다.

“밤하늘은 지상에서도, 이곳 절벽 아래에서도 항상 밝게 보이지 않느냐?”

“그렇군요.”

‘당신도 저처럼 저 별을 보고 있나요?’

그녀의 두 눈에는 간절한 그리움이 담겨 있었다. 자신의 모습을 담은 별을 현어운이 보고, 그의 모습을 담은 별을 자신이 보았으며 하는 생각이 들 정도로 그녀는 그를 그리워했다.

“또 그 멍청이를 생각하느냐?”

“호호, 가가가 얼마나 똑똑한걸요. 몰라서 하시는 말씀입니다, 사부님.”

“대체 뭘 보고? 쯧쯧. 그나저나 잘 지내고 있을지.”

“…….”

과연 그곳에서 살고 있을지, 아니면 다른 곳으로 가 험난한 세상에서 살아가고 있을지는 모르지만 어느 곳에 있든 힘겨워하고 있으리라는 건 알 수 있었다.

“내일이면 가는 것이냐?”

“네.”

“그냥 오늘 가도 되건만… 애써 날 생각해 줄 필요는 없단다.”

“그래도 사부님이고 어쩌면 다시는 보지 못할지도 모르는데… 하루 정도야 지난 몇 개월에 비하면 아무것도 아니지요. 십 년이 지난 것도 아닌걸요.”

“허허허! 그래! 내가 제자 하나는 제대로 뒀구만? 나중에 어운 그놈이랑 초섬유성수로 말도 안 되는 싸움은 제발 하지 말거라!”

“네? 호호호! 그럴 리가 있나요? 가가는 제 말이라면 다 들어주는걸요. 아마 제가 우기면 제 말이 맞다고 고개를 끄덕일 사람이에요.”

“그래, 정말 순수한 놈이었지. 집중력이 강해 어쩌면 대성했을지도 모르겠구나. 아니지, 그놈을 내가 안다. 그놈은 아마 익히다가 지레 포기했을지도 몰라.”

“…….”

“험험! 아무튼 초섬유성수를 대성해 주어 고맙구나. 너의 자질을 이미 알고 있었지만 이토록이나 빨리 극의를 얻을 줄은 나도 몰랐단다.”

“저야말로 사부님의 대은을 어찌 보답하겠습니까.”

그녀는 자세를 고쳐 잡으며 허리를 숙였다.

“…이 세상에는 참으로 많은 강자들이 있단다. 독패삼류뿐만이 아니더라도 강자는 충분히 많지. 알다시피 그 첫 번째로 혈전마를 들 수 있다. 두 번째로 허무객을 들 수 있고, 마지막으로 천검을 말하지. 하지만… 사람들은 허무객이 어떤 무인인지 제대로 모르고 있다.”

“허무객…….”

“모두 허무객을 그저 혈전마 다음으로 강했던 자로 생각하고 있지만… 그는 결코 단순히 넘겨짚을 자가 아니었다. 그야말로 전무후무하게 독패삼류의 무공을 모두 깨고, 그 스스로 독자적인 경지에 이른 고금제일의 강자라 할 수 있지.”

“……!”

“내 사제 태극자를 받기 몇 년 전, 사부님께서는 큰 부상을 입고 오신 적이 있었다. 그분을 패퇴시킨 자는 바로 허무객이었지. 그 당시만 해도 대충 그의 나이가 백오십을 넘겼던 것 같은데… 지금 내가 딱 그 나이쯤 되었구나. 그의 검술은 천의무봉한 경지로 사부님은 그의 십초지적도 되지 않았다고 하셨다.”

“……!”

“만약 허무객이 살아 있거나, 아니면 그의 후예가 살아 있다면 진정한 천하제일인은 그라고 할 수 있겠지. 이 사실을 아는 자가 과연 몇이나 있을까? 아마 나 혼자만 알지도 모르겠구나. 너도 이 사실을 기억하여… 강함이란 언제나 상대적이라는 것을 마음 깊이 새겨두거라.”

“사부님 말씀 깊이 간직하겠습니다.”

그녀는 다시 예를 취한 뒤 싱긋 웃으며 말을 이었다.

“그런데… 허무객의 후예 외에도 강한 자가 있는 걸 알고 있어요, 사부님.”

“음? 그자가 누구냐?”

“바로 사부님이죠.”

“뭐? 허허허허! 네가 아부도 좀 하는구나! 허허허허!”

“호호호호!”

두 사람의 웃음이 섬수원 주위에 정겹게 퍼지고 있었다.

하늘을 다시 바라보는 그녀의 마음에는 강한 그리움과 함께, 반드시 살아서 밖으로 나가리라는 의지가 새록새록 솟아났다.

‘가가, 기다리세요……!’

쾅! 쾅! 쾅!

전유림은 미친 듯이 방의 벽을 쳐대고 있었다. 슬픔과 분노를 참지 못한 그녀는 눈물을 그렁그렁 매단 채 어찌할 줄 모르고 있었던 것이다.

구빙산에서의 사건은 신록희에서 물러나는 것으로 일단락 지어졌지만 여의대는 큰 피해를 입고 슬픔에 빠질 수밖에 없었다. 현어운이 절벽에서 떨어져 죽어버렸고, 남궁명욱은 간신히 목숨을 연명해 얼마 전에야 의식을 되찾은 뒤였다.

그나마 광마는 그 폭풍에 휩쓸렸음에도 멀쩡히 살아 있었고 조선영도 적절한 운기조식 덕분에 많이 호전되었으니 불행 중 다행이었다.

“왜! 왜 네가 안 죽고 어운이 죽었냐고!”

“…….”

며칠 내내 전유림은 만위령을 원망하고 또 원망했다. 하지만 만위령

또한 슬픔으로 며칠간 말 한 마디 하지 않고 식음을 전폐하여 초췌한 몰골을 하고 있어 전유림은 그녀를 때려죽이고 싶어도 그러지 못했다.

그때 방 안으로 조선영이 들어왔다. 그녀의 뒤로는 역시 초췌한 얼굴을 한 역야정이 따라 들어왔다.

"그만 슬퍼하세요. 이미 벌어진 일이라면… 다음의 일을 생각하는 게 좋을 겁니다."

조선영은 마치 남의 일인 양 말했지만 역시 얼굴에 진 그늘을 지울 수는 없었다.

"역 소저가 오늘 떠난다고 하는군요."

"……."

"고마워요. 당신들이 아니었다면… 벽력신천문은 결국 신록희에게 멸문당했을 겁니다."

"우리가 한 게 뭐 있어. 다 어운이 해놓고 가버렸지. 죽은 놈에게 고맙다고 말해. 제를 지내주면 더 좋고."

"그렇게 할 생각입니다. 우리는 이곳을 버리고 떠나려 합니다. 작업장은 완전 폐쇄했고요."

"어디로 가려고?"

"후후, 가르쳐 드릴 수는 없죠. 아버지도 돌아가시고, 오라버니 또한 죽을 것이 분명하기에 우리는 이제 완전히 음지로 숨어들 것입니다. 아니, 어쩌면 이번처럼 양지에 있는 척할지도 모르죠. 다만, 우리가 당한 이 수치와 분노를 그저 좌시하고 있지만은 않을 겁니다. 무림제왕성과 신록희… 모두에게 벽력신천문의 무서움을 보여줄 것입니다. 그들은… 진정 행복한 시절에 최고의 공포를 맛봐야 할 것입니다."

"……!"

"여러분들께는 정말 감사드려요. 시간이 촉박하여 더 오래 있지 못해 죄송합니다."

"잘살아."

"전 소저도요."

역야정은 힘겹게 미소 지으며 방을 나갔다. 방 안에 남은 세 사람은 알 수 없는 허탈감에 빠져 말을 잃어버린 듯했지만 그나마 가장 나은 조선영이 먼저 제의했다.

"이대로 있을 수는 없습니다. 무림제왕성으로 돌아가지요."

"……! 미쳤어?! 우리가 왜 그곳으로 가야 하는데?!"

"전 소저는 우선 신록회에게 복수를 해야 하지 않나요?"

"…맞아. 난… 그놈들에게 복수를 해야 해."

그녀가 고개를 끄덕이자 조선영은 만위령을 바라보며 말했다.

"당신은 어떤가요?"

"나도… 돌아갈 거야."

"그럼 가기로 하죠. 광마는 어차피 무림제왕성에 남아 있을 존재입니다. 돌아가서 최대한 안정을 되찾은 후, 각자의 결심을 실행해야 합니다."

조선영이 나가자 전유림은 살기가 번뜩이는 눈으로 천장을 노려보았다. 그녀의 마음에 지금 어떤 심정이 담겨 있는지는 오직 그녀만이 알 것이었다.

그는 꿈을 꾸고 있었다. 나무를 베고 또 벤다. 나무를 벤 뒤, 섬수원으로 돌아가 장작을 패고, 친구들과 함께 식사를 한다. 입가에는 언제부터 잊어버렸는지 모를 미소가 잔뜩 맺혀 있었다.

‘행복하다⋯⋯.’

그때만큼 행복한 적도 없었으리라. 하지만 그에게는 또 한 번의 커
다란 행복이 다가왔다. 어린 시절 받았던 슬픔과 고통, 인내, 고뇌에
대한 보상이기라도 하듯, 한꺼번에 행복이 닥친 것이다.

‘채빈⋯⋯. 헤헤!’

그녀의 아름다운 얼굴이 자신을 향해 한껏 웃음 짓는다. 그 아름다
움에 빠져 행복해지고 싶었다.

그러나 그녀는 절벽으로 떨어지고, 친구들은 죽고, 섬수신의는 사라
진다. 자신의 모든 것이 변해 버렸다.

‘안 돼! 가지 마! 누가⋯ 누가 나의 행복을 빼앗은 거야!’

무림이라는 폭풍 속으로 빠져들며, 그는 정처없이 휘말리고 있었다.
하지만 그곳에서 만난 소중한 이들로 인해 그는 조금씩 웃음을 되찾아
갔다.

‘유림! 우리는 끝내 행복해져야 해. 그렇지?’

초선득이 자신을 향해 웃고 있었다. 전신이 떨리고, 그가 없는 곳으
로 멀리 도망가고 싶었다. 이매망량을 익히게 되면서, 그를 멀리 했지
만 이 정도는 아니었다. 그런데 적으로 나타난 지금, 그 어떤 상대보다
두려운 자가 되었다.

‘당신이⋯ 나를 이렇게 만들었어!’

‘내 무공과 너의 무공⋯ 과연 누가 더욱 강한지 알아보자. 무림인의
강한 열망은 바로 강함에 있다.’

초선득의 말에 그는 세차게 고개를 저었다.

‘그러기 싫다면, 나는 너를 죽이겠다!’

‘아악!’

흰빛이 명멸하는 순간 그는 절벽으로 떨어지려 했다. 그러나 그의 손을 잡는 아름다운 손이 있었다.

'아! 빈매?!'

'가가! 이 손을 놓지 말아요! 당신이 죽는다면 난… 난……!'

하지만 이 손을 놓지 않는다면 두 사람 모두 절벽으로 떨어질 것이 분명했다. 그는 애써 밝게 웃으며 노래를 부른다.

'무림에 피 끓길 날 없음에 마음이 애달프도다… 허망한 검명만이 하늘을 울린다. 내 인생 갈 곳 없어 하염없이 울었으나, 결국 내 발길은 처절한 핏길 위라! 검을 부수어 내 마음 날린다. 하나 부서진 검은 내 마음이기도 하니, 돌아갈 길 없는 낙엽 같은 내 운명이여… 아아! 나의 울음은 누구를 위함이었으며 나의 검은 누구를 위해 울었던가!'

그가 부르는 파검가에 단리채빈 또한 하염없이 눈물을 쏟아내었다.

'모두들 갈피를 잡지 못하는 부평초라지만… 나는, 나의 검은 당신을 위해서 울었소.'

'가가!'

현어운은 그녀의 손을 놓고 절벽 아래로 하염없이 떨어져 내려갔다. 날카로운 바람이 뼛속까지 저미고, 두려움이 뇌리를 뒤흔든다.

'야! 죽지 마! 약속했잖아!'

현어운은 갑자기 들려온 커다란 목소리에 깜짝 놀라 두 눈을 번쩍 떴다.

'유림?!'

'약속은 지켜야지! 그렇게 죽으면 네 마누라가 좋아할 것 같냐고!'

'그래! 날 죽일 수 있는 존재는 없다! 그 누구도… 날 죽일 수 없어!'

"허허… 이보게, 자꾸 소리를 지르는구만. 진정하고 좀 조용히 해

주게.”

“컥… 컥!”

현어운은 자신의 목을 누르는 거대한 힘에 숨이 막혀 자신도 모르게 두 눈을 뜨며 기침을 했다.

“컥! 파, 팔을 놔주… 숨 막혀요!”

“이제야 일어났구먼.”

회색 마의를 입은 노인은 사람 좋은 웃음을 지으며 목을 조르던 팔을 떼었다. 현어운은 정신을 차리자마자 엄습하는 열기에 정신이 없었다. 자신이 산 건지 죽은 건지도 가물가물한 판에 참을 수 없는 열기가 주변에 만연해 있자 얼굴이 빨개지고 숨이 답답해졌다.

“여, 여기는 대체 어디입니까……?”

“구빙산의 지저라고 할 수 있지. 그리 깊지는 않지만. 자네, 꽤 더운 듯한가 보이? 얼굴에서 땀이 비 오듯 흐르고 있네.”

“지저라면… 용암이 이 근처에 있는 겁니까?”

“허허! 그렇지. 덥긴 하지만 조금 견디다 보면 숨 쉴 만할 걸세. 유황 냄새도 익숙해지면 별것 아니야.”

자신이 어떻게 살았는지는 굳이 묻지 않아도 알 수 있었다.

“저를 살려주셔서 어떻게 감사의 인사를 드려야 할지…….”

“자네, 참 운이 좋았어. 내가 잠시 소피를 보러 나오지 않았다면 그대로 용암에 빠져서 녹아버렸을 테니 말이야. 허허허! 웃기지 않나, 내가 소피를 보러 나왔는데 자네가 휭 하고 내 앞을 스치며 떨어져 내려가더란 말이지. 이런 걸 하늘만이 만들 수 있는 우연이라고 하지.”

“아…….”

조금 황당한 전말이기는 하지만 자신이 용암에 빠져 죽었을 것이란 말에 소름이 끼쳤다.

'죽으려면 그냥 곱게 죽이지 하필이면 용암으로 떨어지려 했단 말이
야?'

그는 자리에서 일어나려 했지만 그 순간 전신이 부서진 것만 같은
극렬한 고통에 자신도 모르게 비명을 질렀다.

"으아아아악!"

"괜찮나? 한동안 거의 움직이지 못할 걸세. 이곳으로 떨어지려면 내
가 알기로 절벽에 걸려 살고 있는 천년나무들의 거대한 몸통과 부딪쳐
야 하거든. 내가 받았을 때 자네 사지가 흐물거렸으니 아마 뼈가 완
전……."

"저는 이제 평생 불구로 살아야 합니까?"

현어운은 노인의 묘사에 소름이 끼쳤지만 담담히 말했다. 어차피 죽
을 것이라 생각했는데 이렇게 살아 있는 것만으로도 다행이라 생각했
다.

"응? 자네는 두렵지 않은가? 평생 불구로 살아야 한다는 것이?"

"그, 글쎄요… 예전 같으면 그랬겠지만 이곳으로 떨어지는 순간 죽
을 것이라 생각했기 때문에 지금은 살아 있다는 것만으로도 고마울 뿐
입니다."

"자네, 자살한 거 아니었나?"

"자살이라뇨… 어쩌다 보니……."

"실족인가……."

"아닙니다! 아… 소리 질러서 죄송합니다, 어르신."

"아니야, 허허! 자네, 은근히 멍청하구먼? 농담도 제대로 못 받아들
이고 말이야."

“……..”

현어운은 자신의 이 노인에 대한 인식이 바뀌는 것을 느껴야 했다. 처음에는 이런 곳에 사는 사람이니 도도한 기인이거나 괴팍한 성격의 마인일 줄 알았다. 그런데 몇 번 이야기를 해보니 소탈하고 농을 즐기는 평범한 노인 다름 아니었던 것이다. 물론 이런 곳에서 산다는 것 자체가 평범함과는 거리가 멀었지만.

“참, 자네 품에 있던 그 위험한 것들은 모두 용암에다 버렸네. 그런 걸 품속에 지니고 있다 자연적으로 폭발하면 얼마나 억울하겠는가? 이곳에 떨어지면서 그것이 폭발 안 한 게 얼마나 다행이었는지… 만약 터졌다면 나는 소피를 보다 어이없이 용암에 녹았을 걸세.”

“……..”

“그리고 자네의 몸이 엉망이지만 내가 이래 뵈도 반선(半仙)이야. 자네의 몸 정도는 시간이 조금 걸리긴 해도 충분히 정상으로 되돌릴 수가 있네.”

“아……! 감사합니다. 감사합니다.”

현어운이 돌연 눈물을 흘리며 고마워하자 노인은 황당한 표정으로 되물었다.

“자네는 신체에 대해 포기한 것 같더니 고칠 수 있다니까 울면서 기뻐하는군?”

“그, 그야 당연한 것이지 않습니까……?”

“한 번 포기했으면 끝까지 포기해야지.”

“그럴 대상도 대상 나름이어야지요. 포기했다가 희망을 가지면 당연히 기쁘지 않습니까?”

“내 말이 그 말이네.”

“……..”

현어운은 노인이 뭐라 설명할 수 없는 독특한 성정과 생각을 가지고 있음을 알았다. 한동안 심심하지는 않겠다는 생각에 피식 웃으며 말했다.

“어르신, 목숨을 살려주서서 정말 감사합니다.”

“자네, 정말 기뻐하는구먼? 온몸이 말하고 있어. 진심으로 기뻐하니 나 또한 기쁘네. 허허!”

“그런데 어르신의 존함은 어떻게 되시는지… 저는 현어운이라고 합니다.”

“현어운? 음, 어디 보자……..”

노인은 무언가를 골몰히 생각하는 듯 눈을 들어 천장을 본다. 현어운은 그제야 주위를 살필 여유를 가질 수 있었다. 별달리 특별한 곳이 없는 동혈 안의 석실이었는데 아마 입구 쪽으로 주욱 나가면 노인의 말대로 용암이 나오리라 쉽게 추측할 수 있었다.

“자네는 원래 이름이 없는 운명인데 스스로 지었구먼? 그런데 좀 못 지었어.”

“……..”

“차라리 현사운(玄絲雲)이나 현명운(玄明雲)이 나은데… 지금이라도 바꾸어도 되니 바꿔보지 않겠나?”

“마, 말씀은 감사하지만 지금 당장은 그럴 생각이……..”

“그럼 나중에는 바꾸겠다는 말인가?”

“아, 아니요! 그냥 바꿀 생각이 없습니다.”

“진작 그렇게 말하지. 나는 나중에 바꿀 생각이 있는 줄 알았지 뭔가. 자네의 운명이 참으로 기구하구만. 평범히 살 운명이었는데… 귀신이 관여를 해버렸어. 원래 귀신은 사람의 운명에 개입하는 걸 좋아하는데 특별한 이유가 없다면 개입하지 않지. 자네는 보자… 호오! 자네 걸음걸이가 정말 특이하군. 웬만한 자들은 바로 뒤에 서 있어도 알지 못할 정도야. 그냥 막말로 뒤로 다가가 푹 찔러대어도 모르겠구먼!"

"……."

그의 황당한 말투는 둘째 치고 일면식도 없는 사람이 너무나 자신에 대해 너무나 잘 알고 있자 놀라움을 금할 수 없었다.

"어, 어르신… 절 아십니까?"

"허허… 아마 예전엔 알았지 않겠나? 자네와 내가 이렇게 만났으니 전생에는 알던 사이였겠지."

"신비로운 말입니다."

"당연한 말인데 자네가 이해를 못하는 것일세."

"호, 혹시… 제 죽은 아내가 잘 지내고 있는지도 알 수 있습니까?"

"자네, 돈 있나?"

"예?"

"말도 안 되는 걸 봐달라고 하니 나도 돈이나 받고 사기나 쳐보려고 말일세."

"하… 하하하! 으아악!"

하도 어이없는 말에 웃다 가슴이 으스러지는 것 같은 통증을 느끼며 비명을 질렀다.

"허허허! 앞으로도 이렇게 웃겨줄 텐데 자주자주 아플 걸세. 허허허!"

두 사람의 동거는 그날 이후로 주욱 이어졌다. 노인은 운신을 못하는 현어운을 위해 대소변을 받아주었고, 음식을 일일이 먹여주기도 했다. 현어운이 심심하면—정확히는 노인 자신이 심심하면—와서 수다를 떨며 웃겨주었고, 간간이 옛이야기도 해주었다.

어쩔 때는 자신의 사주도 종종 봐주었는데, 특이한 것은 과거의 이야기만 할 뿐, 미래의 이야기는 전혀 해주지 않는다는 것이었다.

그리고 정작 노인 자신에 대한 이야기도 절대 하지 않았다. 자신이 반선의 경지에 이른 기인이라는 건 간혹 강조했지만 그 외에 자신이 누구인지, 어떤 삶을 살았는지, 왜 여기에 있는지 등에 대해서는 말할 생각이 없는 것 같았다.

현어운도 그 이상에 대한 궁금증은 가지지 않았으며, 그저 자신을 잘 돌봐주고 친인처럼 대해주는 그에게 고마움을 느끼며 하루하루 살아갔다.

하지만 그런 것도 하루 이틀이었다. 일주일, 이 주일이 지나고, 두 달이 지나자 현어운의 마음에는 친인들에 대한 그리움으로 가득 차 있었던 것이다.

그날도 노인은 현어운에게 와 이런저런 이야기를 하면서 농담을 주거니 받거니 하고 있었지만 현어운의 표정은 일주일 전부터 계속 어둡기만 했다. 하지만 노인은 전혀 자신의 고민에 대해 물어보질 않으니 현어운은 참으로 답답한 노릇이었다.

그렇다고 소심한 현어운이 먼저 말하기에는 너무나 눈치가 보였기에 참고 또 참을 수밖에 없었다. 하지만 그런 것도 하루 이틀이지 일주일이나 가슴에 안고 살기에는 아무리 그라도 힘들었다.

"자네의 그 덜렁거리는 다리는 마치 내가 옛날에 보았던 거대 지렁이만큼 징그러웠지. 허허허!"

"저기, 어르신……."

"음? 왜? 할 말이 있는가?"

"제 이야기를 들어주시겠습니까?"

"싫네."

"네?"

"농담일세. 허허! 그래, 나도 사실 궁금했는데 도무지 말할 기색이 보이지 않아 그냥 그러려니 했지. 두 달 만에 입을 여는 걸 보면 소심한 건지 마음을 쉽게 열지 않는 건지… 아니면 입이 무거운 건지 도통 알 수가 없군."

"흐흠!"

현어운은 어쩌면 이 노인도 자신처럼 소심한 사람일지 모른다는 생각이 들었지만 애써 지우며 말하기 시작했다. 자신의 과거, 폭풍 속으로 들어간 시작 때부터 기억을 잃고 연곤현에서 행복하게 살던 일, 친구들과의 추억, 단리채빈과의 짧지만 깊은 사랑, 그리고 무림에 나와서의 고통과 즐거움, 모두를 이야기했다.

하지만 그는 귀영무혼일살이었을 때 누구를 죽였는지에 대해서는 말하지 않았다. 일부러 말하지 않은 것인지, 아니면 기억을 못하는 것인지는 알 수 없지만 그는 그것을 제외하고는 빠짐없이 털어놓은 것이다.

장장 한 시진에 걸쳐 이야기한 그의 일대기는 정말로 길고 파란만장했다. 그런데 그 이야기를 흥미진진하게 눈빛을 빛내며 듣던 노인은 다 듣고 나서 하품을 하는 것이 아닌가?

"다 했나? 좀 지루하군. 전체적인 내용은 괜찮은데 너무 길었어. 자네, 살아오면서 책 한 자 제대로 읽은 적 없지? 그 많은 내용 중에 책을 읽었다는 사건 하나 없는 걸 보면 딱 알 수 있지.”

“그, 그렇긴 합니다…….”

“공부를 안 하니 재미있는 이야기를 그렇게 지루하게 하지. 자네, 나의 이야기를 들어보겠나?”

“네!”

“영 살에 태어나 다섯 살까지 부모님 슬하에서 행복하게 자랐지. 그때도 기억이 나. 옆집 아저씨가 나에게 크게 될 놈이라고 칭찬하는 것을 말일세. 아무튼 다섯 살 겨울이 되던 해, 나는 사부님을 만나 세상과 등을 졌지. 그리고 이백 년이 지난 지금, 난 이곳 구빙산 지저 용암 동굴에서 말년을 보내고 있네. 아, 두 달 전에는 자네를 구해 이렇게 같이 지내고 있지. 어때? 간단하면서도 제법 들을 만하지 않은가?”

그의 굴곡없는 평탄한 삶의 이야기에 현어운은 황당했지만 억지로 고개를 끄덕였다.

“허허, 그렇게 억지로 호응해 줄 필요는 없네. 내가 자네보다 살아도 백 몇십 년 이상은 더 살았는데 그런 거 하나 모르겠나? 그나저나 자네는 왜 강해지고 싶지 않은가?”

“…강함이란 것이 저에게는 필요가 없습니다. 제 인생에서 중요한 것은 강함이 아니라 행복이니까요. 강함을 통한 행복은 무림인들에게나 있지, 저는 사람들과의 관계, 일상생활, 감정의 교류를 통해 행복을 얻고 싶습니다. 강하다는 것이 무림생활에서 편하기는 하지만 저에게는 행복은 아닙니다.”

“그거 아주 좋은 생각이군. 자네는 나에게 뭘 부탁하고 싶은 것 없나? 대답이 꽤 마음에 들어서 하나 들어주고 싶은데 말이야.”

“그다지……. 굳이 있다면 죽은 그녀를 한 번만이라도 보고 싶군요.”

"죽여줄까, 그럼?"

"……."

"그러고 싶진 않겠지? 허허! 그럼 살아야 하네. 아마 자네 아내는 자네가 좀 더 행복해지길 빌 걸세. 행복이란 일단 살고 보아야 얻을 수 있지 않겠는가?"

"네."

그의 말이 너무나 지당했기 때문에 현어운은 깊게 고개를 끄덕였다. 삶의 의지가 새록새록 솟아나는 걸 그는 느낄 수 있었다.

"이곳이 아니라 밖에 나가서 살고 싶습니다."

"흠… 그럼 자네의 몸이 다 나으면, 그때 내가 나갈 수 있는 방법을 하나 가르쳐 주지. 그런데 시간이 좀 오래 걸릴지도 모르는데 괜찮겠나?"

"네, 괜찮습니다."

현어운은 나갈 수 있다는 말에 희망을 가지며 기꺼이 대답했다.

"아, 자넨 절연세운기를 익히고 있으니 어쩌면 시간을 단축시킬 수 있을지도 모르네."

"네? 절연세운기가 무엇인지 잘 알고 계십니까?"

절연세운기를 익히고만 있다고 했지 어떤 것인지는 그에게 말한 적이 없었다.

"대충 알고 있지. 자네… 그런데 파검가는 어떻게 알고 있는가?"

"네? 파검가요? 그건 왜……?"

"자네가 의식을 잃었을 때 소리를 마구 질렀지 않은가. 그때 파검가도 같이 불러대더군. 어찌나 시끄럽던지 동굴이 무너지는 줄 알았네. 저 용암도 화를 내며 기포를 마구 터뜨리더군."

"하하, 파검가는 무림인이라면 모르는 자가 없을 정도로 많이 알려진 노래입니다."

"노래? 노래? 그랬단 말이지……."

노인은 무언가를 생각하는 듯 말이 없었다. 간간이 고개를 끄덕이며 신선 같은 풍모를 드러내는 흰수염을 연신 쓰다듬더니 일각이 지나고서야 그에게 말을 건넸다.

"내 이야기를 한번 들어보게. 세월이 너무 흘러 정확한 년 수는 알지 못하지만, 과거 혈전마란 자가 있었지. 혈전마는 도살부로 살던 천민으로 성정이 괴팍하고 덩치는 산만하여……."

혈전마의 태생은 매우 불행했다. 나이가 들어감에 따라 세상에 대한 불만으로 가득 찼으며, 그에 따라 그의 성정은 더욱 잔혹해져 갔다. 도살을 통해 그의 불만을 대신 풀곤 했지만, 그런 것도 한계가 있었다.

그는 하늘의 인연이 있었는지 혈마부전광경(血魔斧戰狂經)을 얻었고 무공을 익히게 되었다. 그 후 그가 저지른 악행은 굳이 설명을 하지 않아도 너무나 유명했다.

그런 그가 어느 날 누군가의 도전을 받게 되었는데 그는 자신을 '귀신'이라 했다. 서로의 비급을 놓고 생사를 건 싸움을 하기로 했고, 괴이한 기운을 풍기는 상대에게 흥미가 간 혈전마는 당장 이에 응하였다.

결과는 혈전마가 전혀 상상하지도 못한 방향으로 흘러 버렸다. 도무지 모습도, 기척도 느껴지지 않는 귀신은 귀신이란 말 그대로 귀신처럼 다가와 그의 심장을 찌른 것이다. 그렇게 허무하게 죽은 뒤, 귀신은 혈전마가 익힌 무공의 원본인 혈마부전광경을 가지고 사라졌다. 그리고 후에 귀신의 후예들은 자신들을 이매망량이라 부르고 그들의 신출귀몰한 은신술 속에 혈전마의 가공할 무공을 가미하여 가히 최강자라 불리는 자리에 오르게 된다. 그러나 그들은 어디까지나 귀신같은 존재들로 세상에 드러나지 않고 그렇게 세월이 흐른다.

"……!"

이매망량의 역사에 대해 들은 현어운은 놀라움도 놀라움이었지만 자신도 모르는, 어쩌면 초선득도 모르는 사실을 어찌 그가 잘 알고 있는지 궁금했다. 그러나 노인의 말은 거기서 끝나지 않았다.

"나의 사부님은 옛날 세인들이 허무객이라 불렀네. 하지만 당신은 자신을 허무선(虛無仙)이라 불러주길 원했으니 자네도 이제부터 허무선이라 부르게. 아무튼 그런 사부님께서 말씀하시길, '앞으로 중원의 운명을 위협할 거대한 인물이 나타난다. 이매망량의 후예인 그는 오랜 세월 후 그것을 반은 이루나 반은 그 오만함으로 인해 남의 인생을 마음대로 뒤바꾼 대가로 실패할 것이다'라고 하셨네. 그리고 나서 사부님은 곧바로 우화등선하셨는데 기가 막히게도 며칠 후에 내가 반선을 이루었지. 그 후 사부님이 말씀하셨던 일에 대한 전조가 나타나기 시작하더군."

그건 바로 천검(天劍)의 등장이었다. 그는 무공, 특히 검에 대한 열정이 남다른 자로 자질과 성정, 큰 포부 또한 남다른 무언가를 가진 이른바 영웅이었다. 그러나 그는 그 모든 자질을 버리고 오로지 검의 완성을 위해서 살아온 자였는데 그런 그가 허무객이 있는 곳을 어떻게 알고 찾아온 것이다.

그러나 허무객이 죽었기 때문에 그 대신 그의 제자, 무암선(無痷仙)과 대결을 가졌으나 처참히 패배하고 만다. 그는 무암선이 펼친 천외천의 검에 깊은 감명을 받고 스스로 제자되기를 청했고, 그의 성정과 무공에 감탄한 무암선은 그를 기꺼이 제자로 받아들였다.

　그렇게 세월이 흐르고, 천검은 마침내 허무객의 진신무공이었던 무형허무검(無形虛無劍)을 대성하게 되었다. 그제야 스스로 만족한 그는 무암선에게 무림으로 떠남을 알리고 미련없이 떠나 버렸다.

　거의 잊혀진 존재가 되어버렸던 천검은 그 후, 무황이 세운 무림제왕성이 무림의 진정한 자유를 좀 먹는다 느끼고 신록회를 세우게 된다. 그때쯤 천검은 초선득이라는 사십대 중반의 사내를 제자라기보단 후계자의 개념으로 맞이한다. 후계자의 개념이 더욱 강했던 이유는 그때만 해도 초선득의 무공은 매우 강했기 때문이다. 그러나 그는 이에 만족하지 않고 천검으로부터 무공을 사사받길 절실히 원했는데, 그의 열정이 자신의 예전 모습과 너무나 흡사하여 천검은 자신의 모든 무공을 그에게 전수해 주었다.

　그러나 하늘은 결코 한곳에 두 명의 강자를 두길 원하지 않았다. 초선득은 모든 무공을 얻은 후 몇 년이 지나 갑자기 그에게 생사투를 신청하게 된다. 후계자였던 자가 생사투를 신청하자 큰 충격과 분노를 받은 천검은 그와 공전절후의 대결을 벌이게 되었고, 이매망량의 초선득을 감당하지 못한 그는 결국 치명적인 상처를 입고 도주하고 말았다.

　끈질긴 생명으로 간신히 무암선이 있는 이곳으로 온 천검은 이곳에서 모든 것을 말하고 조용히 죽음을 맞이하게 된다.

　초선득은 무형허무검이 허무객의 무공임을 알고 있기 때문에 실제로 더욱 강한 자를 가리기 위해 허무객의 제자, 무암선을 찾고 있는 걸 당사자는 알고 있었지만 그런 것에는 애초에 관심이 없었기 때문에 그저 이곳에서 자신의 삶을 살고 있는 그였다.

　"…믿기지가 않는군요. 무엇보다 허무선께서 그런 예언을 하셨다는 것을 믿을 수가 없습니다."

"하지만 내가 분명히 들었네. 그 말씀을 하신 이후로 며칠간 아무 말도 하지 않으시다 우화등선하셨으니 유언인 셈이지."

"그럼… 중원의 운명을 위협할 자는 초선득이고, 반은 성공, 반은 실패하게 된다는 건 나를 비롯한 다섯 친구들을 강제로 끌어들였기 때문이라는 것입니까?"

"허허! 그건 생각하기 나름이겠지. 그러나 확실한 건… 자네와 나의 만남이 결코 우연은 아니라는 게야. 우연 속에는 인간은 감히 상상할 수도 없는 놀라운 법칙이 담겨 있네."

"저는… 어떻게 해야 합니까?"

"나가고 싶다고 하지 않았나?"

"그랬죠."

"그럼 나가면 되네. 단, 몸이 다 낫고 말이야."

"하지만 전… 초선득을 이기지 못합니다."

"그건 자네 마음 때문일세. 누구든 자신의 스승을 이기리라고는 생각조차 못하지. 사람에게는 기본적인 양심이 있어 자신을 가르친 자에 대해서는 본능적으로 존경심이 있기 때문이야. 그런 점에서 초선득은 대단한 자이지만… 나쁘게 말하면 양심에 털이 난 놈이지."

"네? 아하하하하!"

현어운은 무암선의 표현이 재미있어 크게 웃을 수밖에 없었다.

"나가고 싶다면 말일세, 무림인이란 자각을 버려야 하네."

"전 스스로를 무림인이라 생각해 본 적이 없습니다."

"자네는 스스로를 무림인이라 생각하고 있네."

"네?"

"어려운 문제지. 몸이 다 나으려면 아직 시간이 있으니 천천히 생각해 보게."

무암선은 석실 밖으로 나가 버렸고 혼자 남게 된 현어운은 장고의
시간을 가져야 했다.

다시 한 달이 흐르고, 현어운의 몸은 이곳에 오기 전의 상태로 완전
히 낫게 되었다. 날아갈 것 같은 기분에 현어운은 후다닥 밖으로 달려
나갔다. 그러나 얼마 가지 못해 돌아와야 했는데 동굴의 끝에 이르자
이십 장 아래에는 뜨거운 용암이 강처럼 흐르고 있었고 주변은 용암에
의한 유황연기가 메케하게 깔려 있어 자신의 답답했던 마음을 풀기에
는 무리가 있었기 때문이다.

"완전 용암국이군요. 대체 이런 곳에서 어떻게 평생을 사셨습니까?"

"마음에 달린 것이지."

"그때 하셨던 말씀… 아직도 모르겠습니다. 저는 무림인이 아니라
생각해 왔고, 다시 생각해 보아도 그렇습니다."

"그럼 그런 것이겠지."

"네?!"

"마음에 달린 것이지."

무암선은 쉽게 대답했지만 현어운은 도무지 무슨 말인지 알 수가 없
었다. 이런 철학적이고 현학적인 말은 도무지 그에게 맞지가 않는지
머리가 지끈지끈 아파왔다.

"으음……."

"자네의 모습은 말 그대로 책을 싫어하고 생각하기 싫어하는 사람들
의 전형적인 증상이지. 허허허!"

현어운은 무암선의 말을 듣고 부끄러움에 눈 둘 바를 찾지 못했다.

“가르침을 주십시오.”

“공짜로는 안 돼.”

“그, 그럼?”

“이곳에서 모든 걸 익히기 전에는 나가지 않겠다는 맹세를 하게. 그러면 자네에게 하나의 길을 제시해 주지.”

현어운은 사실 지금 당장이라도 나가고 싶었지만 방법을 알지 못하는 데다, 그에게서 어떤 가르침이라도 받아야지 초선득과 대등하게 싸울 수 있다고 생각했기 때문에 망설이다 결국은 고개를 끄덕였다.

“알겠습니다. 그렇게 하겠습니다.”

“우선 이곳을 나가는 방법은…….”

자신을 따라 나오라는 시늉에 현어운은 그의 뒤를 따라 석실의 구석으로 갔다. 그가 어느 한곳을 누르자 석실 한곳이 천천히 열리며 동혈 입구가 나타나는 것이었다.

“아……!”

“이곳으로 나가면 되는데 생각보다 힘들 걸세. 스승께서 은근히 심술이 심해 나도 나가지 못하도록 각종 진법을 설치했거든. 마음 약한 사람이나 무공 약한 자가 들어가면 그 뒤는 말할 것도 없지.”

“그럼 어떻게 해야 합니까?”

“자네가 목숨을 거는 셈치고 이매망량이 되어 나가는 시험을 해보는 것도 방법일세. 이매망량은 이 세상의 존재가 아니기 때문에 진법의 영향을 받지 않거든. 그런데 실제로 난 그런 걸 본 적이 없기 때문에 사실인지 아닌지 모르네.”

“다른 방법은 무엇입니까?”

“내 수업을 받고 대성하면 이곳을 나갈 수 있는 능력이 생기지. 단

언컨대 지금의 자네는 들어가면 죽네. 물론 이매망량의 능력을 이용한 다면 반반이겠지. 죽거나 살거나."

"…가르침을 주십시오."

그가 망설임없이 결정을 하자 무암선은 아무 말 없이 석실 밖으로 나갔다. 뒤따라 나간 그는 무암선이 용암천을 바라보자 자신도 모르게 그를 따라 용암천을 내려다보았다.

무암선이 점점 더 몸을 앞으로 숙여 용암천을 바라보려 하자 현어운 도 궁금증이 일어 덩달아 같이 앞으로 몸을 숙였다.

'이, 이거 위험한데……!'

"앗?!"

그때 갑자기 무암선이 몸을 앞으로 완전히 기울여 두 발을 땅에서 떼어 허공으로 가져가자 현어운은 깜짝 놀라며 뒤로 물러나고 말았다.

"무, 무암선님……!"

무암선은 공중에 뜬 채 현어운을 바라보며 웃고 있었다.

"놀랐지? 허허허!"

"깜짝 놀랐습니다. 하하하!"

"자네는 할 수 있는가?"

"아무리 이매망량이라도 그런 부신약영의 신법은 실제로 불가능합 니다."

"부신약영? 그런 것이랑은 원리가 좀 다르네."

"네?"

"부신약영은 내공이 매우 많아야 하지. 말 그대로 무식하게 내공을 발밑으로 쏟아내어 몸을 띄우는 무식한 신법이네. 하지만 그 신법은 어마어마한 내공을 필요로 하기 때문에 실제로 부신약영을 구사하는 사람은 없지. 그와 비슷한 것은 많아도."

"그렇죠."

"그런데 내가 방금 한 것은 아무나 할 수 있어. 깨닫기만 한다면, 다섯 살배기 어린애도 할 수 있을 거야. 아니야, 다섯 살은 무리겠군. 대충 열 살 정도?"

"……."

"흠, 그럼 본론으로 들어가지. 내가 전에 파검가에 대해 묻지 않았는가?"

"그렇죠."

"파검가는… 스승님께서 만드신 노래, 아니, 무공일세."

"네?!"

현어운은 순간 무암선이 헛소리를 하는 건 아닌가 생각될 정도로 놀라고 말았다. 파검가가 무공이었다면 이 세상 모든 무림인들이 파검가라는 무공을 쓸 수 있어야 하지 않는가?

"그래서 나도 궁금하네, 왜 스승님은 파검가를 노래 형식으로 빌어 무림에 퍼뜨렸을까 하고 말이야. 그래서 지난 석 달간 가만히 생각해 보았네."

"결론은 났습니까?"

"그렇지. 이래 뵈도 반선이니까. 스승님께서는… 운명을 굳게 믿으셨던 모양일세. 웬만한 무림인들은 이 노래를 알고 있다고 하지 않았나? 심지어는 일반 사람들조차 알고 있지?"

"네, 그렇죠."

"스승님은 자네를 이곳으로 데려오기 위해 파검가를 퍼뜨린 것 같네."

“어, 억지 같습니다.”

“그렇나? 난 나름대로 생각해서 말한 것인데 말이야. 허허허! 내가 말했지? 우리가 만나게 된 것은 결코 우연이 아니라고. 그 놀라운 하늘의 법칙에 팔요한 수많은 장치 중 하나가 바로 스승님이 만드신 파검가일세. 만약 자네가 파검가를 몰랐다면? 지금처럼이나 무림인의 허망함을 느낄 수 있었는가? 아닐 거야. 파검가를 몰랐다면… 자네는 지금도 스스로를 무림인으로 생각하고 있었을 거야. 파검가가 있었기 때문에 사람들의 의식 속에 무림인의 인생, 사람들의 인생이 이토록이나 허무하다는 것을 인지하고, 그것을 벗어나기 위해 노력하지. 물론 아닌 사람도 있겠지만. 파검가는… 이미 사람들의 생활 속에 자리잡고 그들의 사고에 영향을 미치고 있었지. 이렇게 본다면 스승님은 참으로 대단한 시인이기도 하군 그래.”

“…….”

그의 말을 듣고 있자니 믿지 않을 수도 없고 믿기도 힘들었다.

“자네의 표정이 영 믿지 못하는 것 같군? 믿고 안 믿고는 자네의 마음에 달려 있네.”

“…….”

“너무나 당연하게 여기고 있었기 때문에 나의 말이 너무 비약적이라는 생각도 들 걸세. 그러나… 파검가는 스승님이 남기고 가신 최후의 심득이자 가장 평화적이면서, 가장 잔인한 무공인 것만은 분명 믿어야 하네.”

“……!”

현어운은 그의 확신에 찬 말에 잠시 파검가의 시구를 떠올려 보았다. 아무리 보아도 무공이라고 할 만한 구석도, 글자도 없었다.

"그럼 저기 바닥에 있는 검으로 내게 공격을 해보게. 사실 나는 인간의 무공을 이제 모두 버린 상태이긴 한데… 자네를 위해 아주 잠깐은 보여줄 수 있으니 한번 보여줌세."

시선을 돌리니 정말 녹이 슨 철검이 아무렇게나 뒹굴고 있었다. 그것을 주운 현어운은 잠시 망설였지만 곧바로 절연세운기로 그를 향해 날렸다.

피이잉! 쨍!

"아니?!"

현어운은 타원형 강기가 되어 날아가던 검이 갑자기 산산조각나는 것을 보고 두 눈을 부릅뜰 수밖에 없었다.

"파검가는 말 그대로 검을 부수는 무공이네. 하지만… 사람의 신체에다 쓴다면 그것만큼 잔인한 것도 없지. 파검가는 심검지도를 초월하는 심(心)의 무공 그 자체일세. 마음에 달려 있다는 것은 그것 때문이지. 쉬우면서도 어려운 것은 심이고, 가장 가까이 있으면서 가장 멀리 있는 것 또한 심이야. 파검가는 심이라는 표현을 가장 알기 쉽게 표현한 것으로… 굳이 표현하자면 스승님이 평소에 생각하고 이루고 싶었던 것을 심을 빌려 노래로 만든 것이라 보면 되겠지. 사실 사람은 심을 완전히 이룰 수는 없지만 파검가를 이용한다면 어느 정도는 이룰 수 있네."

"너무 어렵습니다."

"허허허! 그럼 당연히 어렵지 쉽겠나? 그러나 어렵게 생각하지는 말게. 방금 전에도 말했지만 마음은 가까이 있을 수도 있으니까."

무암선은 천천히 이동하여 동굴 입구로 착지했다.

"파검가, 잊지 말게. 파검가는 자네의 인생과 함께 줄곧 있어온 것이니 어렵지 않게 얻을 수 있을 거야."

그러나 현어운은 앞으로 자신의 나날이 결코 평탄하지 않을 것임을 예감할 수 있었다.

第七章
나를 움직이게 하는 것

친구들이 하나들 죽고, 마지막 남은 동칠이 재가 되어 사라질 때 나는 두 눈에서 눈물이 났다. 슬픔과 친구들이 모두 죽었다는 두려움을 이기지 못하고 나는 저쪽 세계로 완전히 들어가 버렸다. 그때의 고통만큼 지독했던 적이 있을까? 난 무황의 등을 찌르고, 그는 쓰러졌다. 밀려오는 허무감. 나는 왜 이 사람을 죽여야 했을까? 내 친구들은 왜 죽어야 했을까? 죽은 내 친구들이 너무나 안쓰러웠다. 죽은 대신 이름만이라도 남기고 싶었다. 그래서… 벽에 나를 제외한 다섯의 별호를 새겨 넣었다. 나의 정체가 드러나는 짓일 수도 있지만 나는 정말 그렇게 하고 싶었다. 귀영무흔오살(鬼影無痕五殺). 역사에 영원히 남아 있기를……

무림은 현재 혼란의 정점에 서 있었다. 화천신마녀 단리채빈이 죽은 후 있었던 잠깐의 소강 상태는 온데간데없이, 그 이전의 시절로 다시 돌아간 것이다.

각 성의 지부는 쉴 틈 없이 국지전을 벌이며 피를 불렀고, 덕분에 중립을 지키는 무림인들의 피해 또한 만만치 않았다. 당연히 무림제왕성과 신록희 양측 모두 그들의 반발을 살 수밖에 없었다.

그러나 무림을 장악하고 있는 두 거대 세력은 결코 질 수 없다는 듯 싸움은 계속되었고, 둘 사이의 대결은 결국 파국으로 향하고 있었다.

—하북성(河北省) 송사평(送死平)의 대전투!

두 세력은 최후의 전투를 위한 준비에 박차를 가하고 있었으며, 이에 무림은 숨을 죽이고 지켜볼 수밖에 없게 되었다.

무림의 주인인 무림제왕성과 무림제왕성이 생성되었을 당시부터 당당히 독립적으로 세력을 키워왔던 신록희. 그들의 자존심과 무림패권을 둔 싸움이 곧 일어나려는 것에 무림의 신경이 곤두서는 것은 당연한 것이었다.

무림제왕성의 낭인무사대는 강도 높은 훈련이 진행 중이었고, 각 지부에서는 전쟁에 참여할 무사들을 큰돈을 쏟아 부으며 모집하고 있었다. 신록희 또한 무림에 산재한 녹림도들을 강제로, 혹은 회유하여 영입시키고 있었고, 각 성의 지부에서는 무림제왕성처럼 무사들을 큰돈으로 모집하는 중이었다.

나날이 긴장감이 고조되는 가운데에도 여의대는 다른 곳과는 달리 여유로움이 느껴졌다. 대기실에서 하루종일 앉아 있기만 하는 광마, 어딜 갔는지 좀처럼 보이지 않는 조선영, 여기저기 불려 다니며 바쁜 일상을 보내는 남궁명욱, 방 안에 틀어박혀 모습을 드러내지 않는 전유림. 모두가 바쁘지만 바깥의 상황과는 전혀 상관이 없어 보였다.

이들 중 만위령의 일상은 예전과 많이 달라져 있었다. 현어운을 구하지 못했다는 자책감 때문인지는 모르나 예전처럼 다시 남자를 찾기 시작했다. 밖에서, 혹은 무림제왕성 내에서 자주자주 남자를 바꾸어가며 밤을 지새는 그녀를 말릴 사람은 아무도 없었다.

언젠가 그녀는 여의대로 찾아온 명천성주 제갈소하의 뺨을 세게 때린 적이 있었다. 다른 대원들은 그녀가 왜 그랬는지는 모르지만 그녀의 눈에 맺힌 눈물을 보고는 어떤 말 못할 이유가 있다는 것을 눈치채고 아무 말도 하지 않았다. 그날 이후로 그녀는 그렇게 남자에 빠져 살아갔다.

실로 오랜만에 조선영이 남궁명욱과 함께 대기실로 찾아오자, 술을 마시기만 하는 광마와 달리 전유림은 밖으로 나와 두 사람을 반겨주었다.

"뭐야, 둘이 사귀냐."

"…유림, 오해의 여지를 살 수 있는 말은 하지 않았으면 한다."

남궁명욱이 얼굴을 찌푸리며 나무랐지만 그녀에게는 씨알도 먹히지 않았다.

"무슨 일이야?"

"신록희와의 전투 날짜가 정확히 정해졌어요. 이미 신록희에게 전투를 위한 날짜를 약속하기 위해 사자도 보냈더군요."

조선영의 말에 전유림은 고개를 끄덕였다. 마치 상관할 바가 아니라는 표정 같았지만 이들은 그녀가 그 누구보다 신록희와의 싸움을 기다리고 있음을 알고 있었다.

"신록희뿐만 아니라… 무림제왕성에게도 복수해야지?"

언제 왔는지 만위령이 흐트러진 옷차림으로 대기실로 들어오며 말했다.

"그래, 네 말이 맞아. 하지만 아직은 아니야. 나도 광마처럼 좀 더 강한 무공을 기르며 때를 기다린다. 신록희를 반드시 이기고 난 뒤, 무제를 죽일 거야."

그녀는 자신이 있었다. 현어운이 죽음 전에 시전했던 기적 같은 장풍을 본 그녀는 크게 깨달은 바가 있었고, 또한 자신도 그에 못지않게 강해질 수 있다는 의지와 희망을 얻었기 때문이다.

그건 현어운이 자신에게 마지막으로 남긴 소중한 선물이었다. 그 선물을 이대로 방치해 두는 건 결코 바람직하지 않았다. 열심히 익히고 또 익혀 그 선물을 사용해야 했다.

"그런데 너는 왜 그따위로 살지? 그렇게 살다 그렇게 죽을 거야? 복수하고 싶은 마음도 안 들어?"

전유림의 질책에 만위령은 나른한 표정으로 말했다.

"이 언니는 원래 이런 여자였는걸… 예전의 모습이 오히려 맞지 않아. 이렇게 즐기다 가는 게 인생 아니겠어? 호호! 너도 이 언니만한 나이가 되면 알게 될 거야."

"웃기고 있네. 솔직하지도 못한 년 같으니."

전유림은 만위령을 싸늘히 노려보다 그녀의 흐리멍덩한 눈빛을 보고 시선을 돌려 버렸다.

"다들 모였으니 이번 신록회와의 싸움 일정과 여의대의 임무에 대한 공지와 회의를 시작하겠다. 다들 자리에 앉아 시작하도록 하지."

"응? 무제가 이번에도 임무를 줬어?"

황당한 표정으로 전유림이 묻자 남궁명욱은 피식 웃으며 고개를 끄덕였다.

"이런저런 일이 있었어도… 우리는 여의대이니 그에 맞는 일을 해야겠지. 일을 얻기 위해 내가 여기저기 뛰어다닌 성과라고 보면 된다. 아무 임무도 없다면 제외될 수도 있고, 이도저도 아니라면 위치가 불분명해지기 때문이다. 전쟁에서 그렇게 된다면 우리는 아무것도 할 수 없게 되지."

남궁명욱은 네 사람에게 임무를 적은 서찰을 나누어 주며 회의를 시작했다. 그렇게 여의대원은 최후의 싸움을 준비하고 있었다.

"진을 통과할 때 부디 조심하게. 자네와의 인연은 이것이 끝이군. 나랑 이
야기하다 보면 맞는 면이 꽤 많아 즐거웠는데 아쉽구먼. 허허!"

"스승님의 가르침과 은혜를 어찌 잊을 수 있겠습니까. 소중한 기억으로 간
직하고 가르침은 올바른 곳에 쓰겠습니다."

"올바른 곳에 쓰지 않아도 되네. 자네가 그저 옳다고 믿는 것에 사용하면
돼. 그렇게 하면 올바른 곳에 쓴다는 건 자연적으로 따라오게 되지. 심도를
이렇게 짧은 순간에 깨달았다는 건 자네와 나의 인연, 파검가의 인연, 수많은
사람들과의 인연이 모두 위대한 자연의 법칙을 위한 장치로 작용했기 때문에
이룰 수 있었던 것임을 잊지 말게."

"마음에 새기겠습니다."

"천도(天道)는 무정(無情)하나 인도(人道)는 유정(有情)하다고 알고 있는
자들이 많으나… 사실 천도유정, 인도유정일세. 잊지 말게. 그것을 깨닫게 된
다면… 이곳으로 오게나. 그때가 되면 영원의 길을 갈 수 있을 테니."

"…아니요, 오지 않겠습니다. 저는… 어디까지나 인간의 길을 가며 행복을
얻고 싶군요. 죄송합니다."

"허허! 그렇게 말할 줄 알았네. 만약 오겠다고 말했다면 당장 용암에 떨어
뜨려 버렸을 것이네. 사실 자네랑 살다 보니 영 불편한 게 한두 가지가 아니
라서 말이야. 난 그냥 혼자 사는 게 편해. 허허허!"

"하하하하!"

현어운은 마지막으로 남긴 무암선의 말을 떠올리며 유쾌하게 웃었
다. 상쾌한 공기가 오히려 어색할 정도로 유황의 연기에 익숙해져 있
었지만 이제는 이 상쾌한 공기에 익숙해지고, 이 공기에 파묻혀 살 것
이다. 자신은 천상의 도나 어려운 철학과는 어울리지 않았다.

비록 지금 그 일부를 익히고 있긴 해도, 자신은 어디까지나 평범한 인간이었다. 애초에 평범하게 살 운명이었고 또한 그것을 원했거늘, 굳이 다른 길을 갈 필요는 없지 않은가?

"그렇게 부담없이 보내주셔서 감사합니다, 스승님."

현어운은 자신이 나온 곳을 향해 절을 하며 무암선에 대한 감사의 마음을 표했다. 실로 오랜만에 보는 하늘은 그의 마음에 큰 희망을 안겨주고 있었다.

'모든 것이 잘될 것이다! 다만… 무림제왕성과 신록희가 아직 서로 싸우지 않았으면 좋겠구나! 모든 것이 끝나 있다면…….'

현어운은 고개를 저으며 부정적인 생각을 버렸다. 그는 무암선이 이야기해 주었던 허무객의 예언을 굳게 믿고 있었다. 초선득은 무림의 운명을 뒤바꿀 정도로 대단한 사람이지만, 자신에 의해 그 꿈의 반은 실패할 것이라는 걸.

"이제야… 조금은 알 것 같습니다, 스승님!"

자연의 위대한 법칙을 이루기 위한 장치는 너무나 깊고 많아 일일이 살펴보기 힘들지만, 지금 이 순간 이것만큼은 알 수가 있었다. 자신이 아직 개입하지 않았기 때문에 법칙은 아직 실현되지 않았다는 것을.

"확신을 가지고 가자. 모든 것은 내 손으로 종결을 내겠다."

그는 조금은 슬픈 미소를 지으며 걸음을 옮겼다. 단리채빈의 아름다운 모습이 떠오른 것이다. 그리고 뒤이어 자신에게 소중했던 여의대원들도 생각났다.

"광마는 어떡하지? 빼야 하나, 포함시켜야 하나?"

실없는 생각으로 기분을 다시 회복한 그는 거칠게 발을 굴려 몸을 띄웠다. 그의 몸이 사라지며 이매망량의 세계로 들어간다. 한없는 자유가 느껴지며, 그의 몸은 공중에 떠 미끄러지듯 날아가고 있었다. 누가 볼 수 있었다면 신선이나 쓴다는 어기비행술(御氣飛行術)이라 외치며 경악했으리라.

"아아아아─!!"

그의 호쾌한 외침이 산자락을 울렸다.

"다시 한 번 말씀해 주시겠어요?"

하남성의 정주(鄭州)에서 유명한 주연객잔은 점심시간을 맞아 사람들로 북적거리고 있었다. 사람들이 모이면 하는 이야기가 바로 온갖 소문에 대한 것이며, 특히나 요즘은 무림제왕성과 신록희의 싸움에 대한 것이 주를 이룰 수밖에 없었다.

사람들의 시선을 받고 있는 아름다운 여인이 있었다. 평범한 마의에 꾸미지 않은 모습이었지만 그 청초한 모습에 시선이 뺏겼고, 식사를 하는 행동 하나하나가 왠지 모르게 시선이 갔다.

그러는 와중 옆 식탁에 앉아 이야기를 하던 두 사내의 말을 유심히 듣는가 싶더니 곧바로 자리에서 일어나 그들에게 대뜸 말을 한 것이다.

"무, 무슨 말이오, 소저?"

친구에게 말을 해주던 사내, 초항은 여인의 아름다움에 놀라 말을 더듬는 추태를 보이고 말았다.

단리채빈은 그들을 향해 웃으며 말했다.

"무림 이야기 말이에요. 방금 했던 이야기들 다시 들려줄 수 있나요? 그럼 제가 술을 한 병 사겠어요."

"아… 조, 좋소! 소저께서 배포가 크구려!"

초항은 친구와 눈을 마주치며 웬 횡재냐는 얼굴로 희희낙락거리며 이야기하기 시작했다.

"어디서부터 이야기를 해야 하지? 아, 비검귀영탈명이 사라졌다는 이야기부터 해야겠군."

사내는 무림의 신성으로 등장했던 여의대에 대한 이야기를 하기 시작했다. 무제의 명령으로 생성된 여의대가 전쟁 때마다 놀라운 성과를 거둔다. 그리고 그들의 활약은 금탁과의 싸움에서 절정에 달했다. 그리고 금탁과의 싸움에서 승리를 이끌었던 주역은 바로 단 한 명의 인물, 비검탈명귀영이었다.

무서운 무공, 눈으로 볼 수조차 없는 놀라운 은신술, 잔혹한 손속 등은 금탁의 전쟁에서 낙불과 패련도, 심지어는 신록희의 첩자였다는 암마왕마저 죽임으로써 충분히 입증될 수 있었다.

그리고 또 하나의 인물, 광마. 그는 벽력마군과의 싸움에서 당당히 승리함으로써 명실공히 무제 못지않은 무공을 지닌 초강자로 급부상했다. 살인을 즐기는 잔인함과 거칠 것 없는 난폭한 성정은 무림제왕성에서도 함부로 하지 못할 정도로 독보적인 위치를 차지하는 자였다.

그런데 어느 순간부터 묘한 소문이 돌기 시작했다. 여의대에서 내분이 일어나 비검귀영탈명이 무림제왕성에 반기를 들었고, 그 이후로 그의 행방이 묘연해졌다는 것이다.

항간에서는 무제가 그의 급부상을 경계하여 죽였다는 말도 있고, 비밀임무를 수행하다 실패해 죽었다는 말도 있었다. 어찌 되었든 간에 여의대에서 가장 중요한 인물 중의 하나였던 비검귀영탈명이 사라졌다는 것은 거의 사실로 인정하고 있는 실정이었다.

"뭐, 지금의 여의대가 비록 비검귀영탈명이 빠졌다고는 하지만 신록희와의 싸움에서 맡을 모종의 임무도 완벽히 해낼 것이라 모두 믿고 있소. 그들에게는 아직 광마가 있고, 전 창기대주였던 남궁명욱이 있기 때문이오. 투장괴녀는 말이 참 많은 인물인데 아직 제대로 알려진 건 없고 매우 성격이 이상하고 상대하기 힘든 여인이라는 말이 많소."

"그것 말고, 방금 전에 다른 말도 하지 않았나요? 그들의 이름 말이에요."

"아, 전유림? 투장괴녀의 이름이 전유림이라는데 그것이 뭐 중요하겠소? 무림인에게 중요한 건 별호지 않겠소."

두 사람은 이야기를 하면서도 쉴 새 없이 그녀의 얼굴을 훔쳐보느라 바빴다. 음심을 가지기에는 왠지 꺼려지는 여인이었기에 눈요기라도 실컷 하려는 속셈이었다.

전유림의 이름이 나오자 단리채빈은 이 넓은 중원에서 희망적인 단서 하나를 잡았음에 감사했다.

연곤현에 가니 충격적인 사실들만이 그녀를 기다리고 있었다. 당호관과 청검장의 멸문, 호보의 죽음과 군동의 실종, 그리고 섬수원은 인적이 끊긴 지 오래되어 잡초들로 무성했고 두 개의 봉분의 황량함만이 그녀를 반겼다.

현어운에 대해 아는 자는 한 사람도 없어 그녀는 대체 무엇을 어떻게 해야 할지 막막한 마음으로 문물 교류가 활발한 정주로 온 것이었다. 그러다 이곳에서 전유림이란 이름을 우연히 접하게 되었으니 얼마나 기쁜지는 아무도 모르리라.

"그런데 무림제왕성과 신록희는 언제 싸우는가요?"

"정확히 삼 주 뒤요. 아마 이 주 후면 송사평으로 모든 전력들이 이동하지 않겠소. 그런데… 소저께서는 무림인은 아닌 듯한데 어찌 무림에 관심을 가지시오?"

그의 질문에 단리채빈은 조용히 웃으며 품속에서 은전을 꺼내 식탁 위에 놓았다.

"좋은 정보를 알려주서서 고마워요. 이걸로 코가 삐뚤어지게 술 드세요."

그녀가 바람처럼 사라져 버리자 두 사람은 넋 나간 사람마냥 그녀의 뒷모습을 지켜볼 뿐이었다.

"당신을 찾을 수는 있을까요? 이 넓은 세상에서 당신만이 내게 특별한데 찾기란 너무 요원한 일이군요."

단리채빈은 한숨을 쉬며 걸음을 옮겼다. 지금 당장이라도 무림제왕성으로 가 전유림을 보고 싶었지만 그곳으로 가기에는 너무 많은 제약이 있었다. 혹시나 같은 자연류인 아버지가 자신을 알아차린다면 골치 아파지기 때문이었다.

'신록희와의 전쟁에 여의대가 참가할 것이니 하북성 송사평으로 가야겠구나!'

그녀는 인적이 뜸한 관도로 빠져나와 성문으로 향했다. 오늘은 최대한 빨리 개봉으로 갈 생각이었던 것이다.

"호호호호!"

어디에선가 심금을 울리는 매혹적인 웃음소리가 들려왔다. 단리채빈은 이 웃음소리를 듣자마자 깜짝 놀라며 소리가 들린 쪽으로 시선을 돌렸다.

그곳에는 두 남녀가 다섯의 장한들에게 둘러싸여 있었는데 굳이 묻지 않아도 어떤 상황인지 알 만했다. 하지만 단리채빈은 전신을 저릿저릿하게 하는 섬뜩한 기운에 자신도 모르게 뒷걸음질치고 말았다.

'시귀류! 사부님의 말씀대로 정말 느껴져! 처음 보는데도 그들이라는 것이 확신될 정도로!

단리채빈이 시귀녀와 군동을 알아보자 거의 동시에 두 사람도 단리채빈에게로 시선을 돌렸다.

"호오……."

사내들에게 둘러싸여 있던 시귀녀는 섬뜩한 회안(灰眼)을 빛내더니 사내들을 헤치며 그녀를 향해 다가갔다.

"어? 이년이……?"

하지만 그들은 채 말을 끝내지도 못하고 전신이 으스러지더니 가루가 되어 바람에 흩날려 버렸다.

죽립을 쓰고 있는 군동은 단리채빈의 얼굴을 알아보고 너무나 놀라 전신을 부르르 떨고 있었다. 그러나 시귀녀는 그런 그를 알아차리지 못하고 단리채빈의 지척까지 다가가 그녀의 주위를 천천히 맴돌기 시작했다.

"호호… 이렇게 만나다니 정말 우연이구나. 나에 대해 아는가?"

"시귀류에는 죽지 않는 '영생시(永生屍)'라 하여 시귀류의 전승자들에게 대대로 무공을 전수하는 여인이 있는데 실로 아름다운 자태를 지니고 있으나, 죽음의 꽃처럼 위험하다고 들었지요."

"잘 아는군? 너는 자연류인데… 그럼 전통계승자?"

"자연류에 대해서 잘 아시나 보군요."

"호호호! 두 갈래로 나뉘어져 버렸지만… 그래도 자연류가 강한 건 인정하지. 전통 자연류는 세상의 일을 완전히 등지고 사라져 버린 줄 알았는데 어떻게 된 거지?"

"세상의 일에는 관심이 없습니다. 나에게 소중한 사람을 찾으러 나온 것뿐이에요."

"흐음… 소중한 사람이라……."

그녀의 전신에서 아지랑이가 피어오르듯 회혼회시흡정향이 솟아오르자 단리채빈은 자신의 내공이 절로 반응하여 기운을 뿜어내는 것에 놀라고 말았다.

"호호! 대단한데? 전통계승자라면… 섬수신의가 너의 사부인가?"

"네."

단리채빈은 슬슬 불안감이 증폭되기 시작했다. 독패삼류는 결코 화합할 수 없는 경쟁적인 상대들이었다. 영생시라고도 불리는 시귀녀와 만난 이상 결코 일전을 피할 수는 없음을 알고 있었지만 지금은 그럴 마음이 없었다. 그녀는 싸움이 아니라 현어운을 찾으러 온 것이기 때문이었다. 그리고 무엇보다 자신은 의미없는 싸움에 목숨을 걸고 싶지 않았다.

"미안하지만 저는 독패삼류와 경쟁하는 걸 원치 않아요. 그러니 경쟁을 원하신다면… 광마나 무제를… 상대하세요."

아버지를 타인인 양 무제라 불러야 하는 현실이 슬프지만 오래전부터 그에 대해 익숙해지려 했기 때문에 지금은 아무렇지도 않았다.

"호호호호! 독패삼류와 경쟁을 원치 않는다? 만약 그럴 수 있었다면… 나 스스로가 먼저 그렇게 했을 것이다! 건방진 것!"

그녀의 전신에서 숨이 막힐 듯한 사기가 뿜어져 나올 때, 뒤에서 돌연 군동이 낮고 무거운 목소리로 그녀를 불렀다.

"그만 하시오."

"……?!"

"또 한 번 부탁을 하는구려. 이 여인과 싸우지 않았으면 좋겠소. 만약 싸운다면 후에 싸우시오. 아니, 내가 직접 싸울 테니 지금은 이대로 갑시다."

군동의 말에 시귀녀는 순간 묘한 감정으로 분노했지만 이내 화를 가라앉히며 미소 지었다. 그의 표정에서 어떤 사정이 있음을 알았기 때문이다. 지금의 군동이라면 이 정도의 부탁은 할 수 있는 충분한 자격이 있었다.

"호호호! 군동, 어떤 사연인지는 모르지만 너의 말대로 하지. 어차피 시간은 많고, 모든 것은 완벽하게 이루었으니 독패삼류의 최고 위치에 오르는 것은 시간문제일 뿐이니까. 호호호호……!"

그녀가 요사스런 웃음과 함께 장내에서 사라지자 군동은 단리채빈을 가만히 바라보며 한 마디만 남기고 사라져 버렸다.

"어떻게 살아 있는지는 모르나, 어운을 찾아 부디 행복하게 살아가길……."

"아……!"

단리채빈은 군동이란 이름을 듣는 순간 너무나 놀라 말문이 막혀 그를 부를 생각조차 하지 못하고 말았다. 그가 사라지고 나서야 그녀는 안타까움에 한숨을 쉬며 말문을 틀 수 있었다.

"인생은… 정말 알 수가 없구나!"

무제의 앞에 선 제왕부주 막심은 며칠 후 출전할 전력에 대한 전체적인 설명과 작전에 대해 이야기하고 있었다. 그런데 지금까지 독대 형식으로만 측근들을 만났는데 오늘은 이상하게도 귀면탈을 쓴 처음 보는 자와 명천성주가 그의 곁에 같이 있는 것이었다.

그러나 오늘은 신록희와의 싸움과 관련된 것인만큼 지금까지의 관례를 깨고 모두가 모일 수 있다 생각했기에 그 이상으로 의구심을 가지지는 않았다.

"이상 출전하는 본성의 전력과 신록희의 전력에 대한 분석이었습니다."

막심이 조심스럽게 끝을 맺자 침묵이 찾아왔다.

"얼마 전에 했던 천검십팔제자에 대한 숙청 작업에서 찾지 못한 마지막 한 명에 대한 것은 태극탈명비동주에게 명하여 알아낼 수 있었다."

"……!"

무제의 말에 태극탈명비동주가 허리 숙여 예를 취한 뒤 말했다.

"그는 제왕부주가 찾을 수 없을 정도로 실로 전혀 알려지지 않은 자였지만 어렵지 않게 찾을 수 있었습니다. 그리고 그는 암마왕과는 달리 감시자가 없다는 것이 특이할 만한 사항이었는데 이는 그자가 신록희의 신록본당 서열 일 위의 인물이었기 때문입니다. 명실공히 신록희에서는 일인지상만인지하의 인물이었던 것입니다."

"……!"

태극탈명비동주는 천천히 고개를 돌려 막심을 돌아보았다. 귀면탈 안으로 보이는 그의 두 눈은 아무런 감정도 실려 있지 않은 죽은 자의 눈 같았다.

막심은 그가 자신을 아무런 감정 없이 바라보자 분위기가 이상한 것을 곧바로 눈치챌 수 있었다.

"제왕부주가 실수한 것은 단 하나, 제왕부주 정도 되는 능력자가 그 한 명을 찾지 못했다는 말도 안 되는 사실이었소. 제왕부주였다면 이미 오래전에 찾고도 남음이 있는 능력을 지니고 있지. 다시 말해, 제왕부주는 자신이 사용한 계략에 자신이 넘어갔다고 할 수 있소."

"크헉!"

태극탈명비동주의 말에 내공을 끌어올리던 그는 갑자기 전신을 옭
죄는 가공할 기운에 두 눈을 부릅떴다. 전신이 포승줄에 꽉 묶인 듯 움
직일 수가 없었고, 숨이 막히며 전신의 혈맥이 터질 것만 같았다.

그는 젖 먹던 힘을 다하여 무제를 향해 시선을 돌렸다. 무제가 자신
을 가만히 보고 있었는데 그에게서는 엄청난 기운이 뿜어져 나오고 있
었던 것이다.

"무… 무제… 과, 과연… 끅!"

태극탈명비동주의 검이 그대로 막심의 목을 갈라 버려 더 이상은 말
하지 못했다. 허무한 죽음이었지만 지난 오 년간, 아니, 무제와 알고
지냈던 수십 년의 세월 동안 무제와 무림제왕성을 능멸한 대가로는 충
분했을지도 몰랐다.

"태극탈명비동주는 지금 곧바로 신록희의 본채를 칠 이백 명의 혈사
와 비사들을 준비하여 어둠을 틈타 출발하라."

"존명."

"명천성주는 암천(暗天)의 문을 열어라. 그들이 본성을 지켜줄 것이
다."

암천의 문이라 함은 바로 무황의 시절에 있었던 친위부대 암천성을
말하는 것이었다. 그들은 없어졌다고 했는데 아직까지 존재하고 있다
는 것은 실로 놀라운 일이 아닐 수 없었다.

"무림제왕성이 무림의 주인임을 알려줄 때가 왔다. 이번 전투는 나
와 나의 아들이 모두 출전할 것이니 하루 전까지 출전을 위한 모든 준
비를 마쳐야 할 것이다."

"존명."

제갈소하는 나지막하지만 자신감있는 목소리로 대답한 뒤 태극탈명
비동주와 함께 밖으로 나갔다.

"… 광마, 그리고 시귀류, 곧 우리에 대한 결정을 내려야 할 때가 왔
다."

그의 전신에서는 전에 없이 패도적인 기운이 피어오르고 있었다. 잠
자던 거대한 용이 드디어 깨어난 것이다.

거대한 두 세력이 송사평으로 움직이고, 각 지부에서는 본대로 끊임
없이 전력이 보충되었다. 그렇게 하여 이루어진 전력은 무림인들 간의
세력 전쟁이라고 보기에는 힘들 정도로 거대했고 또한 강력했다.

무림제왕성에서는 무제와 그의 아들인 무신이 출전한다는 것만으로
도 엄청난 사기 충전의 효과를 가져왔고 무림은 충격에 휩싸였다. 그
리고 겉으로 알려진 전력만 해도 이만 명에 달하는 어마어마한 숫자였
다.

그 속에는 낭인무사대를 비롯하여 무림제왕성이 자랑하는 네 개의
무력대가 포함되어 있었고, 그 가운데에는 은밀히 비사들이 상당수 출
전한 상태였다.

신록희는 신록희 나름대로 엄청난 전력을 자랑했는데 단순한 머릿
수의 싸움으로는 이만 오천 명으로 훨씬 앞질렀고, 그 안에는 신록본당
의 당주들이 저마다 가지고 있던 신록투들이 모두 출전해 있었다.

이 엄청난 전력은 이미 단순한 두 세력 간의 싸움이 아닌, 무림 전체
의 싸움이었다. 즉 무림의 양극화라고 불러도 무방할 정도였다.

송사평은 거의 오만에 이르는 무사들이 진을 치고 있었고, 숨이 막
힐 듯한 긴장감으로 폭발할 것만 같았다.

얼마 있지 않아 무림제왕성과 신록희의 선발대가 치열한 싸움을 벌일 것이고, 그 외에 또 다른 치열한 암투가 벌어질 것임은 두말할 나위 없었다.

그 암투의 일선에는 바로 여의대가 있었다. 무제의 명령을 받고 임무를 받은 그들은 본대와 선발대, 그리고 두 개의 분대에서 일어나는 무시무시한 살기들에게서 멀어지며 빠르게 몸을 놀리며 신록희의 본대 쪽으로 이동하는 중이었다. 정찰에 의하면 본대는 유괴사가 통솔하고 있었고, 신록희주는 본대에서 떨어진 곳에 따로 위치해 전쟁의 모든 사항을 관장하고 있는 것으로 나타나 있었다. 그들은 이번의 임무에서 단 하나, 본대로 잠입해 신록희의 군사 격이라 할 수 있는 서열 육 위 유괴사를 암살하는 것이었다.

"잠입? 암살 좋아하네. 암살이라기보단 그냥 쳐들어가서 죽여라. 그렇지 못하면 그냥 죽어라. 이거 아냐?"

전유림의 냉소적인 말에도 남궁명욱은 아무 말 하지 않고 앞장서 빠르게 나아가고 있을 뿐이었다. 어차피 그녀도 일주일 전에 들었던 임무 내용이었기 때문에 그에게 어떤 대답을 바라고 말한 것은 아니었다.

침묵 속에서 앞으로 나아가던 다섯 사람은 남궁명욱이 신형을 멈추자 일제히 움직임을 멈추었다. 그들이 멈춘 곳은 큰 나무들이 우거져 있는 숲으로 이곳을 지나면 곧바로 신록희 본대의 좌측에 있는 분대에 도착할 수 있었다. 하지만 그곳에는 당연히 많은 무사들이 경계를 서고 있어 위험할 것이 분명했다.

"이제 여기서부터 조심해야 하오. 매복이 있을 수도 있기 때문이오. 그러나 매복보다는 분대를 지나쳐 본대로 가는 것이 관건이니 긴장의 끈을 늦추어서는 안 될 것이오."

"큭큭큭!"

광마는 대체 무엇이 흥미로운지 출발할 때부터 입가에 맺힌 미소를 지우지 않았다. 하지만 그 미소는 그의 성격상 다분히 위악적이면서 잔인한 진실을 내포하고 있는 듯했기에 모두가 좋아할 리가 없었다.

"대체 덩치 너는 아까부터 왜 그렇게 미친놈처럼 웃는 거야? 하긴 그러니 '광' 자가 들어갔겠지만."

"큭큭큭! 기억해라, 이번의 싸움으로 모든 것이 끝나게 되나 또 다른 시작임을. 무림제왕성은 승리할 것이지만… 무제와 나, 그리고 시귀류의 싸움은 계속될 것이다. 너희들을 지켜주는 것도 이번이 마지막이다!"

"우리를 지켜줄 목적으로 싸운 것은 아니었지만 결론은 우리를 지켜준 셈이 되었으니 감사를 표하죠. 하지만 이번에는 지켜줄 필요가 없습니다."

조선영의 말에는 왠지 모르게 비장함이 서려 있는 것 같았기에 남궁명욱은 흠칫 놀라며 그녀를 바라보았다. 그러나 이내 시선을 돌린 남궁명욱은 무거운 표정을 대원들에게 보이지 않으려 앞장서며 말했다.

"가자. 암살이 아닌 치열한 접전을 위해 간다. 모두 여태껏 잘해왔던 것처럼… 부디 살아남아라."

남궁명욱이 조심스럽게 나무 위로 올라가자 다른 자들 또한 나무를 타기 시작했다.

그들이 모두 사라지고 얼마 후, 열 명의 사내들이 그곳에 서 있었다. 일제히 귀면탈을 하고 있는 그들은 바로 무제의 비밀세력이라 할 수 있는 태극탈명비동이었다. 태극탈명비동에서 동주를 제외한 가장 강한 열 사람인 이들은 일각가량 아무 말 없이 가만히 서 있기만 할 뿐이었다.

일각이 지나자 그들은 소리없이 은밀하게 나무 위로 솟아오르더니 숲 속으로 완전히 사라져 버렸다.

한참을 이동한 여의대원은 반 시진이 조금 안 되어 분대의 측면이 보이는 곳에 도착했다. 사십 장가량 떨어진 그곳에는 수많은 신록투들이 가지런히 서 있었는데 그 정렬된 모습에서 위용이 절로 드러나 보였다.

"잠깐, 어디 가는 거야?"

전유림의 말에 앞서 가던 남궁명욱과 조선영이 뒤돌아보았다. 두 사람은 만위령이 어느새 나무 아래로 내려가 다른 쪽으로 향하는 것을 보고 놀라 말리려 했지만 그녀는 이미 수풀을 지나쳐 사라진 상태였다.

"대체……."

남궁명욱은 의외의 상황에 놀라 잠시 당황했지만 이내 안색을 굳히고 말했다.

"만 소저는 임무지를 이탈한 대가로 처벌을 받거나 제명당할 것이다. 이제 우리는 분대를 돌아 본대로 잠입할 것이니 조심에 또 조심하길 바란다. 만약 기척을 들키는 순간 우리의 임무를 성취하기 힘들 것이니까."

"그녀가 어디 갔는지는 궁금하지도 않아?"

"…임무를 맡기 싫었다면 애초에 오지 않았어야 했다."

"임무? 웃기지 말라 그래. 우리의 임무는, 아니, 우리가 해야 할 일은 원래 따로 있었어. 대주도 알잖아?"

"모른다."

"잘났군. 우리가 해야 할 일은 유괴사를 죽이는 것이 아니라, 신록희주를 죽이는 것이야. 노처녀는 지금 목숨을 걸고 그를 죽이러 간 것이고, 우리는, 아니, 최소한 나는 그녀를 도와 신록희주를 죽이는 데 최선을 다할 거야. 그게 나의 양심에, 그리고 어운의 죽음에 대한 보답이니까. 처벌 따윈 어찌 되든 상관없어. 왜냐고? 이번 싸움으로 내가 죽든지, 운이 좋아 살면 무림제왕성 따윈 들어오라고 절을 해도 들어가지 않을 거니까."

전유림은 나무 아래로 내려가더니 순식간에 만위령이 사라진 곳으로 가버렸다.

"지금 이 무림에 정의가 있는 것 같나, 대주?"

"선배님의 충고 경청하겠습니다."

"그런 딱딱한 예의는 필요없네."

남궁명욱은 지금 이 순간 몇 주 전에 자신에게로 와 대뜸 묻던 개방 장로 검요헌의 말이 떠올랐다.

그때 조선영이 그를 바라보며 말했다.

"대주님."

"……! 조 소저도……?!"

조선영도 가려는 기색을 비추자 남궁명욱은 크게 놀랄 수밖에 없었다. 그녀는 고개를 끄덕이며 말했다.

"사실 우리는 너무나 다른 사람들입니다. 그런 우리가 모였으니 화합은 힘들겠지요. 현 대협은 그걸 깰 수 있었던 중간자 역할을 한 사람입니다. 그는 나를 친인으로 생각했고, 나와 대주님을 구하기 위해 몸을 사리지 않았어요. 그는 우리를 위해 목숨을 던졌습니다."

"……."

"아시다시피… 현 대협은 원래 무림인이 아니었다죠. 그는 정도와 마도, 정의냐 위선이냐 하는 관념이 약한 사람입니다. 그는… 마음이 시키는 대로 했습니다. 그것은 지금 우리에게 아주 중요한 것 같습니다. 지금 우리를 움직이고 있는 것은 바로 그것인 듯싶습니다. 그리고 저는 지금 마음이 시키는 대로 갈 것입니다."

조선영은 그의 대답을 기다리지 않고 곧바로 나무 아래로 내려가 버렸다.

"큭큭큭! 이거 재미있겠군. 실력도 되지 않는 년들이 신록희주를 죽이러 간다고? 호호호……!"

광마는 그렇게 말하더니 역시 나무 아래로 내려가 여유있는 걸음으로 조선영의 뒤를 쫓아가는 것이었다.

"각설하고, 그럼 지금 자네를 움직이고 있는 것은 무엇인가?"

"잘 모르겠습니다."

"거짓말하지 말게. 자네는 사실 마음으로는 강하게 외치고 있겠지. 자네가 세운 정의를 따라 움직이고 있다고. 하지만 자네는 지금 스스로에게 거짓말을 하고 있네."

"……!"

"무림은 뜨거운 열정을 잃었어. 정의와 진실된 명예가 사라지고 선과 악이 혼재된 위선자들만이 가득하지. 모두가 현실적이고 모두가 이해타산적이야. 알면서도 순응하고, 이겨내려 하지 않고 타협하지. 자네 역시 그들과 똑같은 자일 뿐일세."

"저, 저는……!"

"상부의 명령을 잘 듣는 자네는 참으로 고지식하지만, 그것 또한 집단 위주의 무림에서 나쁘다고는 할 수 없지. 상하체계를 제대로 잡기 위한 솔선수범이야말로 아주 좋은 모습이지. 그러나 그 앞에는 항상… 뜨거운 마음이, 정의를 향한 명분이 전제되어 있어야 해. 자네는 그 앞의 것을 잃고 뒤의 것만을 따르고 있는 것 같네. 자네는 무엇에 의해 움직이고 싶은가?"

남궁명욱은 명령을 듣고, 그 명령대로 아랫사람을 움직이도록 하는 것에 익숙해져 있는 자신을 새삼 발견할 수 있었다. 그것을 알게 되자 자조적인 미소를 지으며 고개를 저었다.

"날 움직이고 있는 것……."

우연이었을까? 거의 봉문하다시피 한 남궁세가를 힘들게 꾸려가고 있을 형님의 모습이 떠오른 것은.

"세상은 이제 중요한 것을 잃었다. 나는 세상을 잘못 만났어. 너라면… 그래도 잘살아갈 수 있을 것이다. 그러나 나는 도저히 그럴 수가 없구나. 봉문을 하겠다. 힘들 때면 언제든지 돌아오거라."

두 주먹이 꽉 쥐어졌고 그의 입이 꽉 다물어졌다. 서른 후반, 이제 이 년만 더 지나면 불혹의 나이가 되는 지금, 그는 심각한 기로에 서 있는 것이었다.

"날 움직이는 것… 그것은 소중한 무엇이겠지. 더 이상 날 속이지 않고 솔직해지겠다."

남궁명욱의 표정이 한순간에 평온을 되찾는다. 입가에 맺힌 미소에
는 무언가를 향한 강한 열정이 담겨 있었다. 한순간에 이렇게 변해 버
린 그를 본다면 모두가 놀라지 않을 수 없으리라.

"목숨을 걸어서라도… 여의대원을 죽인 신록희주를 처치하겠다! 정
의를 위해, 지금의 무림제왕성을 버리겠다!"

그는 경쾌한 몸놀림으로 네 사람이 사라진 수풀을 향해 사라졌다.

흥분했지만 결코 침착함을 잃지 않은 만위령은 어렵지 않게 신록희
본대의 후방에 도착할 수 있었다. 거대한 천막 두 개가 세워져 있었고,
그중 한 천막의 주위에는 열 명의 무사들이 빙 둘러 경계를 서는 것이
보였다.

"……"

그녀는 급히 품속에 있던 벽력탄을 꺼내 들었다. 역환후에게 얻었던
두 개의 벽력탄을 그녀는 역야정에게 주지 않고 자신이 간직하고 있었
던 것이다. 이미 현어운이 죽는 순간부터 이 순간을 생각했기 때문에
그녀는 결코 두려워하거나 망설이지 않았다. 벽력탄을 던지려는 순간
뒤에서 사람의 기척이 느껴졌지만 그녀는 멈추지 않고 벽력탄을 튕겼
다.

"뭘 던진 거야?"

그때 날아가던 벽력탄이 돌연 공중에서 멈추는 것이었다.

"아……! 현 동생?!"

"쓸데없는 짓을 하려는군."

"현 동생이… 아니야……?"

전유림은 공중에 떠 있는 그것이 벽력탄임을 알고 놀랐지만 그보다

현어운처럼 모습도 기척도 느껴지지 않는 상대가 자신들의 바로 앞에 있다는 것에 놀랄 수밖에 없었다.

"신록희주다!"

전유림은 곧바로 그를 향해 장풍을 시전했다. 하지만 그녀의 장풍은 헛된 공간을 가를 뿐이었다.

벽력탄을 쥔 사내가 잠시 모습을 드러내는가 싶더니 이내 다시 사라져 버렸다. 그때 나무 위에서 번개처럼 조선영이 떨어져 내리며 사내가 있던 자리를 검으로 베어버렸다.

"……!"

그녀 역시 빈 공간을 가르며 땅에 착지했고, 그 순간 수풀 속에서 광마가 번개같이 튀어나오더니 만위령의 머리 쪽으로 거검을 내밀었다.

카캉!

"윽!"

병장기가 부딪치는 소리와 함께 누군가의 신음 소리가 들려왔다.

"크크… 애송이와 신록희주 같은 능력을 지닌 놈이 또 있다니 재미있군."

"너희들 주제에 희주님을 상대할 수 있을 것 같으냐."

주위를 울리는 소리가 울려오자 광마는 또다시 자신의 거검을 만위령을 향해 내밀었다.

카카캉!

광마의 검이 날카로운 무언가에 긁히는 소리가 나며 쇳가루가 튀었다. 어떤 힘에도 상처 입지 않던 검이 처음으로 상처를 입은 것이다.

"애송이와 비슷한 무공을 쓰는 것도 그렇고… 흐흐! 하지만 애송이보다 은신술에서는 못하군. 이번 한 번만 더 어설픈 공격을 한다면…

네놈에게서 전신의 피란 피는 모조리 뽑아주겠다.”

이미 천막을 경계하고 있던 무사들이 이들을 볼 수 있었고 그들 중한 사람은 천막 안으로, 다른 한 사람은 본대가 있는 곳으로 달려갔다.

‘안 돼! 신록희주가 저기서 나온다면 더 이상 그를 죽일 기회는 없어!’

그것을 본 만위령은 더 이상 지체할 수 없음을 알고 급히 앞으로 튀어나갔다.

“안 돼! 나가지 마, 이 바보야!”

전유림이 외쳤지만 이미 만위령은 앞으로 뛰쳐나가며 품속의 벽력탄을 던진 후였다. 이매망량도 갑작스런 그녀의 행동을 예측하지 못한듯 벽력탄을 어찌하진 못하고 그녀의 심장을 향해 절연세운기를 시전했다.

“아악!”

콰콰콰쾅!!

그녀의 심장에 구멍이 나며 피가 쏟아진다. 그러나 그녀의 안타까운비명은 폭발 소리에 묻혀 버렸다.

“안 돼!!”

카카캉!

광마가 짧은 순간의 기척을 느끼고 공격을 했지만 상대는 이미 또다른 무기로 그의 공격을 막고 급히 물러난 상태였다.

“이익! 이 새끼야아!!”

전유림은 흘러내리는 눈물을 지울 생각을 하지 않고 장풍을 이리저리 시전했지만 아무런 의미 없는 공격일 뿐이었다. 폭발의 여력은 이제 그들이 있는 곳까지 미치기 시작했다. 폭풍 같은 뜨거운 열기가 휘몰아치자 이들은 내공을 끌어올려 대항할 수밖에 없었다.

“폭발은 대체……?!”

막 장내에 도착한 남궁명욱은 뜨거운 열기가 불어 닥치는 것도 잊은 채 만위령이 쓰러져 있는 것을 보고 넋을 잃고 말았다.

폭발이 가라앉을 때쯤 본대에서 엄청난 수의 무사들이 밀려오기 시작했다.

돌연 광마의 검이 이번에는 전유림의 근처로 날아가자 전유림은 본능적으로 몸을 뒤로 날렸다.

“크윽!”

하지만 옆구리가 날카로운 무언가에 의해 크게 베어버렸고, 고통을 이기지 못한 그녀는 그만 자리에 주저앉고 말았다.

콰콰쾅! 까까깡!

“큭!”

광마의 거검이 긁히는 소리와 폭음이 동시에 울리며 이매망량은 나지막한 신음 소리를 흘렸다. 이매망량에게 큰 내상은 입혔지만 완전히 잡지는 못한 것이다. 이매망량과 절연세운기를 익힌 상대는 결코 이전의 현어운의 아래라 하기 힘들 정도였다. 특히나 암습이었기 때문에 그를 상대하기 매우 까다로울 수밖에 없었다.

“으어억!”

그때 갑자기 이매망량이 비명을 내지르는 것이었다. 이를 가만히 놔둘 광마가 아니었다. 그대로 번개같이 날아가 거검을 휘둘렀고, 거검에 적중된 이매망량은 모습이 돌아오면서 일 장이나 솟아올랐다.

“큭큭큭!”

광마가 검을 발작적으로 수십 번 휘두르자 이매망량의 전신에서 피가 사방으로 터져 나가며 형체를 잃고 말았다.

"누님……!"

"아!!"

이매망량 때문에 몸을 움직이지 못하고 있던 조선영과 전유림, 남궁 명욱은 어느새 만위령의 곁에 나타나 그녀의 상체를 일으키고 있는 사내를 보고 놀라움을 면치 못했다.

머리가 많이 길어 얼굴을 가리고 있고, 예전과 다른 분위기를 풍기고 있었지만 그는 분명 현어운이었기 때문이다.

"어운……!"

"……."

현어운은 전장에 도착해 본능에 따라 움직이다 자신의 본능과 일치하는 곳에서 큰 폭발이 일어나자 전속력으로 달려왔다. 그런데 여의대원들의 뒤에 태극탈명비동의 무사 열 명이 기회를 노리며 그들을 지켜보고 있지 않은가? 이들을 죽이는 그 잠깐 동안에 만위령이 손 쓸 틈도 없이 치명상을 입어버린 것이다. 자신이 늦었다는 자책감과 안타까움으로 그의 눈에서 눈물이 하염없이 쏟아지고 있었다.

"혀, 현 동생……?"

"누님… 저, 살아왔어요. 왜 이렇게 된 겁니까……."

"후… 다, 다행… 이네……."

"살려줬으면… 끝까지 살아야죠……."

"미안… 너… 죽고 나서… 전에, 너랑 자던… 기억이… 나서… 화가 나지… 뭐야……."

"누님!"

"행복해……."

그녀는 그의 품에서 그렇게 눈을 감고 말았다. 그녀의 죽음에 남궁명욱과 조선영, 전유림은 차마 지켜보지 못하고 고개를 돌려 버렸다.

"씨발… 주, 죽으라고 해서 죽냐…… 으윽……!"

전유림은 그만 참지 못하고 눈물을 흘리기 시작했다.

거의 오백에 가까운 무사들이 먼지를 일으키면서 그들의 가까이 다가왔고, 폭발 속에서 누군가가 걸어나오고 있었다. 그런 그를 먼저 발견한 자는 바로 광마였다.

"큭큭큭… 살아 있을 줄 알았다. 흐흐흐!"

광마는 두 눈에서 진득한 살기와 거친 광기를 드러내며 연기에 뒤덮여 보이지 않는 인영을 향해 날아갔다. 광마의 몸에서 불타오르는 묵염이 사방을 뒤덮으며 초선득을 감싸고, 뒤이어 엄청난 폭발이 일어났다.

콰아아아아앙!

"크아아악!"

폭발이 일어나자마자 광마의 전신이 피를 분수처럼 뿜어내며 도로 튕겨나오는 것이었다.

"후후후후……! 살아 있다니 진정 놀랍구나!"

그때 행복한 표정으로 두 눈을 감은 만위령을 안고 울고 있던 현어운이 고개를 들어 절규처럼 노래를 부르기 시작했다.

무림에 피 끊길 날 없음에 마음이 애달프도다…
허망한 검명만이 하늘을 울린다.

내 인생 갈 곳 없어 하염없이 울었으나,

결국 내 발길은 처절한 핏길 위라!

검을 부수어 내 마음 날린다.
하나 부서진 검은 내 마음이기도 하니,
돌아갈 길 없는 낙엽 같은 내 운명이여…

아아! 나의 울음은 누구를 위함이었으며
나의 검은 누구를 위해 울었던가!

만위령을 위한, 아니, 모두를 위한 그의 노래가 시작되자 전장은 믿을 수 없는 기적이 시작되었다.

얼굴을 면사로 가린 여인은 전장의 한가운데에서 그들의 아픔을 온몸으로 느끼고 있었다. 무림제왕성과 신록희의 싸움은 천하재패를 위한 싸움이었으나, 정작 그것은 그들에게 아무런 의미도 없는 명분일 뿐이었다. 천하재패는 무제나 신록희주를 위한 싸움일 뿐, 그들은 도구일 뿐이었고, 그들의 존엄성은 철저히 짓밟혔다.

그녀는 앞으로, 또 앞으로 나아갔다. 선발대와 선발대의 치열한 싸움터는 마치 피비가 내리고 있는 것마냥 피로 뒤덮여 있었고, 그 잔인함과 광기를 헤쳐 가며 그녀는 신록희의 본대 쪽으로 가고 있었다.

여의대가 하는 일의 특성을 안 그녀는 여의대가 어쩌면 다른 임무를 띠고 신록희의 본대 쪽에 있을지도 모른다는 생각을 했기 때문이다.

눈 먼 검들이 그녀의 전신을 향해 날아올 때면 그녀는 보이지 않을 정도의 빠른 손놀림으로 그것들을 튕겨내고 있었다. 검들은 강한 힘을 이기지 못하고 깨졌고, 깨진 검은 되돌아가 주인의 목숨을 앗아갔다.

그때 멀리서 어떤 강력한 기운을 그녀는 느낄 수 있었다. 독패삼류, 그것도 두 부류였다. 반대쪽 진영 쪽에서 느껴지는 것은 며칠 전에 보았던 영생시와 군동의 기운이었다. 시체가 있는 곳에는 반드시 그들이 있을 수밖에 없는 운명인 시귀류. 그들은 또다시 많은 생명을 앗아가기 위해 이렇게 나타난 것이다.

그리고 무림제왕성의 본대에서 이곳을 향하고 있는 것은 바로 자연류, 바로 그의 아버지의 것이었다.

그녀는 슬프면서도 두려웠다. 자신의 아버지를 만나면 대체 무슨 말을 해야 할지, 자연류의 전통계승자로서 이단이나 마찬가지인 아버지를 어떻게 대해야 할지 갈피를 잡을 수 없었다.

고개를 저으며 피하기로 마음먹은 그때, 드넓은 송사평 전체를 울리는 노래가 울려 퍼지기 시작했다.

"파검가……."

한 사람의 노래가 전장 전체로 퍼져 나갈 수 있도록 한 당사자의 내공도 놀라웠지만 그 속에 담긴 현묘한 기운은 더욱 놀라웠다. 그러나 단리채빈은 잊고 지냈던 슬픈 노래 파검가를 듣자 눈물이 나기 시작했다.

"현 가가……!"

그녀는 본능적으로 그 목소리가 현어운의 것임을 알았던 것이다. 죽어서도 잊지 못할 사랑하는 사람의 목소리. 진정한 사랑의 결실을 맺기 전에 헤어진 그들이었기에, 그들의 마음에는 그토록이나 서로를 향한 애틋함이 남아 있을 수밖에 없었다.

그리고 놀라운 일이 벌어지기 시작했다. 어떤 소리가 들리는가 싶더니 멀리 신록희의 본대 쪽에서 무언가 깨지는 소리가 연달아 울리기 시작한 것이다.

쨍! 째앵!

양측의 싸움은 이미 파검가가 들려오는 순간부터 멈춰져 있었다. 그리고 여기저기 웅성웅성거리더니 곳곳에서 사람들의 경악에 찬 소리가 터져 나오기 시작했다.

"무기가 깨지고 있어!"

"무기가 깨진다!"

단리채빈은 더 이상 그 자리에 있지 않았다. 하늘 높이 솟아오른 그녀는 노래 소리가 울려온 쪽으로 선을 그으며 날아간 것이다.

'가가! 가가!'

자연류의 힘을 느낀 무제는 그렇지 않아도 자신이 출전하려 했기에 그 힘의 주인공을 알기 위해 선발대가 싸우고 있는 쪽으로 가고 있었다. 그런데 갑자기 파검가가 전장 전체를 울리는가 싶더니 멀리서 무기가 깨지는 소리가 들리지 않는가? 실로 놀라운 일이 아닐 수 없었다.

누구나 다 파검가를 부른다고 검이 부서진다면 세상의 모든 무기가 사라졌을 것이다.

'대체 어떤 무공인가?'

무제는 놀라움과 호승심을 억누르지 않고 몸을 날리려 했다. 그때 멀리서 자연류의 힘을 가진 자가 경공을 시전하며 하늘로 솟아오르는 것이 아닌가? 백 장 밖의 엄지보다 작은 글자도 읽을 수 있는 무제의 눈이 그의, 아니, 그녀의 모습을 확인하자 두 눈이 더 이상 커질 수 없을 만큼 커졌다.

하지만 이내 원래의 신색으로 돌아온 무제는 이전보다 더욱 무겁게 가라앉은 분위기를 내며 몸을 날렸다.

'채빈……!'

자신이 잘못 보았을 리는 없으니 그의 딸인 단리채빈이 분명하리라. 분명 죽었다고 알려져 있었고, 실제로 모두가 죽었다고 알고 있었던 자신의 딸이 살아 돌아온 것이다. 그것도 자연류의 전통 계승자가 되어. 운명의 장난이라면 이것만큼 지독한 것도 없었다.

'일부러 그런 것이오, 당신?'

그녀를 가르쳤을 그 사람이 떠올랐다. 섬수신의라 새로 이름 지은 자연류의 전통 계승자인 백만홍.

무제는 애써 그의 모습을 지우며 하늘을 가로지른다. 어떤 지형물도 없이 날아가는 그의 경공은 전설에서나 내려오는 어기비행술과 흡사했다.

현어운은 죽은 만위령을 안고 전장으로 걸어가고 있었다. 그의 뒤를 남궁명욱과 조선영, 전유림이 따르고 있었는데 그가 걸어가면 주위에 무사들이 들고 있는 무기들이 하나같이 산산조각나는 장면에 눈을 떼지 못하고 있었다.

"이건… 기적이오."

남궁명욱은 무공의 새로운 경지를 본 기분을 맛보고 있었다. 신록투들은 현어운이 움직일 때마다 자신들의 무기가 깨지자 두려움에 뒤로 물러났다. 그러자 파도가 갈라지듯 양 옆으로 물러나며 길이 만들어지는 것이었다. 그러나 그들의 무기가 깨지지 않는 것은 아니었다.

파검가. 전장을 울린 파검가를 시작으로 기적은 시작되고 있었던 것이다.

초선득은 이 사태를 가만히 지켜보고 있을 수만은 없다 생각했다. 현어운이 어떻게 이런 놀라운 경지를 이룰 수 있었는지는 모르지만 이 대로 놔두었다가 신록희의 사기가 형편없이 땅에 떨어질 것이 분명했 기 때문이었다.

"현어운!! 걸음을 멈추어라!"

내공이 약한 자들은 피를 토하며 쓰러질 정도로 엄청난 외침이었다. 그러나 현어운은 결코 멈추지 않았다. 전장 전체를 돌아다니며 무기란 무기는 모두 부수겠다는 듯 앞으로 걷고 또 걷고 있었던 것이다.

초선득의 신형이 순식간에 현어운의 지척으로 다가가더니 무형허무 검을 시전했다.

펑!

하지만 놀랍게도 형태가 없는 초선득의 심검이 현어운의 주변에서 폭음을 울리며 소멸되어 버린다.

"……!"

현어운은 그를 향해 시선을 돌리려다 그의 두 눈에 들어온 어떤 인 물 때문에 그대로 굳어버리고 말았다. 멀리 허공에서 자신을 향해 다 가오고 있는 여인을 본 것이다. 전유림 또한 희미하나마 그 인형을 보 고는 두 눈을 크게 뜨며 놀라고 말았다.

"살아 있었어!"

"비, 빈매……!"

그녀의 신형이 더욱 빨라지더니 곧 그의 지척까지 다가왔고, 현어운 은 만위령의 시신을 땅에 내려놓고는 그녀를 향해 달려갔다.

"가가!"

"빈매!"

두 사람의 몸이 격렬하게 포개어졌다. 죽은 줄 알았던 이가 살아 돌아왔으니 이보다 기쁜 일이 어디 있겠는가? 단리채빈 또한 그토록이나 보고 싶던, 그리고 언제 찾을 수 있을지 기약할 수 없던 정인을 이렇게 보게 되자 하염없이 울음만 흘러내리고 있었다.

"흐으… 흑흑!"

그러나 두 사람의 극적인 재회의 감동은 오래갈 수가 없었다. 바로 이매망량의 스승이자, 허무객의 무공을 익히고 있는 초선득의 존재 때문이었다.

"현어운, 후후후! 모든 것이 잘되어서 보기 좋구나. 이제… 나를 만족시켜 줄 차례이다."

초선득은 앞으로 나서며 짙은 미소를 지었다. 자신이 현어운을 무림으로 끌어들인 것에 대한 만족감이 보였다.

"나는… 당신을 거부하오."

"……."

"당신이 나를 멋대로 무림의 폭풍으로 끌어들였기 때문에… 나는 당신과 정정당당한 대결을 하고 싶은 마음이 없소."

"무슨 소리냐?"

"여기 내 아내와 함께… 당신을 공격할 것이오. 나는 당신을 죽일 생각이오."

"당신의 생각이 그렇다면… 저 또한 부군의 뜻을 따라야죠."

"후후후! 보기 좋구나. 어디 마음대로 덤벼보거라!"

현어운과 단리채빈은 서로의 손을 꼭 잡은 채 초선득을 향해 날아갔다. 초선득의 몸 주위에서는 구빙산에서 보여주지 않던 기운이 하늘을 찌를 듯 넘쳐흐르고 있었다. 그의 손이 앞으로 나아가자 태산이 움직이는 것 같았다. 그의 손은 자연을 움직이는 절대자의 손이었다. 무형허무검을 능가한 경지이자 그만의 독자적인 무공인 절대검(絶對劍)!

위이이잉!

하지만 현어운의 능력이 발휘되자 초선득이 시전한 절대검은 이리저리 흔들리더니 흔적도 없이 사라지고 말았다. 초선득은 그의 가공할 능력에 대경하며 다시 절대검을 시전하려 했지만 이미 늦은 뒤였다.

단리채빈의 손이 찰나의 순간을 점하며 초선득의 전신을 뒤덮는다. 시간이 멈춘 것만 같은 순간, 초선득의 전신은 이미 그의 몸이 아니었다. 극성의 초섬유성수가 찰나의 순간을 틈타 공격하자 초선득은 두 번째 공격은 채 하지도 못하고 앞으로 쓰러져 버린 것이다.

"희, 희주님이 죽었다!"

초선득의 죽음은 신록회 무사들에게 엄청난 두려움을 안겨주며 일파만파 퍼지기 시작했다. 그들의 절대자였던 초선득이 한순간에 무너져 버린 것이다.

"……!"

초선득을 죽였다는 기쁨과 안심도 잠시, 단리채빈은 무제가 이미 이곳에 당도했음을 알고 표정이 굳어버렸다.

"너였느냐."

사람들의 머리 위를 날아온 무제는 가볍게 땅에 착지한 다음 주변을 살펴보았다. 엄청난 기운이 어지러이 오가더니 뒤이어 신록회주가 죽었다는 소리를 들은 무제는 쓰러진 자가 신록회주임을 알 수 있었다.

"우리는… 무림을 떠날 것이오. 만약 당신이 그래도 나와 그녀를 쫓아올 것이라면……"

현어운은 단리채빈을 생각해 그 이상은 말하지 않았다. 그녀의 눈에서 눈물이 흐르고 있었다.

무제는 한동안 말없이 단리채빈을 바라보았다. 현어운은 눈에 들어오지도 않는 듯 무감정한 눈빛과 표정으로 그녀를 바라보던 그는 돌연 몸을 돌렸다.

"이제 무림에 어울리지 않는구나. 떠나라."

"……!"

"그리고… 다시는 나오지 마라."

그의 신형이 공중으로 뜬다. 멀리서 사기가 충천한 무림제왕성의 무사들이 무신의 명령을 받고 일제히 몰아쳐 오는 소리가 들려왔다. 단리채빈은 온몸을 뒤흔들 것 같은 외침 속에서도 그 한 마디를 똑똑히 들을 수 있었다.

"미안하다."

놀란 그녀가 고개를 들었지만 무제는 이미 사라지고 없었다.

"흑흑……!"

그녀는 알 수 없는 기분에 어찌할 바를 몰라 현어운의 한 팔에 기대어 하염없이 울기 시작했다. 그런 그녀의 머리를 쓰다듬은 그는 나지막이 말했다.

"떠납시다. 아무도 없는 곳으로. 우리는… 행복하게 살아야 하오."

"네…….."

현어운은 만위령의 시체를 안고 그녀와 함께 걸음을 옮겼다. 그때 그의 앞에 누군가가 나타났다.

"야, 어디 가!"

전유림의 두 눈에는 눈물이 맺혀 있었지만 현어운이 살아 있다는 것에 기쁨의 미소를 짓고 있었다.

"떠날 거야. 옛날처럼… 행복한 그때로 돌아가고 싶어."

"나쁜 놈……."

"……."

"나도… 나도 따라가면 안 돼?"

의외의 말에 현어운은 어찌할 바를 모르다 단리채빈을 바라보았다. 그녀는 기분 좋게 고개를 끄덕였고 현어운은 전유림을 향해 씨익 웃으며 말했다.

"얼마든지."

"쯧쯧… 그런 것도 마누라한테 물어보고……."

그녀의 질책에 현어운은 그저 바보처럼 웃을 뿐이었다.

세 사람이 전장을 완전히 빠져나갈 때쯤, 무림제왕성의 승리가 점점 다가오고 있었다. 이 모두를 지켜보고 있던 남궁명욱은 알 수 없는 기분에 하늘을 올려다보았다.

"조 소저, 우리를 움직이게 하는 것은 무엇이오?"

"글쎄요… 마음이겠죠. 자신이 절실히 원하는 것을 따르는 것이니, 그것은 마음이겠지요."

무림제왕성과 신록희의 대결전은 생각보다 쉽게 끝나고 만다. 무림제왕성이 압도적인 승리를 하여 다시 한 번 무림의 주인임을 증명하게 되었고, 무제의 입지는 확고해지게 되었다.

그러나 무제는 자신의 자리를 유지하지 않고 아들 무신에게 성주를 물려준다. 순탄한 권력 이양 후 무신은 아무 무리 없이 무림제왕성을 이끌어간다.

그 후 신록희를 맡게 된 유괴사는 본거지를 잃고 이리저리 떠돌며 장장 십 년을 더 버티다 결국 세외로 도망치게 됨으로써 신록희의 역사는 종지부를 찍게 된다.

송사평 대전투에 나타난 시귀류의 두 남녀는 그날 이후 나타나지 않았다. 그러나 무제의 측근은 알고 있었다. 무제와 두 남녀의 대결에서 서로 확연한 승기를 잡지 못하고 무승부를 이루었다는 것을. 그리하여

두 남녀는 더욱 강해지기 위해 음지로 숨어든 것이다. 시귀류의 운명
은 아직도 그렇게 흘러가는 듯했다.

광마 또한 송사평 전투 이후 자취를 감추어 버렸다. 그러나 그의 이
름만은 벽력마군을 이긴 놀라운 무공으로 무림 역사에 길이 남게 된다.

무신의 무림 통치 기간 삼십이 년째, 무림제왕성은 정체를 알 수 없
는 백 명의 인물들의 공격을 받게 된다. 벽력신천문이라 스스로 밝힌
그들은 저마다 엄청난 위력의 벽력탄 수십 개를 가지고 있었고 곳곳에
벽력탄을 터뜨리고 함께 산화하는 엄청난 만행을 저지른다.

그 일로 인해 무림제왕성의 전력은 크게 약화되었고, 무림제왕성의
입지도 크게 떨어지고 만다.

그 틈을 타 수많은 세력이 발생하고 사라지게 되었지만 그 속에서
강한 빛을 밝히는 세력이 있었다. 승룡회. 오랜 세월을 기다려 온 그들
은 남궁명욱을 회주로 앞세워 승승장구 세력을 뻗어갔고, 그들의 정의
와 열정을 기반으로 한 힘 앞에 무림제왕성은 결국 무림의 역사에서
물러나고 무신은 잠적해 버리게 된다.

거의 백년 만에 무림은 본래의 모습을 되찾게 된 것이다.

바람이 분다… 세월이 흐른다… 또다시 바람이 분다……. 무림의
역사는 하염없이 흐르지만 파검가는 그 역사 속에 잊혀지지 않고 남아
그들의 마음을 울리고 웃게 한다.

무림에 피 끓길 날 없음에 마음이 애달프도다.
허망한 검명만이 하늘을 울린다.

내 인생 갈 곳 없어 하염없이 울었으나,
결국 내 발길은 처절한 핏길 위라!

검을 부수어 내 마음 날린다.
하나 부서진 검은 내 마음이기도 하니,
돌아갈 길 없는 낙엽 같은 내 운명이여…

아아! 나의 울음은 누구를 위함이었으며
나의 검은 누구를 위해 울었던가!

〈大尾〉

무한 상상 · 공상 세계, 청어람 신무협&판타지

『두령』, 『사마쌍협』을 보았다면
꼭 섭렵해야 할 월인의 최신작!

천룡신무(天龍神舞) / 월인 지음

2005년 무협계를 평정할
거대한 놈이 나타났다!

『천룡신무』
(天龍神舞)

처음에는 운 좋게 병신춤만 추는 인간들을 만나 사지육신을 온전히 보존하고 있는 줄 알았다.
그리고 십 년 동안 이상한 춤만 가르쳐 주고 몽둥이 휘두르는 법은 물론, 주먹 쥐는 법 하나
가르쳐 주지 않은 사부를 원망하기도 했었다.

하지만 이젠 그딴 거 필요없다.
사부께서는 용무(龍舞)를 열심히 수련하면 네놈 몸뚱이 하는 네 마음대로 움직일 수 있다고 하셨다.
그리고 그렇게 만들어주셨다.
사부께서는 한계를 뛰어넘고 초식을 무너뜨리는 춤을 가르쳐 주신 것이다.

중원의 무공 따위는 눈 아래로 내려디볼 수 있는 춤!

그래서 천룡신무(天龍神舞)이리라……

매력적인 작품 세계를 보여온 월인만의 매혹에 다시 한 번 유혹당한다!

무한 상상 · 공상 세계, 청어람 신무협&판타지

『무상검』의 전설이 끝나고,
이제 『지존검(至尊劍)』의 신화가 시작된다!

무협계의 히트&화제작
『무상검』의 작가 일묘의 신작!

『지존검』
(至尊劍)

지존검(至尊劍) / 일묘 지음

**누구도 어찌할 수 없는 강함과 엉뚱함을 지닌 주인공과
한 겹 차가움을 둘렀지만 속알맹이는 너무나 사랑스러운 그녀.**

정반대 성격의 둘이 만나 얽히고설키며 엮어내는
예측불허&상상불허의 기대를 뛰어넘는 재미!
갈수록 깊어져 가는 신비와 비밀의 철문 너머를 엿보는 재미!

오랜 숙고의 기간을 끝내고 나타난 작가 일묘의 최신작!
색다른 상상, 오묘한 재미와 맛깔나는 캐릭터의 호화로운 경연!

『지존검』은 지금까지 맛보지 못한 색다른 재미의 보고(寶庫)다!

무한 상상 · 공상 세계, 청어람 신무협&판타지

『신마대전』,『투마왕』의 작가 김운영
세간에 화제를 불러온 최신 기대&화제작!!

흑사자(黑獅子) / 김운영 지음

세상에는 수많은 강자가
존재한다.

『흑사자』
(黑獅子)

한 자루 검으로 거대한 마물을 능히 상대할 수 있는 소드 마스터.
마나를 자유롭게 다루어 온갖 신비한 힘을 발휘할 수 있는 대마법사.
신의 선택을 받아 기적 같은 신성력을 행하는 고위성직자.
단신(單身)으로 국가의 운명에까지 영향을 미칠 수 있는 자들도 있다.
그러나 이들도 어렸을 때에는 약했다.

인간인 이상, 태어나서 십몇 년간은 성인의 힘을 이길 수 없다.
강해진 자들은 하나같이 오랜 세월 동안 남들이 이해하기 힘든
노력과 경험을 쌓아온 자들이다.

그러나 난 달랐다. 난 어렸을 때부터 강했다.
내게는 그 어떤 수련도 경험도 필요없었다.

난… 사자다.